Vincent Kleemayer

Die Schlangen-Allianz

Über den Autor

Zuerst hat er eine Lehre als Industriemechaniker absolviert, anschließend durchlief er mit Erfolg die Ausbildung zum Umweltschutztechnischen Assistenten. Neben seinem Engagement im Bereich internationaler Jugendarbeit hat Vincent Kleemayer für mehrere Monate den indischen Subkontinent bereist. Seit drei Jahren widmet er sich seiner großen Passion: dem Schreiben.

Der im württembergischen Pfaffenhofen aufgewachsene Jungkünstler legt mit diesem Regionalkrimi sein Erstlingswerk vor.

Vincent Kleemayer

DIE SCHLANGEN ALLIANZ

Ein Jung-Kommissar im Zabergäu

*Agent*K

Namen, Personen und Begebenheiten in diesem Roman sind frei erfunden. Ähnlichkeiten mit verstorbenen oder lebenden Personen sind nicht beabsichtigt.

1. Auflage Dezember 2011

Gestaltung und Herstellung: AgentK, Peter Koch, Brackenheim
Umschlaggestaltung: M. Schmid, Weiler a.d. Zaber/München
Druck und Bindung: Verlag Lindemann Offset- & Digitaldruck, Offenbach

ISBN 978-3-935474-06-1

FÜR EINE GEWISSE KATZE

Prolog

Mitte Februar, Pfaffenhofen an der Zaber

Frau Mahls Stimme überschlägt sich:

»Jesus! Jesus! Geben Sie mir was! Ich kipp sonst weg! Ich kipp sicher weg!«

»Wo muss ich hin? Wo liegt sie?«

»In – da! O Gott!«

»Wo?«

»Hier! Kommen Sie! Direkt vor der Spüle!«, gellt Frau Mahl und fuchtelt dabei aufgeregt mit den Armen in der Luft herum.

»Hier! Sehen Sie! Genau hier!«

»Sieht man irgendwo Blut? Blutet sie am Kopf?«

»Nein – nein! Sie blutet nicht! Mit Sicherheit nicht!«
Der junge Notarzt kniet sofort vor dem Waschbecken nieder, um den Puls zu prüfen. Anschließend greift er nach einem der schlaffen Arme und legt diesen mithilfe einer Spezialschere bis zur Beuge frei. Nachdem er das rasiermesserscharfe Instrument beiseitegelegt hat, treffen seine Blicke von Neuem auf die unablässig hin und her stampfende Geschäftsführerin.

»Holen Sie ein Kissen! Schnell!«

»Was?! Wozu?!«

»Irgendwas Weiches für den Kopf! Schneller! Schneller! Noch haben wir einen Puls!«

Wie von Furien gejagt, stürmt Frau Mahl an diesem Samstagmorgen die große Wendeltreppe in ihrer Bäckerei hinauf. Oben angekommen, durchstöbert sie zwei ausrangierte Spindkästen. Unten setzt der Mediziner bereits eine Spritze und misst den Puls erneut.

»Komm schon . . . durchhalten! Durchhalten!«
Frau Mahl eilt mit ihrem spärlichen Fund zurück. Sichtlich außer Atem und blass wie ein Leichentuch, schleudert sie das halbverschlissene Etwas vor die Küchenzeile.

»Hier!! Reicht das?! Wenn nicht, muss ich – «

»Prima – gut – das genügt! Bis das Serum vollständig wirkt, haben wir die stabile Seitenlage.« Der junge Lebensretter dreht den Korpus in eine risikofreie Position; zuletzt schnappt er das Kissen und platziert es mit oft geübten Handgriffen unter dem Kopf der Bewusstlosen.

Währenddessen klettert die Nervosität der Bäckerei-Chefin noch eine weitere Sprosse höher: »Jesus! Ich brauch was! Zur Beruhigung! Das kann ich nicht mit anschauen« – wieder beginnt sie hysterisch im Kreis zu laufen – »meine Beste! Nicht wegsterben! Du darfst mir nicht wegsterben! Nein! Niemals!«

Sogleich hebt der Notarzt vor der Spüle den Kopf, angelt mit knapper Armbewegung zwei lilafarbene Dragees aus seiner Jackentasche.

»Das wird sie auch nicht – wird nicht passieren. Hier, einfach mit Wasser runterschlucken.«

Ohne zu zögern fummelt die Chefin daraufhin eine

noch halb volle Flasche aus der Getränkekiste. Sie schraubt den Deckel ab, atmet für eine Sekunde auf und fingert sodann nach den hoch dosierten Kapseln.

»Endlich . . .!«

Kaum hat sie die Dragees eingenommen, wirft Frau Mahl einen fiebrig-misstrauischen Blick vor die Füße des Mediziners.

»Warum liegt sie jetzt so verrenkt?! Was bringt das denn?«

Der Mann in der rötlichen Jacke wartet, bis die Chefin ihre Glasflasche auf einer der Arbeitsplatten abgestellt hat, worauf er in akademisch-belehrendem Ton erklärt: »Erbrechen. Es ist möglich, dass sie jeden Augenblick erbricht. Deshalb diese Lage. Von daher wäre es am besten, wenn Sie gleich eine Tüte oder Ähnliches holen!«

Obwohl Frau Mahl die Aufforderung richtig vernommen hat, stieren ihre Augen fassungslos Richtung Waschbecken. Weder ihre Stimme noch die Kräfte scheinen zu irgendetwas bereit. Höchst aufmerksam wartet der Arzt zehn lange Sekunden, bevor er sich erneut an die Herrin des Backhauses wendet: »Frau Mahl – eine Tüte! – ein kleiner Eimer! – jetzt!«

»Jetzt?!«, kehrt sie sukzessive in die Realität zurück.

»Ja! Jetzt! Schnell, bitte!«

Offenbar einer weiteren Schockwelle entgangen, hastet die korpulente Bäckersfrau endlich ein zweites Mal davon.

Als sie dann eine halbe Minute später in den Vorraum der Backstube zurückstürmt, sitzt der Mediziner, mit dem Rücken an die Spüle gelehnt, auf dem eisigen Fußboden. Mit leerem Blick inhaliert er den Rauch einer Zigarette. Seine Gedanken kreisen um eine halb volle Teetasse, welche ihm schon bei seiner Ankunft ins Auge gesprungen ist.

Kaum hat Frau Mahl den stinkenden Qualm bemerkt, lässt sie mit einer verwirrten Geste die Plastiktüte zu Boden segeln.

»Was machen Sie?! Der Rauch! Um Gottes willen!«

Der eben noch verblüffend Souveräne wirkt jetzt wie ein ängstlicher Famulant. Er drückt mit verzerrter Miene die Glut der Kippe gegen seinen linken Jackenärmel.

»Ihre verfluchte Dosis muss zu hoch sein, zu hoch ... einfach zu hoch ... !«

»Nein! NEEEEIIIIINNNN!!«, schlägt Frau Mahl plötzlich wieder und wieder die Hände vors Gesicht, »Sie lügen doch! JE-SUS!! Machen Sie was! Tun Sie irgendetwas!«

Blitzschnell greift die tobende Geschäftsführerin ein zweites Mal nach der Wasserflasche, zögert einen Moment, bevor ihre Rechte das kalte Stück Glas mit voller Wucht zu Boden pfeffert. Unsichtbare Scherben splittern gegen die Wände.

»TUN SIE IRGEND-ETWAS!«

Wie auf Knopfdruck beugt sich der Mediziner über den unheilvoll zuckenden Thorax.

»21, 22 ... 21, 22 ... 21, 22 ... «

In beschwörendem Rhythmus füllen sich die beiden Lungenflügel mit dem Atem des ärztlichen Helfers. Von unsäglicher Panik gebeutelt, rüttelt Frau Mahl indessen an den Metallstreben der Wendeltreppe.

»Nein! O Jesus! Hilf uns doch! Sie darf nicht gehen! Nein! – Nein! – Nein! . . . «

Die Sekunden verrinnen.

Schweißperlen tropfen von der Stirn des Notarztes auf die starr blickenden Augen unter seinem rasenden Atem.

Abrupt kippt der junge Arzt nach hinten, er kracht gegen zwei tischhohe Stapel aus Kartonagen. Frau Mahl hastet sofort zu ihm, schlägt vehement und mit beiden Fäusten gegen seine Schulter.

»WEI-TER!! Um Gottes willen! Was hat sie?! – Was hat sie! Machen Sie weiter! Sie müssen ihr helfen! Helfen! Helfen!«

Frau Mahl trommelt so lange auf den athletischen Oberkörper ein, bis sie die glitzrigen Tränen unter den Augen des Mediziners wahrnimmt. Luftabschnürende Angst lässt jedes weitere Wort in der Kehle ersticken . . .

Wie von Geisterhand betäubt, sackt auch Frau Mahl zur Seite weg.

Die am Boden liegende Verkäuferin tot, die Chefin der Bäckerei bewusstlos – mit zittrigen Fingern zieht der Notarzt sein Mobiltelefon aus der Jackentasche. Für ihn steht fest: Diese Frau muss eines unnatürlichen Todes gestorben sein.

Eine tiefe Stimme meldet sich an seinem Handy: »Polizeirevier Lauffen – Dienstleiter Laubitz . . . «

I

8 Tage später
Heilbronn, Wallraff-Bogen 7/c

Naturbedingt aus Morpheus' Armen gerissen, schleppe ich mich gähnend in das Badezimmer. Der neue Rasierspiegel reflektiert ein trübes Quadrat der draußen unermüdlich niederpeitschenden Regengüsse, welche seit einigen Stunden das Dach meiner Maisonette-Wohnung unter ein ohrenfeindliches Trommelfeuer setzen. Erst während ich mich entkleide, um mir den Schlaf in Form einer lauen Dusche von der Haut zu streifen, wird mir allmählich bewusst, dass meine Beamtenseele aus noch unerfindlichen Gründen auf der Couch in eine andere Welt entgleist sein musste.

Sonntagnachmittags und obendrein in einer kälteresistenten Winter-Montur! Woher nur dieser übergangslose Anfall von Schwäche?

Die Erfrischung unter der Brause begünstigt schließlich ein imaginäres Jogging durch den streckenweise stark vernebelten Park meiner noch immer etwas lückenhaften Erinnerung. Die letzten 48 Stunden:

Bunt gemixte Highballs; zu bunt und sicher ein paar über den Durst hinaus . . . Das königliche Spiel; fesselnde

Partien dank langvertrauter Zeitgenossen ... Tokyo Table, exzellentes Sushi-Gericht beim Japaner um die Ecke. Drinks und Bars, die allseits beliebten Staffagen für ebenso ernste wie amüsante Gespräche, Diskussionen; allgemein fürs essenzielle Pläneschmieden. What else? Kino fernöstlicher Herkunft: Hero ... sehenswert ... Jet Li in einer Rolle, die uns zu denken geben sollte – explosive Quintessenz: der Einzelne habe sich dem Wohle der Allgemeinheit unterzuordnen! Besuch im Baumarkt ... Heiliges Fitnesscenter! Brav hat man sich auch dort blicken lassen; ein gutes Gefühl, wenn der letzte Muskelkater bereits Jahre zurückliegt, im Grunde so weit, als wäre er gänzlich aus meinem Körper verbannt ...

Ein rebellisches Magenknurren lässt mich ungewohnt frühzeitig aus der Dusche steigen. Vom legeren Frottee des Bademantels umhüllt, wandle ich pfeifend in Richtung Küche.

Eine Kanne Yogi-Tee wird mir sicherlich guttun.

Während eine Ecke des Ceranfeldes rötlichglühende Kreise zieht, dünkt es mir, dass mir Mister Toaster heute zur Abwechslung wieder einmal die knusprige Basis für ein leckeres Sandwich liefern könnte. Umgehend werfe ich einen scannenden Blick in den Kühlschrank, verfrachte alles Geeignete für zwei deftig belegte Happen auf die Arbeitsplatte. Nebenbei säuselt mir die nüchterne Berichterstattung des Radiosprechers um die halbwegs wachgewaschenen Ohren:

»... wurden heute Morgen in Bagdad bei einem Bombenanschlag 15 Menschen getötet. Elf weitere Zivilisten schweben in Lebensgefahr. Die Autobombe detonierte im östlichen Viertel der Hauptstadt, nahe der US-Botschaft. Täter sind bislang keine bekannt. Und hier noch das Wetter: in den südlichen Gebieten vorübergehend Schauer und Regen, Temperaturen um 4 bis 6 °C; nördlich bleibt es bis hin zur Nacht größtenteils trocken, die Temperaturen schwanken hier zwischen 3 und 7 °C. Zurzeit liegen uns keine Staumeldungen vor. Es ist 15.09 Uhr. Die nächsten Nachrichten folgen um 16.00 Uhr . . . «

Prompt rauscht mir eine Fuhre Wut durch den Kopf, ausgelöst von der apathischen Radiostimme, die speziell solche Hiobsbotschaften unter das Volk zu bringen hat.

Orlog im Nahen Osten. Kollateralschäden. Bush! Auf ewig in der Hölle sollen neben deiner blutrünstigen Seele jene schmoren, welche dich fanatischen Kriegstreiber, deinen unabsehbar verheerenden Machtmissbrauch auch nur im Geringsten unterstützen . . . zu rechtfertigen versuchen. Auge um Auge?! Zahn um Zahn?! Wann wird Washington einsehen, dass es am Hindukusch einer andren Konfliktlösung bedarf als der im Alten Testament immerzu präferierten?

»Wann wird meine Spezies – wann?!«

Da ich mich inzwischen nicht mehr alleine in unmittelbarer Nähe des Kühlschrankes aufhalte, weiß ich das Wort augenblicks mit meinem stets friedlich gesinnten – dafür aber ebenso reservierten – Wohnungsgenossen zu teilen.

»Wird man uns denn überhaupt eines Tages zur Räson bringen können?«, doziere ich dem schnurrend auf und ab Defilierenden theatralisch entgegen. »Wäre das möglich? Sagen Sie schon, Sie geborener Flaneur! Ja oder nein?! Ich höre! Reden Sie! Andernfalls bleibt der Kühlschrank zu – zu, zu und nochmals zu.«

Wie gewohnt hält sich das Interesse des stolzen Tenzing stark in Grenzen, was die politischen Kommentare und heiklen Weltfragen seines Effendis anbelangt. Vielmehr scheint ihn zu fuchsen, dass man inmitten der Kühlfächer auch – mehr oder minder – Delikates für seinesgleichen bunkert und eben dieses auf Kommando nicht rausrücken möchte. In die Hocke gesunken, kraule ich den miauenden Streicheltiger am Kopf.

»Warum haben Sie Tagedieb eigentlich schon die Augen offen? Um diese Uhrzeit – am Wochenende? Ach ja! Der infernalische Regen. Dazu mein totenweckendes Gepfeife – oh! derart miserabel, dass es gar Eure fellgeschmückte Majestät vom Thron herabscheuchte? Wenn ja: Sie werden doch verzeihen? . . . «

Schon als kleines Wollknäuel hielten seine Tatzen bemerkenswert oft nach denen in der Wohnung am höchsten liegenden Ruheplätzen Ausschau. Dementsprechend selten kann ich den Stubentiger irgendwo in greifbarer Fußbodennähe schlummern sehen. Stattdessen geben Schränke und Regale innigst begehrte Lagerstätten ab; überhaupt alles Erklimmbare, was allemal die Zwei-Meter-Marke knackt.

Mit der Zeit brachte mir dieses launenhafte Verhalten dann mehrfach ein weltberühmtes Bergsteiger-Duo von 1953 in den Sinn. Gemeint sind die damals schier ohnmächtig gefeierten Erstbesteiger des legendenumwobenen Mount Everest: Edmund Hillary und Tenzing Norgay. Laut *Die Tagebücher der Everest-Bezwinger* war jedoch der von den Sherpas abstammende Norgay einen Tick strebsamer, angeblich noch besessener bei der Sache als sein Kamerad und Kletterkollege aus dem neuseeländischen Auckland. Außerdem soll Norgay insgeheim ein engagierter Tierschützer gewesen sein; Sportsfreund Hillary hingegen konnte dies bedauerlicherweise nur leise nachgesagt werden.

Von jeglicher Gipfelstürmer-Glorifizierung abgesehen, waren sich Divus Kater und sein Prätor ohnehin darin einig, dass ›Edmund‹ ebenso wenig zu einem Raubtier gehören darf wie etwa ›Struppi‹, ›Bubbi‹ oder ›Spocky‹ zu einem Menschen – geschweige denn, zu einem Spezial-Gendarmen allererster Güte …

Mittlerweile tafelt Kater Tenzing über ein paar saftigen Putenstreifen. Noch seinen Wassernapf gefüllt, tapse ich anschließend mit meiner kulinarischen Glanzleistung und dem Tee zurück in Richtung Couch-Areal. Wie bereits angedeutet: wir haben Sonntag. Besser: Sonntag im Urlaub. Entspannung. Heilige Ruhe.

In acht Tagen wird man zweifelsohne wieder voll da und bei besten Kräften sein. Topfit – wie gewohnt in einer gnadenlos guten Verfassung.

Meinen Allerwertesten bequem hingefläzt und soeben dabei, genüsslich vom Sandwich zu kosten, schlägt Hippie-Komponist Hendrix äußerst überraschend Alarm.

Aber wo? Und wer ruft jetzt schon wieder an?!

Hastig schnellt mein Kopf herum, erspäht das musizierende Smartphone sogleich neben einem zarten Bonsaibäumchen auf der Fensterbank. Für etwa fünf Sekunden schwirren tadellose Gitarrenklänge durch die Wohnung. Selbst an der Kühlschrankflanke spitzt jemand neugierig die behaarten Lauscher. Kaum hat Jimi sein Instrument beiseitegelegt, leuchtet das Display appellierend auf. Abwartend tanke ich einen duftigen Schluck Tee, behalte den kleinen Kasten jedoch scharf im Auge – vielmehr im Gehör. Nämlich nur wenn Hendrix die Saiten erneut zittern lässt, dann – und tatsächlich! Der Gitarrenvirtuose zieht ein zweites Mal vom Leder. Da capo al fine und dazu fortissimo.

Jimi! Verflucht! Du Teufel! Die SMS sollte allem Anhören nach sehr wichtig sein. Weiblich-wichtig? Vielleicht Negomi? Gut möglich . . .

Bevor das penetrante Ding abermals aufleuchtet, habe ich dieses bereits unter der Nase. Erwartungsvoll tippt mein linker Zeigefinger das kleine Briefchen auf dem Display an. Folgendes springt mir entgegen:

> Äußerst relevant! Sieh bitte in
> dein Mail-Fach! Heute noch!
> Gruß Bruno

Welch ein schlechtes Omen: Der alte Haudegen zwingt mich, auch noch sonntags vor diesem Kasten zu sitzen.

Als würde meine Wenigkeit nicht schon genug Zeit am Laptop vertrödeln! Er muss doch wissen, dass seinem Schüler noch ein paar Tage Ferien zustehen. Wohlverdiente Ferien!

Nachdenklich ziehe ich die Tasse vom Couchtisch.

Vielleicht war Bruno ja bloß irgendwo fanatisch angeln und möchte nun per E-Mail mit den fülligsten Teichtrophäen glänzen? ›Äußerst relevant!‹ . . .

Es wäre nicht das erste Mal, dass mein Vorgesetzter sich auf diese Weise einen Sonntags-Scherz erlaubt. Wie auch sonst würde er mich dazu bringen, diese hässlichen Biester zu bestaunen? Dennoch könnte meine Theorie – sprichwörtlich – gleich zwei Haken aufweisen: Schonzeiten sowie winterliche Temperaturen. Offiziell dürfen ja nicht alle Fischarten ganzjährig an die Rute gelockt werden.

Stehen Hecht, Äsche und Aal momentan auf der legalen Abschussliste??

Das jedenfalls sind seine bekannten Lieblinge. Was den zweiten Haken anbelangt: Wer möchte schon stundenlang bei diesem misanthropischen Sudelwetter auf einer klapprigen Stuhlstellage verharren?

Am Ende möglichenfalls mit leeren – dafür halb verfrorenen – Händen abrücken? Mein dicklicher Chef? Kaum vorstellbar. Eher gehen zwei Kamele gleichzeitig durchs Nadelöhr.

Auf dem von meiner seligen Tante geerbten Schreibtisch hat König Augias offensichtlich einmal mehr seine chaotischen Spuren hinterlassen. Wie so oft geduldet sich das Notebook hier inmitten einer endemischen Sintflut aus Briefen, Zeitschriften, leeren Flaschen, DVDs und ähnlichem Schamott.

Schande über mich!

Die gute Amalie dürfte nicht sehen, wie es um ihr einstiges Heiligtum bestellt ist. »Junge! Das Pult! Mein teuerster Juwel! Wie kannst du nur?!«, würden mich ihre bäuerlichen Pranken – sie war Landwirtin – dementsprechend gehörig beim Portepee fassen. Die ansonsten Hartgesottene wurde nämlich geradezu schwach beim Anblick dieser Rarität aus erlesenem Zedernholz.

Zunächst ein wenig Ordnung auf dem Nobelstück geschaffen, klickt sich mein Zeigefinger anschließend nonstop bis zum passwortgeschützten Mail-Fach durch. Im *Service-Diligence* eingeloggt ist Bleifelds vertrautes Erkennungszeichen nicht zu übersehen: unter zwei gekreuzten Angelruten blinkt in roter Schrift die Zeile:

Esox in pectore!

Esox? Warum heute der Hecht? Merkwürdig. Den Hecht wählt er doch nur – Gespannt rutsche ich mit der Maus auf die Kennziffer neben dem kirschroten Blinken und beginne zu lesen:

Tag Darius,
ich kann mir gut denken, was dir in diesen Sekunden durch den Kopf geht . . . ‚Acht Tage zu früh und dann auch noch der Hecht!' Nicht wahr? Irgend so was? Aber was will man machen? Was will ich machen? Kriminalität und Herr Schnitter haben leider auch in diesem Jahr keinen Kalender. Aufregung darüber =

Zeitverschwendung. Abgesehen davon, gibt es selbst für mich noch weit Schöneres als Berufs-Billetten zu schreiben. Wirklich! Am besten komm ich schnell zur Sache:

Punkt a) Matrosen-Defizit

Unsern Kollegen Fischer hat spontan das Pech getroffen. Vermutlich wird seine sizilianische Schwiegermutter demnächst den Löffel abgeben (infame Apoplexie). Deshalb sitzen er und seine Frau seit Freitag in Palermo. Mindestens eine Woche!

Punkt b) Plan B ---> Fisherman's Friend

Wie es das Schicksal will, war Fischer (bis eben Freitag) miteinem brandneuen Fall beauftragt. Dieser ist nicht gerade ohne und außerdem in ländlichen Gefilden zu bearbeiten, aufzuklären. Alle situationsrelevanten Gespräche zwischen Hugo und mir gingen bereits über die Bühne. Grobes Fazit: Er hat dich als seinen Ersatzangler vorgeschlagen. (Trotzdem wird letzten Endes nach meiner Pfeife geschippert.) Mehr Details darf ich via Netz nicht preisgeben. Du kennst ja die neuen Regeln.

Mir ist schon bewusst, dass du kommende Woche eigentlich noch Urlaub haben solltest. Aber wie du ja weißt, ist unser Verein für seine brillante, vor allem effiziente Aufklärungsarbeit bekannt. Und genau das wollen wir auch schön beibehalten! Darum bitte ich den Matrosen Magnus, gleich Montagvormittag am Hafendeck zu erscheinen, damit ich ihn schleunigst über alle Fakten, Infos, Direktiven etc. unterrichten kann.

Bis Montag! (so gegen 11.30 Uhr wäre ideal)
Käpt'n Bleifeld

PS: Lass es mich rechtzeitig wissen, falls dir irgendwas dazwischen kommen sollte – damit ich reagieren kann! Man weiß ja, wie verflixt chaotisch es hier manchmal zugeht. Danke!

Es genügt, die unverhoffte Mail einmal zu lesen.

Wieder ausgeloggt, lehne ich mich zurück, starre mit verschränkten Armen über das Notebook hinweg; folge in Gedanken dem pechschwarzen Trauerzug, welcher soeben meiner zweiten Urlaubswoche die letzte Ehre erweist.

Wohl oder übel werde ich binnen den ersten 10 bis 15 Jahren meiner Laufbahn noch des Öfteren einen lang ersehnten Urlaub frühzeitig verabschieden müssen. Daran hat sich unsereins offenbar zu gewöhnen; abrupte Urlaubsvernichtung gehört leider Gottes dazu, ist gewissermaßen invariable Größe dieser verwegenen Branche, Berufskonstante schlechthin . . . wohl vergleichbar mit der täglichen Schwitzerei eines ambitionierten Radprofis.

Nichtsdestotrotz werde ich Käpten Bleifeld davon überzeugen, dass er sich auch weit ab der vertrauten Gewässer auf die jüngste Spürnase seiner Crew verlassen kann.

Noch bevor ich für Hugo eine SMS zusammenreime, packt meine Linke das Schnurlose und wählt. Nach sieben Klingelzeichen ertönt eine vertraute Engelsstimme: »Hier ist der Anrufbeantworter von Negomi Esidarap-Stoop. Leider versuchen Sie es zu einem Zeitpunkt, an dem ich mal wieder nicht zu Hause erreichbar bin. Sie können aber gern eine Nachricht und Ihre Nummer hinterlassen. Ich werde dann so bald wie möglich zurückrufen!«

Nach dem kratzigen Aufheulen des Pfeiftones ist mein Text an der Reihe: »Ich bin's, Darius. Wie du schon an meiner Tonlage erraten kannst, hab ich leider eine schlechte Nachricht. Unser geplantes Montagsfrühstück, inklusive Meditation, sollten wir besser eine Stunde vorschieben. Der Grund: ich darf ganz plötzlich antanzen. Im Hafen – wo auch sonst! Um etwa halb zwölf. Ich weiß, zum Ko-! Na ja. Wenn halb zehn in deiner Urlaubszeit etwas zu früh ist, kannst du mich ja kurz anrufen, dann können wir möglicherweise umdisponieren. Solltest du nichts mehr hören lassen, steh ich 9.30 Uhr vor deiner Tür. Bis dann, und pass auf dich auf!«

II

Montagvormittag, 11.40 Uhr
Dezernat 11, Waag-Promenade 10

Die breiteste Wand seines Büros, in der 3.Etage des Heilbronner Polizei-Hauptquartiers, hat Bruno Bleifeld in millimetergenauen Abständen mit diversen Zertifikaten, Distinktionen und glitzernden Verdienstmedaillen behängen lassen. Unter den herausragenden Auszeichnungen sprudelt ein gepflegtes Aquarium. Die Fische darin sind derart exotischer Natur, dass sie den sauer verdienten Leistungen eine Ärmellänge darüber nicht selten die Schau stehlen. Jeder Zweite dieser verhätschelten Kiemenatmer ist - wohlgemerkt - mindestens halb so viel wert wie ein ordentlicher Familienwagen. Kaum zu glauben . . .

Während Bleifeld geduldig an seinem neuen Scanner herumexperimentiert, verfolge ich nachdenklich das muntere Treiben zwischen der buntinszenierten Wasserlandschaft. Da momentan ein ahnungsloser Kugelfisch vorüberzuckt, ist die Versuchung einer kleinen Sünde schlicht zu groß. Bleifeld ist das dumpfe Aufschlagen meines Zeigefingers an der Frontscheibe seiner heiligen

Wassertruhe natürlich nicht entgangen. Väterlich grinsend schüttelt er den Kopf.

»Wenn mir einer meiner Lieblinge über den Jordan geht, wird deine erste Gehaltserhöhung ganz bestimmt noch ein Weilchen auf sich warten lassen.«

»Sorry! Kann mich da einfach nicht beherrschen.«

»Habe ich gut gehört . . .!«

Entschlossen nehme ich wieder auf einem der beiden Teakholzstühle Platz, unmittelbar vor dem wuchtigen Schreibtisch meines Chefs. Inmitten der Arbeitsfläche liegt eine Handvoll fallrelevanter Fotografien aus – alle sorgfältig durchnummeriert. Unweit daneben sind ein dunkelblauer Schnellhefter sowie mehrere bekritzelte Blätter nicht zu übersehen.

Bleifeld greift nun vorsichtig in eine der Getränkekisten hinter seinem abgewetzten Chefsessel.

Noch während Bruno sein Glas füllt, lasse ich ihn vielversprechend wissen: »Heute Nachmittag werde ich mich gründlich in die Akte einlesen.«

Erstaunt lächelt Bleifeld jetzt über seine fragile Lesebrille hinweg. »Du hast dich entschieden? Wirst mir das Kindchen ganz sicher schaukeln?«

Schon fast sieghaft zwinkert mein linkes Auge.

»Darauf kannst du deinen extravaganten Fischbestand verwetten.«

»Gefällt mir – diese Selbstsicherheit, dein Ehrgeiz«, nimmt er den Spruch mit Humor. »Ich war auch mal so, so . . . «

Mein Vorgesetzter schweift wieder einmal mehr in seine jüngeren, längst dahingeschiedenen Tage ab. Überhaupt knüpft er in letzter Zeit auffällig gern an seinem eigenen Nostalgie-Teppich.

Warum nur? Liegt's vielleicht am unbezwingbaren Altwerden? Vermischt oder gar einhergehend mit der höchst dornigen Erkenntnis, dass selbst die hehrsten Gesetzeshüter auf Erden eines schönen – ungenannten! – Tages die irdischen Jagdgründe gegen die ewigen einzutauschen haben? Möglich, dass es daran liegt. Möglich. Doch wer weiß, was ich alles daherreden werde, wenn ich rund 30 Jahre mehr auf dem Buckel habe?!

Durch einen strengen Blick Richtung Wanduhr hole ich den alten Fuchs schließlich in dessen gediegenes Büro zurück.

»Bruno, sollten wir nicht besser –?«

Energisch rückt er nun seine charismatische Präsenz gerade, schnippt mir dabei augenzwinkernd zu: »Du hast recht! Diese verfluchte – «

»Gib mir zehn Tage, Bruno. Das wird völlig ausreichen«, kündige ich zunächst und fürs Erste optimistisch an.

»Mit ausführlichem Bericht?«

»Den gibt's dann am elften oder spätestens zwölften Tag.«

Bleifeld zögert, schenkt durstig etwas O-Saft nach. Unverschämt kühnhäutig staple ich nebenbei noch ein wenig höher: »Orthografisch natürlich auf Germanisten-Niveau.«

»Und der Stil?«, steigt Bruno in das Spielchen ein.

»Ohne ein Fremdwörterbuch wird man keine Zeile dechiffrieren können.«

Bleifeld lacht. »Das klingt gut! Sehr gut! Gehen wir trotzdem noch mal alles Wichtige durch – grob.«

»Wie du vorschlägst, Bruno.«

Bleifeld legt nun wieder seine kühle Montagsmiene auf, intoniert von Neuem: »Wir haben die Leiche einer gewissen Elsa Wiepke. 54 Jahre alt, berufstätig und verheiratet – war sie. Mein Fisherman hat knapp eine Woche ermittelt und musste letztendlich zu einem recht *ungemütlichen* Ergebnis kommen.

Laut Fischers Wochenwerk hat sich unser Objekt nämlich – höchstwahrscheinlich – auf die falschen Leute eingelassen. Buchstäblich auf die falschen Leute, den falschen Mob. Zudem spekuliert Hugo, dass Frau Wiepke sich an ihrem Unglückstag nicht zum ersten Mal auf illegalem Parkett bewegte beziehungsweise befunden hatte. Letzteres legen ja auch die bis dato in Erfahrung gebrachten Hauptindizien nahe – merkwürdig nahe.«

»Wie unseren Unbekannten im Kennedy-Kostüm, das abgehobene Geld und dazu diese dubiosen Autofahrten nach Ludwigsburg«, werfe ich aufmerksam ein.

»Richtig. Der Unbekannte, das Geld, die zwei Autofahrten. Genau darauf stützt mein Hugo, stützen wir unsre – noch – gewagte Theorie. Selbstverständlich einhergehend mit der ungewöhnlichen Spezifik der vorliegenden Todesursache.«

»Also der Toxikose«, zupfe ich behände das oberste Blatt vom Hefter.

»Ja, der Vergiftung durch dieses teuflische ›Aconitam napeillus‹.« Bleifeld beugt sich nun ein Stück über sein klobiges Pult.

»Ist ja alles andere, aber niemals zu unterschätzen, dieses exotische Pulver. Vor allem ohne einen Medikus im Schlepptau ist ein falscher Umgang damit – man kann wohl sagen – schlichtweg suizidal.«

»Das hört man nicht gern.«

»Ausgerechnet die *Amazonas-Mafia* und der chinesische Schwarzmarkt bringen den Stoff zunehmend in Umlauf; deren Kartelle sorgen quasi dafür, dass es über den Seeweg auch immer wieder bis zu uns nach Europa geschmuggelt wird.«

»Auch das noch«, blicke ich verachtend zur Seite.

»In unseren Fachkreisen nennt man es übrigens ›Eisen-Wurzel‹. Die amerikanischen Toxikologen, Chemiker und Drogenexperten sprechen von ›Iron-Root‹. Wer sich hier an wem orientiert hat, ist mir nicht bekannt. Jedenfalls stammt unser Stoff aus den Wurzeln eines tropischen Baumes. Sehr gehäuft wächst dieser allerdings nicht in jeder Regenwaldregion da draußen. Hat wohl irgendwas mit der Nährstoffversorgung aus den Böden zu tun. Wenn diese Details wichtig werden sollten, wendest du dich einfach an Europol.«

Mit fragender Miene lege ich das Blatt zurück.

»Klingt interessant. Und worin besteht noch gleich die ausschlaggebende *Tücke* dieser Substanz? Konkret?«

Bleifeld holt tief Luft. »Jetzt mal kurz gesagt: wohl in einer der wesentlichen Stoffeigenschaften. Was eben bedeutet, dass man dieses zitronengelbe Pulver visuell zwar gut erkennen, aber halt nicht riechen kann. Dementsprechend lautet unsre Antwort: in der Geruchlosigkeit.«

»Man kann diese Eisen-Wurzel mit der Nase nicht *erkennen*, identifizieren?«

Mein Chef verzieht die Mundwinkel zu einem resignativen Grinsen. »Zumindest die Nase eines Homo sapiens nicht.«

»Das bedeutet?«

»Angenommen, du hättest ein normales Glas Wasser mit – sagen wir – der mikroskopischen Prise von 500 Milligramm vor dir stehen, dann würde dein Adlerauge eine schwache Trübung sofort ausmachen. Obwohl quasi immer eine chemisch *gesunde* Dispersion stattfindet, reicht diese bei klaren Flüssigkeiten schlichtweg nicht aus, um das menschliche Auge zu linken. Das ist positiv! Trifft aber leider Gottes nur bei klaren Fluiden zu.«

»Verstehe ... «

»Bei anderen Flüssigkeiten hingegen, wie zum Beispiel Kaffee, Fruchtsäften, Limonaden, Tee, Bier oder einem Wein und der beigemixten Wurzel, hast du – besser gesagt dein Auge – keine Chance. Keine.«

»Auweia!«

»Als Nächstes probierst du es mit deiner Nase – wieder Pech!«

Mein Vorgesetzter verschränkt nun merklich beeindruckt die Arme hinter dem Kopf.

»Wie schon erwähnt: die verflixte Geruchlosigkeit.«

»Aber die Menge spielt doch ebenfalls eine Rolle«, vergewissere ich mich. Bleifeld nickt mir daraufhin überzeugt entgegen.

»Eine große sogar. Erst ab 225 Milligramm und der Extrabeigabe von Koffein, plus eine Verteilungszeit im Blutkreislauf –«

»Von ungefähr zehn Minuten«, addiere ich prompt hinzu.

»Bedeuten letzten Endes Herzversagen, Erstickung vorausgehend.«

»Und zwar innerer Art – laut Obduktionsbericht. Außerdem sprechen wir ab hier von ›Eisen-Glut‹; und im Englischen von ›Iron-Dream‹. Wie ich vorher kurz gelesen habe, wegen des außergewöhnlich langen Rauschpotenzials. Was für ein Trostpflaster!«

Bleifeld ignoriert den Kommentar, deutet stattdessen auf den tiefblauen Hefter. »Steht ja auch alles in der Akte. Ausführlich genug.«

»Gut. Dann –« Mein Blick streift erneut die breit bemessene Fensterflucht. Eine Handbreit über dieser tickt die Wanduhr. Stoisch. Unerbittlich.

Nach ein paar Sekunden des friedfertigen Schweigens beginne ich emsig das Dutzend Fotos in dem hellbraunen Umschlag zu verstauen. Indessen richtet Bleifeld ebenso entschieden wie laut den Fallfokus aufs Neue aus: »Darius, jetzt noch mal zurück zu Fischers Theorie.«

»Nur zu«, gebe ich mich gelassen wie ein indischer Methusalem, wobei die vorletzte Fotografie in den Umschlag wandert. Daraufhin macht Bruno abermals den Anfang: »Wir haben Donnerstagabend und Elsa Wiepke fährt gegen 20.00 Uhr nach Ludwigsburg. Mit ihrem eigenen Pkw. Wohin genau?«

Umgehend bündelt sich meine Konzentration.

»Zu einer vorgeschobenen Schulfreundin namens A. Rosenkamm. Gemeinsam besuchen die Damen – angeblich – irgendein beliebtes Beauty- und Wellness-Center. Also fingierter Frauenabend.«

»Korrekt! Unser Beweis für dieses Manöver?«

»Der Kassenbeleg einer relativ neuen Öko-Tankstelle in Bietigheim. Eindeutig verifiziert.«

»Wieder korrekt. Weiter: heute haben wir Freitagabend. Ein sehr, sehr unglücklicher Abend. Frau Wiepke pilgert nämlich ein zweites Mal nach Ludwigsburg. Warum diesmal?«

III

Pfaffenhofen an der Zaber

Da mein Navi noch immer defekt bei seinem Hersteller weilt, lotse ich mich schließlich anhand einer verjährten Straßenkarte in die ansehnlichen Gefilde der Pfaffenhofener Kinski-Allee. Zwei Gänge heruntergedrosselt, schaukelt meine Kutsche nun an bourgeoisen Wohnfassaden entlang.

Bingo!

Das Grundstück Nummer 9 rückt langsam, aber sicher in mein Blickfeld. Um besonders wachsamen Vorhangguckern ein kleines Schnippchen zu schlagen, parke ich den Wagen unauffällig hinter einem zyklopischen Van am Ende der Allee, nahe einer Wendeplatte. Also durchaus nicht im Jagdrevier einer sensationslüsternen Klatschbasen-Fraktion.

Nach der routinierten Justierung meiner Wagenspiegel erhalte ich zunächst ein grobes Bild der in etwa zur Hälfte mit dichtgestricktem Grünzeug umprangten Kleinvilla, welche Mr. Wiepke laut Akte sein Eigentum nennt: Der wuchtigen Haustür liegt ein imposanter Durchgangsbogen gegenüber. Mit einer mannshohen Hecke verschmolzen, scheint dieser das Grundstück – bis hin zur Straße – zu begrenzen. Dazwischen sind die Fragmente eines Marmorweges sowie etliche Quadratmeter Rasenfläche erkennbar. An sich haben die Grünstreifen, von einem mit Blumen garnierten Baum-Torso abgesehen, nichts Ungewöhnliches zu bieten. Noch etwas tiefer in den Spiegel geäugt, lässt sich dann wenige Fuß weiter östlich ein gartenübliches Regenreservoir ausmachen. Vor einer Ecke des Hauses platziert, dient es im Moment zwei Vogelkehlen als erquickliche Oase.

Die Regentonne passiert, doktere ich sogleich etwas am Rückspiegel, bis sich mir – wie erhofft – freie Sicht auf das weißgetünchte Portal einer breit gemauerten Doppelgarage eröffnet. Nur einen Atemzug später stolpert meine Aufmerksamkeit – gleich mehrmals – über die blankpolierte Riesenkarosse eines perlmuttgrauen Geländewagens. Dezent abgeschätzt dürfte dessen erstaunliche Dimension nicht viel weniger als zweieinhalb luftverpestende Tonnen auf die Waage bringen. Erleichtert darüber, dass mein Portemonnaie nichts mit dieser motorisierten Kostspieligkeit am Hut hat, kneife ich ein letztes Mal die Augen zusammen, klopfe Spiegel für Spiegel nacheinander und gründlich ab.

Zu meiner Überraschung erspähe ich dabei, wie ein stämmiger Zaberbote von Briefkasten zu Briefkasten hechelt. Der juvenile Lockenkopf hat es offenbar eilig; abgesehen von der Erledigung seines Minijobs, scheint dieser nichts um sich herum zu registrieren. Während er im cleveren Zickzackkurs die Straßenseiten wechselt, werfe ich einen Blick auf die kleine Uhr neben der Tachoanzeige. Wir haben kurz vor elf.

Nur keine Hektik, Herr Kommissar.

Gerade ist der Fleißige damit beschäftigt, seinen widerspenstigen Karren in die angrenzende Nebenstraße zu bugsieren.

Perfekt.

Umgehend schnappe ich mein Equipment vom Beifahrersitz und verlasse den Wagen.

Wenige Minuten später schielen die unverzeihlich kalten Knopfaugen eines Falken auf mich herab. Ebenso ein Specht und Dachs, selbst die graziöse Nachtigall wurde offensichtlich erbarmungslos aus den Wäldern geschossen, um – wie es ja untrüglich anmutet – palisadenhohe Wände ganz im Gusto des heroischen Jägermenschen zu verbrämen.

Ob man wohl auf anderen Planeten die Tierwelt mehr zu schätzen weiß?...

»Sie haben wirklich Glück«, höre ich meinen Vordermann unerwartet feststellen, als wir gerade ein drohendes Hirschgeweih passieren, »'ne halbe Stunde früher wäre ich sicher noch beim Einkaufen gewesen.«

»Gelegentlich – ja . . .!«, pruste ich darauf erleichtert.

Etwas Besseres fällt mir zwischen den entseelten Kreaturen, oder was von diesen übrig geblieben ist, momentan nicht ein. Auch kann ich Wiepkes marineblauer Jogginghose nur langsam folgen, da die en masse im Hausflur verteilten und stapelweise aufgetürmten Kartons ein peinliches Stolpern geradezu provozieren. Eben noch insgeheim den Zeitungsboten belächelt, bin ich selbst jetzt das Opfer einer – eher ungewöhnlichen –

Slalomübung. Der Flur ist außerdem weit größer, als meine Vorstellung erwartet hat. Und zur Stunde offenbar ein wenig anarchistisch geprägt. Selbst der Hausherr macht an zwei, drei vertrackten Stellen in einem Potpourri aus Kisten und Kartonagen die höchst unbeholfene Figur des berühmt-berüchtigten Elefanten im Porzellanladen.

Einmal sieht ihn mein geistiges Auge schon böse umknicken, synchron dazu stieben meine Ärmel pfeilschnell dem absackenden Rücken entgegen – Wiepke hat die brenzlige Situation in letzter Sekunde gemeistert, allem Anschein nach nichts von meinem Einsatz bemerkend.

Besser so ...

Im ausladenden Esszimmer werde ich ohne viel Redens an den birnenförmigen Tafeltisch gebeten. Auch hier grüßen die Besatzer einer sperrigen Pappschachtel-Garnison, welche in allerlei Größen und Ausführungen einige Quadratmeter der lachsroten Fliesen erobert haben.

Ich werfe den Mantel über eine freie Lehne, nehme Platz. Als ich etwas sagen möchte, ist Gastgeber Wiepke – erstaunlicherweise – einen Tick schneller.

»Was darf ich Ihnen zu trinken bringen?«, fragt er mit violett umschatteten Augen, wobei es mir so vorkommt, als würde ihn ein kulantes Lächeln fast alle Mühe dieser Welt kosten. Dementsprechend fackle ich nicht lange und wähle ein Glas verdünnten Orangensaft.

»Geht in Ordnung«, nickt er den Trinkwunsch schläfrig ab. Dann steuert Wiepke im Schneckentempo die beinah schon feindselig düsteren Winkel seiner Küche an. Überraschenderweise wirft er auf halbem Wege nach: »Sie haben doch sicher nichts dagegen, wenn ich mir ein Gläschen genehmige? Ein Glas vom guten Lemberger!«

»Nur zu, Herr Wiepke! Ich bin gewiss nicht hier, um Ihnen etwas zu verbieten«, nutze ich die erste Chance, ein paar Funken des guten Mutes zu versprühen. Mein diskreter Versuch bleibt jedoch ohne den erhofften Erfolg. Stattdessen hebt der Hausherr – inzwischen vor einem türbreiten Kühlschrank postiert – erneut seine brummige Stimme: »Sie wissen ja, Herr Kommissar: im Wein liegt die Wahrheit! Wo auch sonst . . .?«

*

8 Tage früher

Heilbronn-Wolfsgraben

Hugo Fischers jüngste Tochter galoppiert zusammen mit den anderen Mädchen über die weitläufige Trainingskoppel des Reiterhofes *Pegasus*. Das exklusive Gestüt behält sich seit rund einem Jahrhundert vor, ausschließlich das schöne Geschlecht auf dem Pferd zu schulen. Wenn erwünscht, bis zur Perfektion – dem Profisport.

Der besseren Sicht wegen lehnt der Kriminalkommissar an einer der ringsum laufenden Sicherheitsplanken. Er gähnt entspannt, seine Gedanken hängen den Ereignissen des Wochenendes nach:

Dieser tragische Giftmord im provinzlerischen Zabergäu . . . Wer oder was kann hier nur dahinterstecken? Und was spricht überhaupt gegen einen affektiven Suizid? Ich warte am klügsten den Bericht der Gerichtsmedizinerin ab. Tja, Geduld sollte doch das Kredo jeder vernunftbegabten Spürnase sein . . .

Unbewusste Gewohnheit lässt den Ermittler dennoch auf die Zeiger seiner abgenutzten Armbanduhr schielen – kurz nach 17.00 Uhr. Offiziell endet der montägliche Reitunterricht um Fünf, wobei die Lehrerin keine Erbsenzählerin abgibt, was die Übermittlung ihres unschätzbaren Wissens anbelangt. Etwas anderes würden die Eltern dieser Kids wohl zu Recht als wahre Schande empfinden; man bedenke nur für eine Sekunde die laufenden Kosten für dieses Traumvergnügen.

Der Kriminalkommissar schiebt die vordringlichsten Ungereimtheiten seines Falles für den heutigen Tag einmal beiseite, versucht stattdessen das lebensfrohe Gekicher inmitten der Pferdekoppel auf sich wirken zu lassen . . .

Da montags in der Regel alle Neulinge und Anfängerinnen mit dem Wegräumen der Hindernishütchen an der Reihe sind, dürfen Elvira und zwei andere Mädels noch eine letzte Runde um die Bahn flitzen. Doch zuvor flüstert Hugos Tochter dem Pony ein paar lieb gemeinte Worte zu, anschließend dirigiert sie den Gang des

Pferdes in Richtung ihres Papas. Fischer streichelt das handzahme Tier zwischen den Ohren, wobei die ehrgeizige Elvira voller Glück zu strahlen beginnt.

»Nur noch eine Runde, Papi! Okay?«

Der stolze Vater lächelt gutmütig zurück.

»Wegen mir dürfen es auch zwei sein, mein Engel. Hauptsache du bleibst schön oben!«

Das Engelchen und sein Pony vollführen eine flinke Kehrtwende aus dem Stand. Fischer bemerkt sogleich die antrainierte Geschicklichkeit dahinter und ruft staunend aus: »Sehr gut! Bravo! Weiter so!« Unter halblautem Beifallsklatschen traben Elvira und ihr Pony auf das Übungsgelände zurück, die Zügel bewundernswert gelockert.

Schließlich streift sein Blick den Parkplatz des Pegasus-Areals. Die Rostlaube des Kommissars wartet dort an der Seite eines schnieken Porsches – bekanntlich die Sportkarosse der handverlesenen Reitmentorin.

Es wird wohl noch ein Leben dauern, bis ich mir solch einen Schlitten vor mein Häuschen stellen kann.

Der Ermittler schmunzelt verträumt in sich hinein, lässt von Neuem seine Aufmerksamkeit über die Ponykoppel schweifen. Unterdessen zwinkert ihm die schlanke Reitlehrerin überraschend freundlich zu. Fischer legt demnach ein nicht weniger zuversichtliches Lächeln auf, nebenbei klettert sein rechter Daumen in die Luft.

Als der Wind schneidig auffrischt und Kommissar Fischer gerade die Hände in den Taschen seines Wintermantels vergraben möchte, klingelt plötzlich das Mobiltelefon.

Ach Mist! Wer wagt es meinen Feierabend zu stören?

Widerstrebend greift der Kripobeamte in die Innentasche seines Mantels; das Handy-Geklimper schrillt ihm unbarmherzig entgegen.

»Fischer hier – hallo?«

»Guten Tag, Herr Inspektor Fischer.« Sofort weiß er die souveräne Stimme einzuordnen.

»Tag, Frau Kieferberg. Ich – mich überrascht Ihre Anrufszeit.«

Ein Lachen schwappt ins Ohr des Ermittlers. Dieser ist prompt erleichtert, dass seine Pathologin keinen verhagelten Montag hinter sich hat.

»Sie Scherzkeks! Momentan baue ich ausgiebig meine Überstunden ab; das erscheint mir ja selbst wie ein Märchen.«

»Haben Sie doch bestimmt verdient«, wirft Hugo F. mit Respekt dazwischen. Kieferberg überhört jedoch den Kommentar: »Außerdem war es die letzten Tage ziemlich ruhig in meiner Eiskunsthalle. Im Vergleich zu manch anderen Wochenenden hatte ich diesmal bloß wenige Omas und Opas in den Kühlboxen liegen; im Grunde allesamt friedhofsreif. Durch die Bank Routineuntersuchungen« – gehaltvolle Pause –, »bis eben auf diese eine Seele. Ach ja, können wir im Moment offen sprechen?«

Umgehend suchen Fischers Blicke die Reitlehrerin, welche bereits einen großen Teil ihrer Zöglinge über den Kunstrasen Richtung Stallparzellen kommandiert. Darauf gibt er bedenkenlos durch: »Sagen Sie an, Doktor Kieferberg – ich höre.«

Ohne ein Zögern kommt die Medizinerin zur Sache: »Sie sollten so schnell es in Ihren Terminkalender passt bei mir vorbeischauen. Altes Klinikum, denken Sie bitte an meine neue Adresse.«

»Ist mir inzwischen bekannt«, bestätigt der Kommissar, wonach die Frauenstimme an seinem Ohr in einen leicht beunruhigten Tonfall überwechselt: »Aber ziehen Sie sich davor warm an. Der Kernpunkt im Fall *Wiepke/Pfaffenhofen* – mit einer derart exotischen Chemie beziehungsweise Substanz hätte ich absolut nicht gerechnet. Und Ihre Leute von der Mordkommission vermutlich *noch* weniger!«

*

Elsa Wiepkes Ehemann stakst mit zwei gefüllten Gläsern in sein mehr oder weniger zweckdienlich entstelltes Esszimmer zurück. Er geht dabei wie auf glühenden Kohlen, fixiert im flattrigen Wechsel den Luxustisch und die Erfrischungen vor seiner bulligen Brust, welche bei jedem Tritt beinahe überzuschwappen drohen.

Kurz nachdem die Getränkefracht unversehrt im sicheren Hafen eingelaufen ist, schiebt er mir zunächst meine Charge hin, kostet darauf von seiner und sackt schließlich auf ein elegantes Möbelstück nieder.

Zwei Goldzähne blitzen hervor, als er zu sprechen beginnt. »Furchtbar ... vorgestern hab ich damit angefangen, ganz bestimmte Sachen in Kartons und Kisten zu packen. Hauptsächlich ihre Sachen. Es vergehen Stunden bis eine der Schachteln gut genug eingeräumt ist. Viele Stunden.«

»Verständlich ... «, senke ich langsam den Blick.

»Gerald, ein Schulfreund aus alten Tagen, arbeitet heute im Verpackungshandel. Auf meine Bitte hin, hat er zwei Paletten vor die Garage gestellt – er persönlich, mit einem Brief; keine Rechnung, aus Anteilnahme«, erklärt mir Wiepke halblaut und kostet dann vom Lemberger. »Ich muss nur anrufen. Ja, er würde mir jederzeit auch noch weitere liefern ... «

»Eine große Geste«, surfen meine Blicke jetzt staunend über mehrere Schuhkartons neben einer klein gehaltenen Fitness-Ecke im angrenzenden Wohnzimmer hinweg. Dann wirft Joachim Wiepke mit gleichgültiger Miene ebenfalls einen längeren Blick in die bemerkenswert umfunktionierte Wohnstube.

»Chaos. Unordnung, ich weiß«, meint er dabei verlassen, »aber es kümmert mich nicht sonderlich. Verstehen Sie ... was – was bleibt mir anderes übrig?!«

Anstatt ihm eine Antwort zu geben, drehe ich für einen ergriffenen Atemzug den Kopf zur Seite.

Der nun gewissermaßen Alleinstehende handelt offenbar exakt so, wie es ihm von seinen Ärzten nahegelegt wurde. Laut unsren Psychologen im Dezernat wird nämlich das relativ willkürliche Verstauen beziehungsweise Wegpacken unterschiedlichster Habseligkeiten des oder der

Vermissten als eine der ersten Maßnahmen einer effizienten Trauerarbeit ins Feld geführt.

Wiepkes Augen kleben inzwischen reglos am tiefroten Kelch seines Glases. Abwartend greife ich nach meinem mobilen Spielzeug, betrachte das aufmunternde Logo auf dessen Display. Nach ein paar versunkenen Minuten gibt mein Gegenüber endlich wieder ein Lebenszeichen von sich: »Ach, wissen Sie, Inspektor«, treibt Wiepke jetzt mit gedämpfter Stimme in eine für ihn offenbar endlos vernebelte Realität zurück, »sie war eine gute, wirklich gute Ehefrau ... ein so gutes Herz von einem Menschen ... «

Anerkennend halten wir nun beide für einen Moment inne, so als gewänne jene Feststellung durch das intuitive Schweigen auch für mich an Bedeutung. Demnach hängt Joachim schleppend an: »Jeden ... jeden Morgen lag und stand genau hier« – zwei Finger seiner Rechten tippen bedächtig auf die Tischplatte – »Kaffee, Milch, Zucker – guter Zucker; meine Lieblingstasse, Butter, Brötchen, Messer und Teller, Marmelade oder Aufschnitt, ein Frühstücksei und ... und das fehlt mir besonders: die Auenland-Stimme; der Sportteil: zum Lesen bereits aufgeschlagen. Ja, dieses Frühstück gab mir Kraft; ordentlich viel Kraft. Tag für Tag, Monat für Monat ... «

Erneut spüre ich, dass Wiepke nichts weiter als freiheraus erzählen möchte, und halte mich dementsprechend noch zurück.

»Wissen Sie, Inspektor, vor dem Ruhestand war ich bei der Gemeinde beschäftigt. Genauer gesagt: im Technischen Bereich, für Pfaffenhofen. Abteilungsleiter, jahrzehntelang – alles und jeder tanzte nach meiner Pfeife. Trotzdem hätte ich womöglich keinen Monat, keinen Winter in dieser Quetsche überstanden, wenn sie nicht gewesen wäre!«

»Keinen Winter?«, runzle ich die Stirn und fische nebenbei mein vertrautes Werkzeug aus den Manteltaschen.

»Ja. Bestimmte Waldflächen hat die Gemeinde inne. Deshalb waren meine Männer ja auch viel im Wald beschäftigt. Freitags war das hauptsächlich der Fall. Im Frühling und Sommer lief die Waldarbeit ausgesprochen rund. Immer. Aber während den frostigen Wintermonaten – da wehte dann im wahrsten Sinne des Wortes ein andrer Wind. Da war der Freitag plötzlich zu kurz, die ganze Woche war plötzlich für Vieles zu kurz. So ging die Schufterei wohl oder übel in den Samstag über. Und eben an solchen Wintersamstagen gab es kein Entrinnen: Da wuchsen die Aufträge meiner Truppe quasi über den Kopf hinaus; erstickten sie beinah in Arbeit, gerade weil wir schon in aller Herrgottsfrühe irgendwo im arktisch vereisten Stromberg steckten und dort oben Holz vorbereiten mussten, damit die Käufer am Ende auch termingerecht Holz machen konnten. Oft, sehr oft zog sich dieses Prozedere bis zum frühen Nachmittag hin – diese unerbittliche Sägerei ... «

»Harte Arbeit, nehme ich an.«

»Das kann man laut sagen! Wir tauften diese Tage ›Knochensamstage‹ oder kurz ›Knochentage‹, zumal wir beim Zersägen der Eichenstämme nicht selten das Gefühl in den Knochen hatten, dass uns dieser Job alle irgendwann noch vorzeitig – jedenfalls! Ohne meine Elsa, hätten wir so manche dieser Tage *Todestage* oder sonst wie taufen können.«

»Todestage? Sie übertreiben!«, werfe ich skeptisch ein, wobei meine Linke ein zweites Mal nach dem Mantel tastet.

»Inspektor! Nein! Was glauben Sie, wer da samstagmittags, mit Kaffee und Kuchenstückchen beladen, über ein Schlachtfeld aus Kettensägen, Buchen, Kiefern und gefällten Eichen stolperte, um fünf erschöpfte Hansel wieder aufzupäppeln?« – verächtlich klettert seine Stimme eine Oktave höher. »Die Frauen meiner Kollegen? Diese eitlen Ziegen? Niemals . . .!! Ne ne, von denen war da weit und breit nichts zu sehen. Nichts. Die wären sich noch heute zu schade für derartige Behilflichkeiten. Ja, glauben Sie mir das . . .! Aber meine Elsa« – an dieser Stelle fließen die ersten Tränen über Wiepkes markant gefurchte Wangen – »die schätzte meine Arbeit und ich schätzte ihre . . . «

»Das tut mir wirklich leid, Herr Wiepke . . . «

»Hätt ich sonst jeden Sonntag für uns beide einen saftigen Rehbraten zubereitet? Oder feine Souflakis in den Steinofen geschoben, während sie den Glauben, das Christsein lebte? Die besten Souflakis mit allem Drum und Dran. Ja, war doch alles mit Liebe, immer viel Liebe auf den Tisch gezaubert, während sie – wie gebannt – in der Kirche saß; während sie eine starke Stunde auf diesen halb gefrorenen Bänken zubrachte und brav der Predigt lauschte oder fröhlich im Gesangbuch blätterte; darin versank . . . gottgefällig. Wirklich, ihre Gottesdienstbesuche waren längst nicht mehr zu zählen – und dann so was! Unglaublich! Unglaublich. Wo waren denn ihre viel gepriesenen Engel? Wo?! . . . «

Der Witwer zerrt ein schwarz-weiß kariertes Taschentuch hervor, beteuert nebenbei: »Schauen Sie mal mich an, Herr Kommissar: ich war schon immer lieber am Herd als in irgendeiner Kirche; wollte kein einziges Stündlein auf diesen unterkühlten Bankreihen zubringen – leider! Ich Dickschädel. Sie geht doch gern für uns beide, war netterweise ihre Einstellung dazu. Und jetzt?! Jetzt sitze ich da . . . alleine. Trotz all dem alleine! Heute. Gleich. Sofort würd ich mein letztes Hemd für einen Kirchenbesuch am – am Südpol geben, wenn ich sie hierbei an meiner Seite wüsste . . . lebendig – wie früher.«

Langsam tastet Joachim Wiepke nach seinem blutroten Getränk, erneut fließen Tränen. Er schluchzt: »Und wie ich das würde . . . Was soll ich denn bloß ohne Elsa machen?«

Der erlittene Verlust scheint ihm tief ins Herz geschnitten zu haben . . .

Womöglich unheilbar tief. Ich muss es endgültig einsehen: Im Hause Wiepke ist nichts in Erfahrung zu bringen, was ich ohnehin nicht schon weiß – dank meinem Kollegen Hugo Fischer.

IV

Am frühen Abend durchlaufen meine 230 Zugpferde die schmalen Tore des ländlichen *Botenheim*, unweit der namhaften Heuss-Stadt *Brackenheim*. Der Akte nach dürften es nicht viel mehr als eintausend Seelen sein, welche sich innerhalb dieser kleinbemessenen Dorfgemarkung zu Hause fühlen.

Eintausend Menschen – das *sind verschwindend geringe 0,8 Prozent der Heilbronner Population!*

Mein Oberstübchen, dem auch heute keine navigatorische Prothese zur Verfügung steht, hat zunächst keine rationale Vorstellung davon, in welche der verwinkelten Nebenstraßen es hier letztendlich einzubiegen gilt. Was bleibt mir nun anderes übrig, als wieder einmal die Nase in die Straßenkarte zu stecken.

Ein dreifaches Hoch auf alle Topografie-Gelehrten und deren edelmütige Errungenschaften . . . !

» – *gibt nur ein Reihenhaus im ganzen Ring*«, hört mein Gedächtnis den alten Wiepke jetzt immer wieder festhalten, wobei mich die nebeneinandergesetzten Behausungen einer – wie sich herausstellt – hufeisenförmig angelegten Wohnsiedlung allmählich willkommen heißen. Bereits wenige Augenblicke später rollt meine bayrische Blechkutsche über die Sicherheitsschwelle einer kleinen Parkzone ...

Zu meinem Glück steht der Moritz-Bleibtreu-Ring für keines dieser verunglückten Viertel, die ich als irgendein zum Himmel schreiendes Habitat für Asylbewerber, Staatenlose, Frauenunterdrücker, amtlich Diskriminierte, Notbetrüger, Freizeitjunkies und dergleichen mehr bezeichnen könnte; ergo für keinen dieser Heilbronner Höllenvorhöfe, die mich in letzter Zeit bemerkenswert oft meiner Tage beraubten.

Auch noch lange nach Weihnachten so bemerkenswert, so ungewöhnlich, so undankbar oft, dass mir diese Abwechslung nicht schaden kann.

Das möchte ich jedenfalls glauben und ziehe - während ich bereits versonnen die Straße überquere - das Selbstverständliche einer friedvollen Dorfcouleur, welche hier aus jeder Ecke und jedem Winkel strömt, tief in meine Lunge hinab.

Reihenhaus Numero 11/4.
Ein ausgeblichenes Tonschildchen, gleich links neben der vierten Haustür, hält mit letzter Farbenkraft zwei Namen für mich bereit:

Sinja Wiepke
Anton Grüneder

Ohne jeglichen Zweifel ist meine Spürnase hier richtig.

Goldrichtig.

Schon nach dem ersten Klingeln tönt durch die Sprechanlage eine männliche Stimme: »Ja? Hallo?«

»Guten Tag, Herr Grüneder – vermute ich. Magnus hier, Darius Magnus – Kripo Heilbronn ... «

Anstatt einer Tasse schwarzen Kaffees wähle ich wohlerwogen Kräutertee.

». . . geht schnell – wird sicher bloß ein paar Minuten dauern«, beteuert Sinja Wiepke mit leeren Blicken. Sogleich fügt die junge Frau hinzu: »Sie können sich gern schon mal setzen ... «

Nach einem Wink Richtung Esszimmer passieren ihre zögerlichen Schritte das Entree der kompakten Küche. Kaum habe ich die empfohlene Sitzgruppe wahrgenommen, erhebt sich im angrenzenden Wohnzimmer ein athletisch wirkender junger Mann. Ein Lifestyle-Magazin segelt auf den halbverglasten Couchtisch nieder, bevor der Sportsmann mir seine Pranke entgegenstreckt.

» – der Verlobte«, bleibt mir in den Ohren hängen, als mich dieser jetzt ebenfalls an den bootsförmigen Tisch im Esszimmer bittet. Ich lege den Mantel über eine freie Lehne und setze mich. Während auch Grüneder auf einem der Lederstühle Platz nimmt, möchte er lediglich wissen, ob es mir denn ohne größere Schwierigkeiten gelungen ist, dieses »versteckte Kaff« ausfindig zu machen.

»Dank einer Karte – ohne Probleme«, entgegne ich im Ton des cleveren ADAC-Kunden, worauf wir in Smalltalk-Atmosphäre und gedehnten Sätzen die einzelnen

Streckenabschnitte meiner Route rekonstruieren und darüber hinaus alle möglichen Örtlichkeiten im Brackenheimer Umkreis plus deren fremdenfreundliche Ausschilderungen – immerzu kopfnickend – auf die Bühne rufen. Währenddessen werden wir des Öfteren vom dumpfen Klirren und Scheppern aus der auffallend vernachlässigt wirkenden Küche unterbrochen.

Und obwohl wir beide Minuten später noch immer gekonnt den Ball einer trostlosen Oberflächlichkeit hin und her zu spielen wissen, insofern dem sittengemäßen Breittreten von höchst Belanglosem bewusst nicht müde werden, scheint Anton ebenso erleichtert wie ich, als dessen Verlobte endlich zurück ins Esszimmer balanciert.

Zwischen Sinjas blassen Unterarmen schwebt jetzt ein rundes Tablett.

Überhaupt wirkt ihre gesamte Erscheinung viel zu blass.

Abgesehen davon nagt die Trauer wie ein parasitärer Wurm und obendrein so hilflos unverschleiert an Sinja Wiepkes eigentlicher Eleganz.

Rasch lenke ich den Blick auf das Tablett zurück, welches ihre nervösen Hände inzwischen neben die Vorratsdosen rücken. Prüfend gleitet Sinjas Blick dann mehrmals über eine Packung Bio-Gummibärchen und das übliche Kaffeeset hinweg, wobei Anton mit fixen Ärmeln eine Sitzgelegenheit für die entmutigte Dame zurückzieht. Danach nimmt der Gentleman drei Tassen vom Tablett, füllt zwei mit ölschwarzem Kaffee, kippt Milch dazu und wartet geduldig, da Sinja bereits zu seiner Rechten in die dritte – übrigens mit einem Albert Einstein-Motiv bedruckte – den Kräutertee fließen lässt.

»Zucker?«, bietet Elsa Wiepkes Tochter schließlich mit begrabenem Lächeln an.

Ich nicke ihr freundlich zu.

»Nur ein wenig, bitte ...«

Dennoch versinken im Tee gleich zwei und in den beiden Kaffees sogar jeweils vier aus der Vorratsdose gefischte Zuckerwürfel. Da der Tee noch immer vor sich hin dampft, taste ich nun brav abwartend nach meinem Mantel, um mich langsam, aber sicher meines Spiralblocks und Kulis zu bemächtigen. Währenddem lassen die Verliebten synchron ihre Löffelchen rotieren, umäugeln das Porzellan als könnten sie die Zukunft darin lesen.

Eine, wie es scheint, unerträglich düstere Zukunft ...

*

Heilbronn, altes Klinikum

Hugo Fischer eilt zielstrebig den Hauptkorridor des alten Klinikums entlang. Dieser wurde im Zuge der jüngsten Renovierung bemerkenswerterweise vom Erd- ins Kellergeschoss des Gebäudes verlegt. Zweifelsohne aus gutem Grund: Das gerichtsmedizinische Arbeiten mit dem Tod verlangt eben höchste Konzentration inmitten absoluter Ungestörtheit.

Auch der Kommissar ist sich dessen weitestgehend bewusst und drosselt entsprechend sein Tempo, als er die breiten Flügeltüren des angesteuerten Labor-Sektors erreicht. Vorsichtshalber wandert sein Blick jetzt hoch bis hin zur oberen Schutzrahmung des Einlasses; direkt über dieser gewahrt er exakt jene Buchstabenfolge, welche ihm jedes Mal aufs Neue ein unheimliches Kitzeln im Nacken beschert:

LEICHEN-HALLE

Sektor 2

Rechts des feuerfesten Durchganges ist mittlerweile eine Art Erkennungsdetektor für Kartenschlüssel sowie manuelle PIN-Code-Eingaben installiert worden.

Noch etwas unsicher lässt der Kommissar sein Kärtchen durch den schmalen Schlitz des Detektors gleiten und wartet.

Keine zehn Sekunden später öffnen sich die tonnenschweren Metallflügel unter einem leisen Summton – für Ermittler Fischer gewissermaßen das Signal des zweiten Kellersektors, dass seine Person hier unten offiziell befugt und zugleich willkommen ist.

Innerhalb der im Rotunden-Stil konzipierten Leichenhalle herrschen sinnigerweise konstante Temperaturen. Von einem Augenblick zum andern spürt Kommissar Fischer, wie ihm die 12,5 °C unaufhaltbar an den Hosenbeinen empor bis hoch zum letzten Knopf seines Hemdes kriechen. Diese so harmlose Überraschung hat er jedoch mit den Jahren bestens zu ignorieren gelernt – paradoxerweise heizt dieses kühle Forschungsklima seinem Denkvermögen erst richtig ein.

Der Kommissar blickt sich inzwischen allseitig um; da die Haupthalle mit ihren Obduktionstischen noch in einem Halbdunkel schlummert, peilt er ohne lange zu zögern die im hinteren Teil des Sektors untergebrachten Räumlichkeiten an. Mehr zufällig denn gewollt streift sein Auge eine kaum sichtbare Wanduhr unter einer Reihe von Lüftungsschächten – 8.25 Uhr.

Welch ein Dusel! Ich bin ja pünktlich wie ein Maurermeister!

Als Kriminalkommissar Fischer die Tür des gesuchten Einzelbüros erreicht, kippt er sich rasch ein Pfefferminzbonbon hinter die Zähne. Nebenbei huscht sein Blick über das gerahmte Info-Signet inmitten der Bürotür:

Dr. Therese Kieferberg
Forensik & Pathologie Stadt HN
Mordkommission HN

Nach den üblichen Begrüßungsformeln lächelt Doktorin Kieferberg noch etwas schläfrig am Bildschirm ihres Laptops vorbei.

»Falls der Kommissar auch ein Tässchen vom Zaubertrank benötigt, darf er sich gern bedienen. Schmeckt hervorragend diese neue Bohnensorte aus Mexiko beziehungsweise Chiapas.«

Guter Laune steuert Hugo Fischer die Ecke mit der futuristischen Kaffeemaschine an.

»Hm, da bin ich ja heute Morgen gleich doppelt gespannt, Doktor.«

Die Kaffeeliebhaberin nippt genüsslich an einer XL-Tasse, ehe sie in sachlicher Tonlage fortfährt: »Ohne zu übertreiben – Sie werden ziemlich große Augen machen.«

Der Kriminalkommissar hat mittlerweile eine Tasse unter die Fließdüse geschoben, erwartungsvoll nickt er seiner Weggefährtin zu.

»Und wann kann es endlich losgehen?«

»In den nächsten fünf Minuten«, betont Kieferberg, wobei sie den Laptop via Tastenkombination in dessen Stand-by-Betrieb abtauchen lässt. Anschließend schaut sie ihrem Kollegen vor der Kaffeemaschine hilfsbereit auf die Finger.

»Nur noch den blinkenden Startknopf drücken, frische Milch steht im Kühlschrank. Fühlen Sie sich ganz wie zu Hause, Inspektor« – Kieferberg nimmt den Labormantel von der Lehne ihres Chefsessels –, »ich erwarte Sie dann hinten im großen Analyse-Labor.«

Mit der duftenden Kreislauferfrischung und seinem Notizblock betritt Kriminalkommissar Fischer das Laboratorium. Sogleich fallen ihm die zweckmäßig präparierten Versuchstische an der langen Glaswand des Raumes ins Auge.

Als er gerade das Arrangement aus Mikroskopen und biochemischem Equipment etwas genauer inspizieren möchte, rückt die Forensikerin bedeutungsvoll an seine Seite.

»Ich habe da eine Kleinigkeit für Sie und Ihre Ermittlungen vorbereitet, Inspektor.«

Routiniert wendet sich die Gerichtsmedizinerin dem ersten Tisch zu. Während sie ihre Sportfigur auf einen der Plastikstühle niedergleiten lässt, macht sie deutlich: »Die Sache ist wirklich nicht besonders kompliziert – aber schlafen dürfen Sie mir trotzdem nicht.«

Hugo F. sieht die Labordame unschuldig wie ein Lämmchen an.

»Bei Ihrem traumhaften Kaffeeangebot? Geben Sie mir besser mal was zur Beruhigung, Doktor. Ich kann es ja kaum mehr abwarten!«

Kieferberg lächelt geschmeichelt vor sich hin, wobei sie, mit Pipette, Spatel und Reagenzglas bewaffnet, den ersten Versuch in Angriff nimmt. Hierfür entnimmt sie zunächst eine Prise Eisen-Wurzel und lässt diese behutsam auf den Objektträger unter dem Mikroskop rieseln.

»Dann werden wir jetzt mal loslegen.«

»Sofort! – « Fischer stellt seine Tasse sachte auf einem der nahe stehenden Brutschränke ab.

»Unser *Wunderstoff* wartet nämlich schon«, widmet sich Kieferberg unterdessen mit gesenkter Stimme ihrem Vorhaben, »nur noch ein winziger Tropfen . . . von diesem Nullachtfünfzehn-Kaffee aus dem Erlenmeyerkolben.« Sie greift nach dem Spezialgefäß für Flüssigkeiten, anschließend bringen Daumen und Zeigefinger das Saugröhrchen zum Einsatz.

Mit großer Neugier kehrt Hugo F. an den Labortisch zurück. »Sie konnten eine Probe des Stoffes tatsächlich auftreiben? So schnell?«

Therese Kieferberg schiebt einen Teil ihrer Ausrüstung beiseite, nebenbei lacht sie schalkhaft auf.

»Selbstverständlich – aber ich bin froh, dass Sie meine Kontakte absichtlich unterschätzen.«

Kommissar Fischer zwinkert solidarisch, wonach die Doktorin mehrmals an der Feinjustierung der Optik dreht, ihr Augenpaar dicht an die beiden Okulare des Mikroskops geheftet. Sie erklärt: »Hier geht es mir nur darum, Ihnen möglichst simpel zu veranschaulichen, dass beide Substanzen miteinander reagieren. Angeblich soll dabei der purinartige Doppelring des Koffein-Moleküls die Hauptrolle im primären Reaktionsablauf spielen.«

Der Kommissar beugt sich nun ruckartig vor.

»Lassen Sie mich mal sehen.«

»Bitte.« Kieferberg rückt ihren Laborstuhl ein wenig zur Seite. Angestrengt lugt Fischer durch die beiden Vergrößerungslinsen.

»Ich erkenne bloß einen haarkleinen Güterzug, der auf der einen Seite so etwas wie lose Stahlrohre entgegennimmt, um sie dann auf der anderen Seite wieder von der Kolonne zu werfen – allerdings bündelweise und in einer relativ langsamen Geschwindigkeit; beinahe im Zeitlupentempo. Irgendwie faszinierend ...«

Im Belehrungston schaltet sich Doktorin Kieferberg ein: »Was Sie da momentan sehen, ist eine begrenzte und zugleich irreversible Kettenreaktion; jeweils eines der zwei Sauerstoffatome im Koffein-Komplex bindet zunächst an die überschüssigen und freien Benzolringe der Eisen-Wurzel, also unseres Pulvers. Darüber hinaus entsteht, laut anerkannten Drogenexperten, eine Art *Derivat* beziehungsweise eine neue Verbindung, welche besonders – «, Kieferberg hält plötzlich mitten im Satz inne, dann schlägt sie vor: »Lassen Sie uns doch am besten einen Tisch weitergehen. Ich möchte ja den Clou des Ganzen nicht vorwegnehmen.«

Seiner Helferin vertrauend, löst Hugo Fischer ohne Einwände die Augen von den Okularen.

»Wie Sie meinen, Doktor ...«

Auf dem zweiten Versuchstisch hat Pathologin Kieferberg neben ihrem chemischen Sammelsurium eine kleine Kühlbox platziert, für gewöhnlich werden darin Proben frischen Blutserums verwahrt.

Sehr vorsichtig nimmt sie nun ein verschlossenes

Reagenzglas aus der Box und wendet sich damit dem ersten Objektträger zu. Um keine Zeit zu vergeuden, wurde dieser sowie zwei weitere schon vor dem Eintreffen des Kriminalkommissars mit der außergewöhnlichen *Pflanzensubstanz* präpariert. Dementsprechend hat Hugo Fischer nicht lange zu warten, bis er mittels eines Handzeichens wieder etwas näher zum Geschehen gebeten wird.

»Ich bin gleich so weit.« Sachte rückt die Doktorin den Träger in eine günstige Position.

»Voilà!«, ruft sie unversehens aus, inzwischen offenbar mit allen Einstellungen am Mikroskop zufrieden.

»Wir können genau an dieser Stelle weitermachen, Inspektor.«

Der Kommissar legt stehenden Fußes den Notizblock beiseite, merklich gespannt, was ihn wohl als Nächstes erwartet.

Eine straffe Nackenhaltung garantiert ihm den optimalen Sichtwinkel. Bereits wenige Sekunden später kann er feststellen: »Jetzt sehe ich Hunderte von roten Blutkörperchen; wie kleine Untertassen schwirren sie ziellos hin und her, manche stoßen sich ab, andere scheinen untrennbar miteinander verbunden, auch verschmolzen – aber wo sind denn bloß die gebündelten Stahlrohre? Die winzigen Güterzüge kann ich leicht erkennen; kolonnenmäßig schippern und kreisen sie zwischen den Untertassen immer dieselben Bahnen und hauchdünnen Durchgänge entlang. Doch weshalb koppeln die Züge einen Waggon nach dem anderen ab? Es werden sogar weniger. Oder was passiert hier?«

Souverän meldet sich die Forensikerin zu Wort: »In erster Linie haben wir hier eine neutrale Koexistenz zwischen menschlichem Blut und dem zugesetzten Fremdkörper vorliegen - unsre lebenswichtigen Erythrozyten werden offenbar in keinster Weise beeinträchtigt. Nicht einmal wenn wir« - die Pathologin klemmt mit flinken Handgriffen den zweiten Objektträger unter die Linsen -, »die Menge an Eisen-Wurzel um ein Vielfaches erhöhen. Es befinden sich nun statt 250 Milligramm über 1,5 Gramm der Substanz auf dem Glasplättchen. Im Grunde eine zutiefst verheerende Dosis, und zwar für jeden Blutkreislauf dieser Welt. Aber . . . « – Frau Kieferberg greift nach ihrer Pipette; anschließend kann Hugo Fischer beobachten, wie sie mit eingefuchstem Fingerspitzengefühl zwei Bluttropfen auf den aktuellen Träger abfließen lässt - » . . . sehen Sie am besten selbst, Inspektor.«

Der Ermittler beugt sich neugierig vor, seine Augen fangen das gesuchte Spektakel schnell ein.

»Tatsache! Alle Untertassen bleiben jetzt in Bewegung; die Güterzüge kommen allerdings langsam zum Stillstand, außerdem sind noch immer keine markanten Stahlrohre in Sicht. Wobei ja stellenweise Waggon für Waggon von der Bildfläche verschwindet. Was geht hier bloß vor, Doktor?«

Die Pathologin legt bereits ihre Instrumente und Hilfsmittel für ein letztes Experiment zurecht. Nebenbei beginnt sie zu erklären: »Es ist folgendermaßen, Inspektor: Nach wie vor ist unser Fremdstoff völlig machtlos gegenüber den Hauptzellen im menschlichen Blut. Und die *Wurzel-Waggons* lösen sich allmählich auf, weil das Opsonin im Blutserum die Zellstruktur jeder einzelnen *Wurzel-Zelle* dahin gehend verändert, dass die ebenfalls im Blut vorhandenen Lymphozyten ein relativ leichtes Spiel haben. Noch ... «

Hugo Fischer wirft seiner Kollegin einen fragenden Seitenblick zu: »Eine bestimmte Gruppe unsrer weißen Blutkörperchen zersetzt und entsorgt also letztendlich den Fremdstoff, hier Eisen-Wurzel, im Serum. Nicht wahr? Aber weshalb sagen Sie ›noch‹, Doktor?«

Kaum hat Ermittler Fischer ausgesprochen, ist dessen sattelfeste Helferin auch schon damit beschäftigt, einen dritten Objektträger unter das Mikroskop zu schieben. Sie macht klar: »Auf diesem Plättchen warten wie beim allerersten exakt 250 Milligramm des Fremdstoffes, also 250 Milligramm Eisen-Wurzel. Dazu habe ich die reguläre Menge an Blutserum beigemischt – diese spielt allerdings keine Rolle. Es ist nämlich etwas anderes, Inspektor, was Sie jetzt gleich ein wenig überraschen dürfte ... «

Therese Kieferberg taucht nun eine zweite Pipette langsam in das Spezialgefäß mit dem Kaffee. Schließlich landet ein einziger Tropfen der schwärzlichen Flüssigkeit auf dem Träger.

Voller Neugier presst Kommissar Fischer seine Augen dicht an die Okulare.

»Unglaublich, Doktor! Beeindruckend! Die Güterzüge beginnen wieder ihre Stahlrohre zu produzieren, bündelweise ... «

»Leider ist das ja keineswegs alles«, wirft Kieferberg

mit dunkler Stimme ein. Wenig später muss Fischer anerkennen: »Sie haben recht ... unsre Untertassen werden mehr und mehr von der Penetranz dieser Stahlpakete verformt, vielleicht sogar beschädigt. Verflucht – die roten Blutkörperchen bekommen so etwas wie Risse ... «

Wieder schaltet sich Kieferberg ein: »Sie werden sogar derart geschädigt, dass sie ihre Hauptfunktion nicht mehr ausreichend erfüllen können. Das bedeutet: Die Atmungskette innerhalb des Hämoglobins kommt hieraufhin langsam, aber sicher zum Erliegen.«

»Wie das?«

»Einfach gesagt: Die erneut durch Koffein entstandene Verbindung ist dermaßen aggressiv und zugleich resistent, dass unsre Killer- und Fresszellen im Blutserum offenbar nichts dagegen ausrichten können. Eine innere Erstickung ist das traurige Ende dieser *Wurzel-Koffein-Reaktion.* Ich werde mich allerdings heute Nachmittag noch etwas schlauer darüber machen, speziell über die einzelnen Stoffeigenschaften.«

Schlagartig blickt Hugo Fischer auf.

»Einen Moment, Doktor. Soll das etwa heißen, dass wir erst durch eine Beimischung von Koffein unsre Substanz, das Pulver, in einen letalen Giftstoff *verwandeln*?«

Kieferberg legt einen Teil ihrer Instrumente bereits neben das große Waschbecken. Sie nickt belehrend.

»Eisen-Glut – genau so ist es! In Verbindung mit Koffein sprechen Drogenexperten von einer Letaldosis, die für den Durchschnittserwachsenen circa 225 Milligramm beträgt.«

Kommissar Fischer unterbricht; er wirkt plötzlich

unruhig, so als wäre er auf eine brandneue Erkenntnis gestoßen.

»Und wie lange konnte sich diese Grundsubstanz im Körper von Elsa Wiepke *befunden* haben – ohne Koffein? Was denken Sie, Doktor? Haben Sie gestern am Handy nicht von über 600 Milligramm gesprochen?«

Medizinerin Kieferberg dreht sich nachdenklich um, die Hände in schützendes Einwegmaterial aus Gummi gepackt.

»Wenn man die Menge zugrunde legt, die ich in Blut, Leber und Niere nachgewiesen habe, ja, dann könnten das gut und gerne über acht Stunden gewesen sein.«

Mit grüblerischer Miene beginnt Ermittler Fischer vor den Laborschränken hin und her zu schlendern.

»Es besteht also inzwischen die Möglichkeit, dass Wiepkes Schicksal durchaus nicht – wie ja bisher angenommen – Samstag früh, sondern vielmehr Freitagabend besiegelt wurde. Diese Annahme würde vorsätzlichen Mord wieder etwas näher in den Mittelpunkt rücken – doch wo verdammt sind meine Verdächtigen?! Wer könnte ... «

Die Forensikerin pustet sich eine brünett gefärbte Strähne aus der Stirn.

»Das herauszufinden ist Ihr Job, Herr Fischer. Für heute kann ich leider nichts mehr für Sie tun ... «

Während der Kriminalkommissar dankbar nach seinem Notizblock und Bleistift greift, schickt die Königin der Eiskunsthalle ein humorvolles Lächeln durch ihr Analyse-Labor.

»Oder haben Sie nach dem Ganzen etwa noch Lust auf einen Kaffee?!«

V

Pfaffenhofen, Heike-Makatsch-Weg 8

»Sie haben doch hoffentlich Ihren Streifenwagen nicht direkt vor dem Haus geparkt?!«, fragt mich Sonja Kehrefein mit besorgter Stimme, während sie eine verzinkte Gießkanne über vier Reihen durstiger Schneeheiden hin und her gondeln lässt.

»Keine Sorge, Frau Kehrefein. Wir von der –«

Überraschend eindringlich wird mir das Wort abgeschnitten: »Bitte nicht so laut!«

»Entschuldigen Sie!«

Misstrauisch kneift Sonja K. ihre Argusaugen zusammen, wobei sie für einen Moment unverwandt durch mich hindurchsieht. Instinktiv trete ich einen halben Schritt zurück.

»Wir von – « Diesmal unterbreche ich mich selbst, da ihre bohrenden Blicke plötzlich an den Fassaden zweier Nachbarhäuser entlangstreifen. Unvermittelt legt sie den linken Zeigefinger auf die abgeblühten Lippen.

»Immer aufgepasst, Herr –?«

»Ich kann Sie beruhigen«, werde ich schließlich eine Oktave leiser, »wir Kripobeamten fahren nur selten, wirklich selten in Streifenwägen durch die Gegend.«

»So?!«

»Aber ja. Unsre Abteilung bevorzugt vielmehr *ganz gewöhnliche* Pkws.«

»Aha?! – Dann ist ja wohl gut. Es geht nämlich hier im Örtchen rum wie ein Lauffeuer, wenn irgendwer die Polizei – oder so was Ähnliches – bei sich hatte. Doch wenn das so ist . . . das beruhigt mich ein wenig.«

Sonja Kehrefein wendet sich erleichtert ab, hin zu einer sandfarbenen Regentonne, welche unmittelbar neben einem zusammengenagelten Gartenhäuschen ihren Platz gefunden hat.

Ich möchte Kehrefein ein paar Schritte durch deren Pflanzen-Dorado folgen, bleibe dann aber besser auf geduldiger Distanz und stelle mich vor den Halbkreis einer gastfreundlichen Sitzgarnitur unter dem vorspringenden Balkon.

Jetzt nur keinen verbalen Ausrutscher, ermahnt mich eine Art innere Stimme, wobei ich die auffallend unnatürliche Begrenzung der Blumenbeete skeptisch unter die Lupe nehme: einen Staketenzaun, dessen Hunderte von weißen Zacken emporstrahlen als wären sie gestern erst aus der Produktion gegangen.

Kehrefein hebt den Kopf für eine Sekunde, bemerkt die leise Verwunderung meinerseits, worauf sie überraschend den Wasserhahn zudreht und ihre Gießkanne – flink wie ein Wiesel – hinter der Regentonne verschwinden lässt. Wieder unter dem Balkon angelangt, schnippt Sonja K. dann beinah schon begeistert ihren rechten Daumen in die angenehme Mittagsluft.

»Nie wieder streichen«, äußert sie dabei mit einem überzeugten Lächeln. Fragend ziehe ich daraufhin die Augenbrauen zusammen.

»Bitte? Ich verstehe nicht ganz?«

Kehrefein schiebt nun beide Hände in die Taschen ihrer Gartenschürze, wobei sie ungemein selbstsicher zwei Schritte an mich herantritt.

»Den Lattenzaun«, nimmt sie schließlich einen zweiten Anlauf, »nie wieder streichen – jedenfalls glauben die Herrschaften aus dem Baumarkt daran. Massiv-Kunststoff und dazu UV-beständig. Beste Qualität!«

»Hatte sicher einen stolzen Preis?«, mutmaße ich mit interessierter Miene.

Kehrefein schüttelt überzogen verächtlich den Kopf.

»Viiieeel zu teuer – wenn Sie mich fragen. Aber immerhin zwei Sommer alt und trotzdem noch weiß wie am ersten Tag; ja, laut Hersteller sollen die Latten das auch bleiben.«

»Na dann! Vielleicht haben Sie damit wirklich einen Glückstreffer gelandet.«

Mein Blick segelt nun von Neuem über den lauschigen Zier- und Gemüsegarten hinweg.

»Hochwertige Produkte soll es ja angeblich noch geben.«

»Falls es diesen Sommer anders kommt«, dreht Kehrefein jetzt ebenfalls den Kopf in Richtung vertrautes Pflanzenreich, »werde ich mich aber ganz sicher beschweren, und am besten gleich beim Chef persönlich einen neuen verlangen. Ist doch mein gutes Recht! Oder nicht, Herr« – angestrengt kramt die Blumenfreundin in ihrem Gedächtnis – »Herr Ma . . . wie war noch gleich Ihr Name?«

Ich lege ein mildes Lächeln auf.

»Magnus. Ganz einfach: Darius Magnus von der –«

»Ich weiß! Ich weiß, woher Sie kommen«, hat Sonja Kehrefein jetzt offenbar erneut allen Grund, mich vehement zu unterbrechen. Augenblicklich hängt sie an: »Nur der Name ist mir entfallen. Nur der Name. Alles andere habe ich noch im Kopf. Sie dürfen mich nicht falsch verstehen, Inspektor. Es muss bloß nicht unbedingt sofort die halbe Nachbarschaft spitzbekommen, aus welcher Richtung der Wind weht.«

»Natürlich nicht«, dämpfe ich ein wenig überrascht die Stimme. »Das wäre auch keinesfalls meine Absicht.«

»Gut . . . ! Das ist gut zu wissen . . . «

Wie um zu signalisieren, dass ich eine weitere Chance noch immer verdiene, winkt mich Kehrefein zunächst einen diskreten Schritt näher.

»Ich nehme an, dass Sie es nicht – oder noch nicht – wissen, aber dieses Pfaffenhofen verhält sich bei Tage wie ein einziges, kilometergroßes Ohr – wirklich!«

Mein fragender Blick heischt nach einer Erklärung.

»Hauptsächlich aus diesem Grund«, höre ich Kehrefein unterdessen im Flüsterton ergänzen, »wird meine Wenigkeit hier unten bestimmt nichts erzählen; keinesfalls im Garten. Sie können gern mit ins Haus kommen, nach oben« – sie lässt einen Zeigefinger in die Luft steigen – »ja, da oben kann ich dann wenigstens mit gutem Gewissen alle Ihre Fragen beantworten, vielleicht sogar weiterhelfen.«

Ich senke kurz den Blick.

Warum nur diese ungewöhnliche, übertriebene, beinahe schon orakelhafte Vorsichtigkeit? Für mich sind hier weit und breit keine Nachbarsleute zu sehen . . . ?

Forsch nehme ich die Hobby-Floristin ins Visier.

»Wirklich so schlimm – die Sache mit dem Ohr?« Nun ist es Kehrefein, die sich, der Mimik nach zu urteilen, ein wenig auf die Schippe genommen fühlt.

»Sie glauben mir nicht?«

Mein gestrafftes Innehalten ist für Sonja Kehrefein offenbar Antwort genug.

»Na schön! Wenn das so ist«, hebt sie allmählich wieder die Stimme, »dann sollten Sie jetzt mal besser gut aufpassen. Direkt hinter dem Gartenhäuschen ragen Gewächsstangen für Tomaten aus dem Boden, vier Reihen. Kann man selbst von hier aus noch einigermaßen deutlich sehen, richtig?«

Auf den ersten Blick bin ich sicher: »Ja, ein paar davon sind durchaus erkennbar.«

»Gut, gut. Als Nächstes werde ich mich unter den Balkon setzen, mich also für ein paar Minuten zurückziehen. Sie dagegen werden zum Tomatenbeet marschieren und so tun, als ob Sie die Stangen auf deren – ich sag einfach mal – Standfestigkeit prüfen. In Wirklichkeit jedoch beobachten Sie – aber bitte unauffällig – die großen Kellerfenster am hellblauen Nachbarhaus, direkt gegenüber.«

Etwas irritiert runzle ich die Stirn. »Ist das wirklich Ihr Ernst, Frau – «

»Wirke ich denn, als wäre ich zum Scherzen aufgelegt? Tun Sie es einfach. Danach werden Sie immerhin eine Erfahrung schlauer sein . . . o ja, eine *Dorf-Erfahrung* schlauer – höchstwahrscheinlich!«

Mir zuckt ein seltsames Gefühl durch den Bauch, als meine Beine unmittelbar vor dem Tomatenbeet in die erforderliche Stellung gehen.

Was tue ich hier eigentlich?! Obwohl ich ernsthafte Aufklärungsarbeit leisten sollte, lasse ich mich stattdessen zu einer derart lächerlichen Zirkus-Szene überreden.

Notwendigerweise unterdrücke ich die Meldungen des eigenen Verstandes und werfe einen gefassten Blick zurück unter den Balkon. Sonja Kehrefein schmunzelt inzwischen mit verschränkten Armen vor sich hin.

Alles für den Job!, knocke ich sodann auch noch den letzten Zweifel aus – behutsam macht sich meine Rechte an einer der Gewächsstangen zu schaffen. Nach ein paar toten Sekunden riskiere ich das erste Auge in Richtung Nachbarhaus – das hellblaue – und tatsächlich! Hinter einem der gekippten Fenster zeichnet sich auf der eisblauen Gardine ein menschliches Profil ab, die Silhouette kommt nur wegen einer günstigen Lichtbrechung zum Vorschein. Zwei Wimpernschläge lang – wenn überhaupt – darf mein Adlerauge diesem skurrilen Schauspiel beiwohnen.

Umgehend starte ich einen zweiten Versuch, ganz in der Hoffnung, es könnte sich die Gelegenheit bieten, zumindest einmal eines dieser rotzigen Klatschbasengesichter auf frischer Tat zu ertappen. Doch wie sich schnell herausstellt, gleicht jedes weitere Zerren und rütteln an den daumendicken Aluminiumstangen einem Schuss in den Ofen.

Mit einem verdutzten Grinsen kehre ich unter den Balkon zurück. Meine sonderbare Gastgeberin wartet bereits hinter dem seitlich gelegenen Kellereingang. Nach einem flüchtigen Blickwechsel zitiert mich ihre Linke vor die Türschwelle.

»Und? Was meinen Sie? Hab ich Ihnen etwa zu viel versprochen?«

Die jüngste Begebenheit noch deutlich vor Augen, wiege ich verneinend den Kopf, woraufhin Kehrefein die knarrende Hintertür noch ein weiteres Stück öffnet, um mich über die Schwelle zu winken. Halb verärgert, halb verzückt flimmern dabei ihre neckischen Knopfaugen.

»Inspektor, was sagen Sie nun?! Garten oder Haus – Haus oder Garten, Herr Magnus? Ich tippe doch schwer auf die Behausung . . . «

*

Ludwigsburg-Eglosheim

Die Haushaltshilfe Paula Schmied trägt eine kleine Schale mit Süßigkeiten in das Esszimmer von Astrid Rosenkamm.

Der Höflichkeit halber klaubt Hugo Fischer einen Schokokuss aus dem randvollen Schälchen; er gibt sich Mühe, so gelassen wie möglich zu wirken. Der Kuss schmeckt unverschämt süß, vermag allerdings Fischers neuste Beobachtung etwas abzumildern:

Meine hochbetagten Zeitgenossen fordern ja am liebsten, was sie selbst nur noch ungern aufbringen möchten: himmlische Geduld.

Die Morgensonne blinzelt frech durch mehrere Fenster, bescheint mitunter die tonnenschweren Möbelstücke im angrenzenden Wohnzimmer.

. . . *unrettbar altmodisch,* denkt der Ermittler im Stillen und wundert sich nicht weiter, als seinem Auge hinter dem Glas einer Eckvitrine Schnappschuss-Galerien aus den Zeiten erster Lichtbilder in Farbe geboten werden.

Da Hugo F. die vereinbarte Uhrzeit um wenige Minuten unterboten hat, darf er nun entspannt zusehen, wie Frau Rosenkamm ihre jüngsten Kontoauszüge auf deren Richtigkeit prüft.

Unvermittelt hebt die 92-Jährige den Kopf: »Wofür genau habe ich denn diese 75 Euro gespendet, Paula? Kannst du bitte mal herschauen?« Tiefe Denkfalten kreuzen die Stirn der Greisin.

Sofort ist Frau Schmied von der Diakonie mit gütigster Krankenschwestermiene zur Stelle.

Diese beschwichtigt: »Soviel ich weiß, war das für neue, auch mehr artgerechtere Schlachtmethoden in der Fleischwarenindustrie gedacht. Sie fördern doch den Deutschen Tierschutzbund ... na, klingelt es wieder?«

Frau Rosenkamms Gedächtnis scheint langsam, aber sicher in die Gänge zu kommen.

»Ach ja, jetzt fällt mir das glatt wieder ein! Das mache ich doch schon über 20 Jahre ... «

Von beinah kindhafter Erleichterung ergriffen, legt Astrid Rosenkamm den letzten Bankauszug beiseite. Sie heftet ihren dösigen Blick auf die Einkaufsliste neben dem Festnetztelefon.

»Wenn du Rote Beete und Mohnsaft vermerkt hast, Paula, dann kannst du dich von mir aus schon auf den Weg machen. Ich bin sicher, dass der Herr Gendarm bestens auf mich achtzugeben weiß.«

Der Urgroßmutter im fahrtauglichen Stuhl gelingt ein befreiendes Lächeln, welches auch den Kommissar und die Hausgehilfin kurzerhand ansteckt – alle drei können nun für einen unbeschwerten Moment auflachen.

Schließlich nimmt die versierte Helferin den Notizzettel von der Telefonkommode und wendet sich wie vorgeschlagen zum Gehen, inzwischen einen rundlichen Einkaufskorb unter den Arm gehakt.

Nachdem Hugo Fischer wie ein Gentleman der alten Schule etwas Quellwasser ins Glas seiner Gastgeberin geschenkt hat, lehnt er sich langsam wieder zurück.

»Noch einmal, Frau Rosenkamm: Sie sind für mich so unschuldig wie ein Neugeborenes. Davon bin ich ohne den leisesten Zweifel überzeugt. Sie haben bei der Sache nichts weiter zu tun als ein paar Mal Nein zu sagen und schon bin ich wieder weg. Wir nennen das ›reine Routineangelegenheit‹ . . . «

Greisin Rosenkamm wird plötzlich ein wenig euphorisch: »Etwa so wie sonntagabends im Tatort? Früher habe ich da öfters mal reingeschaut, Inspektor. Damals gab es auch diese Schimanski-Folgen. Lebt denn dieser schnauzbärtige Haudegen noch? Dieser Götz George?«

Fischer lacht amüsiert, wobei er ein kleines Kuvert aus seiner Aktenmappe hervorzunesteln beginnt.

»Hundertprozentig, Frau Rosenkamm! Neulich erst habe ich gelesen, dass er noch einige Jahre hier im deutschen Filmgeschäft mitmischen möchte – sofern es ihm gesundheitlich vergönnt sei.«

Wieder im Hier und Jetzt lässt Rosenkamm einen träumerischen Erkundungsblick über die Tischdecke bis hin zu Fischers Umschlag zuckeln.

»Dass ich so etwas noch erlebe, in meinem Alter . . . ein echter Oberkommissar aus Heilbronn – sitzt bei mir zu Hause im Esszimmer! Wenn ich das meinem Urenkel erzähle . . . der wird Mund und Augen aufsperren. Mit Sicherheit.«

Die hochbetagte Dame pausiert, scheint erneut mit ihrem Erinnerungsvermögen im Clinch zu liegen.

Humorvoll kriecht es über ihre fahlen Lippen: »Ich und mein verkalktes Köpflein können Ihnen aber wirklich nichts versprechen ... nichts was –«

In sanftmütiger Tonlage unterbricht der Ermittler, er hat bereits mehrere Fotos aus dem Kuvert genommen: »Hierum geht es auch gar nicht. Nur keine Sorge, Frau Rosenkamm.«

Die Urgroßmutter setzt sich eine robuste Hornbrille auf die Nase und schmunzelt neugierig.

»Was haben Sie mir denn da für Bildchen mitgebracht, Herr Kommissar?«

Ermittler Hugo Fischer holt tief Luft; er weiß, was ihn das Leben heute Morgen zum tausendsten Mal lehren möchte: Geduld – himmlische Geduld ...

*

In Anbetracht meiner bisherigen Ermittlungsarbeit halte ich stilles Wasser für die richtige Wahl.

»Sehr nett, vielen Dank!«, lächle ich erkenntlich über den Tisch hinweg.

»Nichts zu danken, Herr Magnus.« Behutsam reicht mir die Hausherrin ein volles Glas. Verglichen mit ihrem Auftritt im Garten wirkt sie inzwischen recht gelassen.

Erneut sinkt Frau Sonja Kehrefein tief in ihren Freischwinger-Sessel, gleich neben dem ovalen Esszimmertisch. Trauer verdunkelt ihre Züge.

»Sie erwähnten, dass es für Sinja noch zu früh sei – zu früh, um die gemeinsame Vergangenheit lebendig zu machen. Vor allem Objektivität sei bis jetzt ausgeschlossen, meinten Sie, nicht wahr?«

Bestätigend gleiten meine Zeigefinger an der Tischkante entlang. »Allerdings. Genau so ist es. Bedauerlicherweise hat Sinja ein Heulkrampf nach dem anderen geschüttelt. Schon nach 15 Minuten hab ich die Befragung abbrechen müssen; auch ihr Verlobter hat diese Entscheidung für das Richtige gehalten.«

Mitfühlend bringt Sonja Kehrefein ein: »Und ausgerechnet diesen Sommer wollten sich die zwei das Jawort geben, also kirchlich heiraten; drüben in Lauffen, in der Hölderlinstadt. Aber nach diesem Unglück . . . «

Elsa Wiepkes ehemalige Weggefährtin zieht eine schmerzerfüllte Miene, spricht leise vor sich hin: »Ich sehe für die arme Sinja keinen Trost . . . Merke ja selbst wie das Ganze tagtäglich an meinen Nerven zerrt. Ich suche doch ebenfalls nach Antworten, Erklärungen; ja, glaubte immer, auf dem Land sei man vollkommen sicher. Elsa und Gift – überhaupt! Der Gedanke ist für mich so unvereinbar wie Feuer und Wasser, Inspektor. Hab von daher keinen Schimmer, was ich Ihnen jetzt erzählen soll.«

Ich jongliere den Kugelschreiber durch die Finger, schlage in Gedanken meinen Fragenkatalog auf.

»Sie haben jahrzehntelang einen sehr guten Draht zu den Wiepkes gehabt. Ist das korrekt?«

Kehrefein dreht langsam den Kopf in meine Richtung, nickt: »Ja, das ist durchaus richtig.«

Ich schaue auf meine Notizen und ergänze: »Obwohl niemals eine verwandtschaftliche Zusammengehörigkeit zwischen Ihnen und der kompletten Wiepke-Familie bestand, waren Sie an jeder Festlichkeit auf der Gästeliste vermerkt. Egal ob es sich um Sinjas Kindergeburtstage oder um eine Hochzeit handelte – überall, im gesamten Verwandtenkreis durften Sie die Festfreude mit den Wiepkes teilen. Wie kam es speziell zu diesem Privileg, Frau Kehrefein?«

Die Blumenfreundin wirkt nun ein wenig geschmeichelt, entschieden hebt sie die Stimme: »Das lässt sich leicht erklären, Inspektor. Elsa und ich waren ja damals schon in Latzhosen und Kinderschuhen ein Herz und eine Seele. Am Anfang unsrer Freundschaft stand die gemeinsam besuchte Grundschule, hier in Pfaffenhofen; später folgte dann die Realschule drunten in Güglingen. Schuljahr um Schuljahr saßen wir Struwwelköpfe nebeneinander, paukten Mathe- und Chemieformeln um die Wette, trieben die Lehrerschaft mit unsren flegelhaften Lachanfällen regelmäßig bis zur Weißglut und schnitten am Ende trotzdem erstaunlich gut ab.

Und natürlich waren da noch unsre zum Verwechseln ähnlich eingestellten Elternhäuser. Dass unsre Alten bloß die Landwirtschaft, das Geldverdienen und sonntags den Gang zur Kirche im Kopf hatten – ja, das schweißte uns doch im Grunde erst richtig zusammen.

Hauptsächlich in den Ferien musste Elsa oft irgendwo draußen auf den Rübenfeldern mithelfen. Daneben wollten ihre Eltern jeden Frühsommer eine Art Schrebergarten mit Bohnen, Tomaten, Zwiebeln und was weiß ich noch was alles bestellt sehen; beinah jeder Quadratzentimeter musste da ordentlich bewässert werden, oft auch täglich. Und obendrein mit bleischweren Gießkannen; das Schlimmste: das Bächlein zum Wasserholen lag über hundert Meter von den Gewächsstangen entfernt, und die schwüle Abendhitze machte diese Chose noch beschwerlicher. Trotzdem ließ ich meine beste Freundin nicht im Stich – wir schwitzten und schimpften gemeinsam, hielten dabei immer dasselbe Motto hoch: ›Geteiltes Leid ist halbes Leid‹.

Zu meinem Glück war Elsa fair – immer war sie fair zu mir und zögerte keine Sekunde, wenn es um die Mithilfe am knochenharten Broterwerb meiner Eltern ging. Insbesondere im Herbst- und Weinmond war bei denen stundenlanges Schuften angesagt. Sie wissen wovon ich spreche, Herr Magnus?«

Ich nicke aufmerksam. »Ihre Eltern waren vermutlich stark in das Wein-Geschäft involviert. Richtig?«

Kehrefeins Zeigefinger schießt wie ein Pfeil gen Zimmerdecke, wobei sich ihre Züge wieder etwas aufhellen.

»Genau mitten ins Schwarze getroffen!« Sie berichtet: »Mein Vater hatte damals ein großes Weingut aufgebaut, es stellte gewissermaßen sein Lebenswerk dar. Übertrieben gesagt, Inspektor: Auch in dieser Branche rief einen die Maloche Tag und Nacht.

Elsa und ich, wir kraxelten, mit Eimer und Wingertschere bewaffnet, die steilen Rebenhänge rauf und runter – so lange, bis die Blutblasen an unseren Füßen Pausen erzwangen. Manchmal täuschten wir sogar verstauchte Beine vor, logen unsren Alten das Blaue vom Himmel herunter, um die Wonnen der Jugendzeit ja nicht zu verpassen: das abenteuerliche Herumstreunen, mit dem Stahlross kreuz und quer durch die Landschaft gurken, auf den zimmergroßen Heuhaufen liegen, mit Träumeraugen dem süßen Nichtstun frönen, hin und wieder den Jungs die Köpfe verdrehen. Ach je, das waren damals schöne Zeiten. Jetzt werd ich glatt melancholisch, Inspektor ... «

Ich mache ein paar Randnotizen. Nebenbei nickt mir Sonja Kehrefein ausdrucksvoll zu, offenbar von Taschentuch und Tränen verschont geblieben.

»Muss ich noch weitererzählen, Inspektor?«

Dankbar verneinend bringe ich eine letzte Information von Tochter Sinja zur Sprache: »In den vergangenen fünf Jahren lebten Sie auch im schweizerischen Kanton Thurgau. Weswegen noch gleich, Frau Kehrefein?«

Die Hausherrin wird erneut ein wenig rot.

»Sie sind aber gut unterrichtet, Herr Kommissar.«

Mit einer flinken Handbewegung zieht Kehrefein ihr Henkelglas vom Tisch. »Mein jüngster Bruder wohnt schon über zehn Jahre bei Frauenfeld. Die Gründung einer respektablen Zoohandlung war damals sein Ziel. Inzwischen hat er dieses Projekt einwandfrei verwirklichen können. Und da ich ja gelernte Buchhalterin bin, habe ich Gotthold besonders in der Anfangsphase immer wieder unter die Arme gegriffen. Die Mühe hat sich gelohnt; sein Laden läuft im Großen und Ganzen erfreulich gut . . . heute. Doch leider . . . «

Neugierig lehne ich mich ein Stück vor.

»Doch leider? Ich höre – ?«

Kehrefein nippt an ihrem Glas, wirkt dabei auffallend unruhig.

»Leider war Elsa von meinem Einsatz in der Schweiz weit weniger begeistert als mein Bruder Gotthold. Zwar schrieben wir uns anfangs lange Briefe, telefonierten sogar regelmäßig. Aber mit der Zeit schliefen auch diese Bemühungen ein . . . Sie kennen das ja vermutlich, Inspektor: Freundschaften ohne private Treffen rutschen leicht bis zur Halbherzigkeit ab.«

»Kann durchaus so laufen«, bringe ich aufmerksam ein.

Meine Informantin nimmt einen weiteren Schluck vom goldbraunen Apfelsaft zu sich, seufzt: »Leider . . . Elsa und ich hörten also monatelang nichts voneinander. Ja, ich machte meinen Stiefel halt im Büro der Tierhandlung und Elsa – wie ich sie kannte – gewiss nach besten Kräften hier im Zabergäu. Gelegentlich verschickte ich eine kurze E-Mail an ihr Postfach, wogegen sie mir mehrmals Ansichtskarten aus allen möglichen Urlaubsländern zukommen ließ. Sardinien, Kuba, Dubai, Bali und ebenso Japan. Mein Gott, wo sie da überall rumgekommen war zu jener Zeit – wahrlich beeindruckend, Inspektor. Seltsam, dachte ich dann oft, Joachim ist mir früher nämlich nie besonders reiselustig vorgekommen. Wie man sich immer wieder täuschen kann?! . . . «

Ich überfliege meine Notizen; dabei kommt mir wieder in den Sinn, auf was ich eigentlich hinaus möchte.

»Es ist ja im 21. Jahrhundert nicht mehr ganz selbstverständlich – doch die Wiepkes scheinen ihre eheliche Zweisamkeit offenbar in vollen Zügen genossen zu haben, gerade was die Freizeit anbelangt. Sehen Sie das genauso, Frau Kehrefein?«

Mich erreicht ein deutliches Nicken.

»Im Grunde genommen kann ich mich an keine größeren Beschwerden von Elsas Seite aus erinnern. Mir ist nur bekannt, dass Joachim öfters mal einen über den Durst kippte und dass Elsa diese Weingeistausschweifungen nicht sonderlich begrüßte. Musste sie ja auch nicht. Aber welcher Mensch – oder sagen wir *Mann* – hat denn bitteschön keine Nachteile in der Brust?«

Mit vorgespielter Kleinmütigkeit ignoriere ich diesen Kommentar, frage stattdessen: »Halten Sie es für denkbar, dass Frau Wiepke im Urlaub dem Konsum von Rauschmitteln in gewisser Hinsicht zustimmte?«

Sonja Kehrefein schaut mich plötzlich an, als hätte ich soeben einen gemeinsamen Spaziergang durchs Dörfchen vorgeschlagen – Verwunderung steht ihr regelrecht ins Gesicht geschrieben.

»Sprechen Sie jetzt etwa von bunten Pillen und diesem Schnupferzeugs, Inspektor??«

»Offen gesagt, denke ich an Kokain und –«

»Ausgeschlossen!«, kappt Kehrefein meine Worte wie ein Sensenblatt den Grashalm.

»Meine ehemals beste Freundin?! Wo denken Sie bloß hin, Inspektor?! Elsa liebte zwar den Tee und den Kaffee, hatte auch was für Champagner und fruchtige Bowlen übrig, aber doch keinesfalls etwas für dieses barbarische Teufelszeugs . . . !«

Ich räuspere mich und schaue dabei aus einem der Esszimmerfenster ins Freie hinaus. Im Augenblick krächzt ein Rabe vorbei. Und noch einer . . .

Du musst ja nicht alles für bare Münze nehmen, was man dir hier erzählt. An den Menschen haften die Laster – oder verhält sich das in der Provinz etwa anders?

Zu meinem Erstaunen schiebt Kehrefein nach: »Ein Lotterleben mit Modedrogen und so weiter hätte Elsa sich doch überhaupt nicht leisten können. Bei ihr zählte Disziplin – und die besaß sie allemal.«

»Beruflich? Oder inwiefern?«

»Ja, beruflich meine ich. Morgen für Morgen sprang sie schon um kurz nach vier aus den Federn, stand dann pünktlich um drei viertel fünf vorne bei den Mahls auf der Matte. Elsa war quasi die rechte Hand der Bäckerei-Chefin. Sie hatte zwar bezahlte Sonderaufgaben, jedoch kaum Sonderrechte. Ja, die komplette Warenbestellung lief ja unter ihrer Aufsicht; fraglos war sie hierfür mit einem außergewöhnlichen Scharfblick gesegnet – denk *nicht* nur ich, Inspektor. Und trotz jener Aufopferung hatte sie hin und wieder mit Neidern in den eigenen Reihen zu kämpfen.

Elsa setzte sich ja auch für eine bessere Verständigung zwischen der Kirchengemeinde und dem Sportverein ein. Das verschaffte ihr bei vielen im Ort Applaus und Anerkennung, ein gutes Image – doch andere wiederum blickten voller Missgunst auf dieses ehrenamtliche Engagement, wohl auf die Auszeichnungen, welche ihr dadurch regelmäßig zuteil wurden. Ja, solche traurigen Tatsachen waren bestimmt nicht immer leicht für meine Elsa ... «

Vorsichtig traue ich mich wieder auf das dünne Eis der heikleren Ermittlungsfragen zurück: »Halten Sie es denn für realistisch, dass jemand aus der Bäckerei mit Wiepkes Tod in irgendeinem Zusammenhang stehen könnte?«

Kehrefein schaut einen Moment lang zur Seite, scheint jede Silbe für eine Antwort gewissenhaft abzuwägen. Schließlich bringt sie hervor: »Hm, das kann ich mir nur schwer vorstellen, Inspektor. Dass Elsa qualvoll sterben sollte – daran zweifle ich nicht im Geringsten. Aber jemand aus der Bäckerei . . . wenn, dann nur über eine dritte Person. Vielleicht war es sogar eine Art *Auftragsmord* oder wie man das auch immer nennt. Doch wem hätte sie denn bloß solch ein Riesendorn im Auge sein können? Vielleicht weiß ja Chefin Mahl etwas Hilfreiches – speziell dazu . . .?«

Ich bemühe mich um ein hoffnungsvolles Lächeln.

»Es wird sicher einen Versuch wert sein.«

Unvermittelt wirft Sonja Kehrefein einen Blick auf ihre Armbanduhr. »Haben Sie sonst noch Fragen, Inspektor?« – demonstrativ ordnet sie die Zeiger – »Herrje, wie die Zeit vergeht! Ich will doch noch eine Kleinigkeit einkaufen gehen.«

Ich leere in einem Zug mein Glas und tippe dann mit dem Kuli auf den untersten Punkt meiner Notizen.

»Bloß noch eine letzte Frage, Frau Kehrefein.«

Erwartungsvoll treffen sich unsere Blicke – ich entscheide mich für die Kurz-und-schmerzlos-Variante.

»Hätten Sie Elsa Wiepke einen spontanen Selbstmord zugetraut?«

Kehrefein macht eine ablehnende Handbewegung, welche beinah ihr Henkelglas vom Tischrand fegt.

»Nie und nimmer, Herr Magnus! Auch so was ist für mich ausgeschlossen.«

»Vielleicht infolge einer Kurzschlussreaktion?«, beharre ich mit fester Stimme, woraufhin Sonja K. ebenso unbeirrt weiterargumentiert: »Warum hätte Sie denn so feige abtreten sollen? Ich sehe da keinen einzigen Grund, Inspektor; Elsa war mit ihrem Leben ja überwiegend zufrieden. Und weshalb dann ihren Angehörigen und Verwandten diesen tiefen Schmerz hinterlassen? Denken Sie doch bloß an ihre Tochter ... «

Wie per Knopfdruck erinnere ich mich an jenen Besuch in Botenheim und sehe unwillkürlich eine um 20 Trauerjahre gealterte Sinja Wiepke vor mir.

... auch hier im Hause Kehrefein gibt es offenbar nur wenig erhellende Infos für dich.

Mit nüchterner Geste greife ich nach meinem Mantel.

Sonja Kehrefein hat sich bereits vor dem Küchenfenster in eine skurrile Spionagepose geworfen.

»Die Luft ist rein, Inspektor«, empfiehlt sie plötzlich mit halber Stimme und äugt dabei an der scharfkantigen Gardine vorbei. »Ab ins Treppenhaus mit Ihnen – ich gehe vorsichtshalber schon mal voran! . . . «

Einigermaßen irritiert und zugleich belustigt schüttle ich darauf den Kopf.

Hoffentlich hast du morgen mehr Erfolg bei der Arbeit . . . hoffentlich!

VI

Pfaffenhofen, Jürgen-Vogel-Straße 9

Mir pfeift eine nasskalte Brise um die Ohren, als ich mich dem gesuchten Grundstück nähere. Während ich die Schritte etwas zügle, zerrt meine Linke den Notizblock aus der Manteltasche; sicherheitshalber vergleiche ich die Hausnummern. Schon im nächsten Moment entdecke ich Berina Maigang, die mich über die Hofeinfahrt eines beschaulichen Familienquartiers winkt. Sie lächelt nur schwach, wirkt gleichzeitig ein wenig überrascht, wobei ich zunächst vor dem halb geöffneten Küchenfenster haltmache.

Keine Spur von akuter Trauer erkennbar. Das ist durchaus positiv.

Dennoch werde ich ebenso leise wie zurückhaltend begrüßt. Nebenbei fällt mir auf, dass sie beide Hände in rosafarbenen Gummihandschuhen stecken hat. Unmittelbar vor ihr versinken Teller und Trinkgläser im dampfig heißen Tümpel eines Abwaschbeckens.

Nur leicht hebt Berina Maigang jetzt den Blick, erklärt: »Morgen wird voraussichtlich unsre neue Spülmaschine angeliefert. Bis dahin . . . «

Eine müde Kopfbewegung in Richtung Abtropfbecken erläutert mir den Rest.

»Allemal ein Vorteil«, gebe ich mich daraufhin so warmherzig wie möglich. Ihre abgezehrten Wangen spiegeln schonungslos wider, was die Schwester von Elsa Wiepke in den letzten Wochen alles hat durchmachen müssen ...

Frau Maigang greift nun nach einer fettverschmierten Bratpfanne, verfolgt mit leerem Blick, wie das dunkle Teflon unter der Schaumdecke verschwindet. Sofort tauchen ihre Gummihandschuhe und eine Art Topflappen hinterher, wobei sie zögerlich ergänzt: »Der alte Spüler hat quasi über Nacht den Geist aufgegeben, einfach aufgegeben.«

Ich nicke verständnisvoll, entgegne dabei jedoch nicht mehr als ein ruhiges »Verstehe«.

Erneut jagt ein kühler Wind über die Straße. Das dürre Geäst einer Nachbarshecke zittert und bebt indessen unter dem Auftrieb der surrenden Luft. Sogleich ziehe ich den Kopf in den mantelwarmen Nacken.

Spiel einfach den Geduldigen.

Unruhiges, schweigsames Abwarten. Als gerade ein weiteres Küchenfenster anzulaufen droht, scheint Berina Maigang mit dem Hauptabwasch größtenteils durch zu sein. Sie streift das schaumbedeckte Rosa von den Händen und bittet mich dann, noch einen »kleinen Augenblick« vor der Haustür zu warten.

Ich biege um die Ecke; über einen schmalen Fußweg erreiche ich den mit Sträuchern verzierten Vorgarten und schließlich den Eingangsbereich der Familie

Maigang. Freundlicherweise begrüßen mich hier drei kniehohe Schneemänner aus gewöhnlichem Töpferton. Jeder der drei stolzen Wächter streckt mir einen fransigen Besen entgegen. Einzelne Borsten wurden offenbar mit wetterfestem Glitzerschmuck bestreut, was diese funkeln lässt wie Edelsteine eines königlichen Zepters. Kritisch beäuge ich die rabenschwarzen Zylinderhüte auf ihren feisten Häuptern.

Wir haben Anfang März, liebe Freunde. Eure Tage sollten längst gezählt sein!

Zu meiner Überraschung bin ich nicht das einzige Lebewesen, welches vor dem Domizil der Maigangs geduldig zu verweilen hat. Dicht unter einem kahlästigen Strauchgewächs, unweit der selbst erkorenen Monarchen, hält sich das Köpfchen eines Vierbeiners versteckt. Äußerst behutsam pirsche ich mich an den Streicheltiger heran. Erfreulicherweise bleibt dieser regungslos sitzen – zumindest bis jetzt. Als ich dann in die Hocke gehe, um den Feliden zu begrüßen, macht dieser völlig abrupt einen weiten Satz hinter das nächste Buschwerk. Ein wenig enttäuscht spähe ich dem langhaarigen Frechling nach, gleichzeitig springt mir sein von Menschenhand auferlegtes Schicksal ins Auge.

Das kann unmöglich wahr sein!

Das Halsband der braungrau gescheckten Perserkatze ist de facto – und kraft einer handelsüblichen Nylonschnur – mit einem Regenmesser gekoppelt. Zwischen Tier und Messstation liegen in etwa sieben Meter. Momentan. Offensichtlich soll dem stolzen Perser auch kein größeres Revier zu Gebote stehen.

Umgehend streift mein Blick das Messgestell im mit Hecken gesäumten Vorgarten der Maigangs. Wie vermutet, umschnürt dort ein Knäuel aus Nylonfäden das trichterförmige Sammelgefäß für die wöchentlichen Niederschläge.

Und diese Konstruktion beugt dem Ausbüxen einer ausgewachsenen Katze vor?

Der Anblick im Ganzen lässt einen ebenso fragen, worüber sich der Fremde hier mehr zu wundern hat. Könnte es einerseits die knapp bemessene Auslaufdistanz und der somit erzwungene Freiheitsentzug des Tieres sein? Oder andrerseits – und vielmehr – die geradezu dilettantische Fixierung einer *Leine* an diesem wacklig hingepflockten Regenmesser?

Ich kann eine plausible Erklärung kaum erwarten ...

Der tierische Röntgenblick zuckt mit Lichtgeschwindigkeit an mir vorbei, als Frau Maigang die Haustür öffnet und zu mir ins Freie tritt.

Gegen den auffrischenden Wind hat sie eine dicke Wollweste übergezogen. Die Verwunderung in meinem Gesicht scheint der Katzenfreundin nicht zu entgehen; schon von Weitem ruft sie mir zu: »Sie brauchen sich nicht zu wundern, Herr Magnus! Unser Tommy ist daran gewöhnt! Ich geh oft mit ihm an seiner Leine spazieren.«

»So? Tatsächlich?«, gebe ich darauf irritiert zurück.

Frau Maigang stellt sich nun direkt an meine Seite, wobei die rau wehende Brise ein wenig Farbe in ihr Gesicht zaubert.

»Wird langsam Zeit, dass der Frühling kommt. Dann

kann ich auch wieder regelmäßig seine Strecke mit ihm ablaufen ... «

Mit aller Mühe unterdrücke ich ein missfälliges Lachen.

»Wirklich schwer zu glauben, dass er so was ohne Weiteres mit sich machen lässt.« Zudem kann ich mir die knisternde Hauptfrage nicht verkneifen: »Und weswegen darf Kater Tommy denn bloß die *halbe* Freiheit genießen?«

Frau Maigang ist inzwischen vor einem der Gartensträucher in die Hocke gesunken. Auf meine schneidige Neugier möchte sie allerdings zunächst nicht eingehen.

Oder hat hier jemand meine Frage geflissentlich überhört?

Ich überdenke meine Erkundigung und beobachte, wie sie den scheuen Streicheltiger aus dessen Busch-Refugium hervorzulocken versucht. Erstaunlicherweise sind nur zwei wendige Anläufe nötig, bis die Tierfreundin das edle Geschöpf zwischen den Fingern und schließlich auf den Armen hat.

Näher an Frau Maigang und Kater Tommy herangetreten, verrät mir eine gewittrige Falte auf ihrer Stirn, dass mein stutziges »Weswegen?« sehr wohl vernommen wurde. Als wir uns im Schlenderschritt zum Hauseingang begeben, gelangt doch noch etwas Licht in das rätselhafte Schicksal des *Persers*.

»Sie müssen wissen, Herr Magnus: Tommy ist nicht unser erster Kater. Fragen Sie mich jetzt bloß nicht, wie viele es davor schon waren.« Die Katzenfreundin dreht sich kurz zur Seite und deutet in Richtung Straße.

»Es ist wirklich ein Jammer – leider wurden einige unserer Lieblinge dort drüben überfahren ... «

Die außergewöhnliche Leine am Halsband soll die Katze also vor gefährlichen oder gar tödlichen Begegnungen auf der Hauptverkehrsader bewahren.

Mit einem verständnisvollen Nicken öffne ich Berina die Haustür, wobei sich ein dankbares Lächeln an mir vorbei in das Reich der Maigangs stiehlt.

*

Bietigheim, Landkreis Ludwigsburg

Die gläserne Doppeltür der Bietigheimer Öko-Tankstelle *Green Power* gleitet kaum hörbar auseinander, als sich Kriminalkommissar Fischer dem Eingang nähert.

Sehr höflich teilt ihm eine Jobberin an der Hauptkasse mit, dass er bereits im Büro ihres Chefs erwartet werde.

»Wo geht's denn lang? Hier gleich links?«, erfragt Fischer, wobei er im Gehen ein paar störende Flusen vom Ärmel seines Dienstjacketts zupft.

»Bitte – diese Richtung. Ich zeig's Ihnen ... «

Die junge Studentin führt den Ermittler mit pflichtbewussten Schritten bis in den hinteren Gebäudeteil der Tankstelle. Fischer wundert sich allerdings, weshalb sie ihren Kassen-Posten so unaufgefordert verlässt, zumal ihr doch nicht entgangen sein kann, dass direkt nach ihm zwei Punks in zerlöcherten Jeans die Verkaufshalle betreten haben.

Verflucht! Du hast schon wieder diese griesgrämigen Vorurteile! Kümmer dich besser um deinen eigenen Mist! Das gilt vor allem in Sachen Elsa Wiepke . . .

Die Glastür zum Büro des Tankstellenbesitzers Kai Kronwald steht freundlicherweise offen. Wohl nicht umsonst hat Fischer seinen Besuch rechtzeitig angekündigt.

»Hier wären wir schon. Noch einen schönen Tag, wünsche ich!«

»Ihnen ebenso!« Fischer nickt erkenntlich, woraufhin die Aushelferin an einer Batterie Kühlregale entlang zurück zu ihrem Thekenbereich tänzelt.

Nachdem sich Hugo Fischer und Kai Kronwald nun persönlich miteinander bekannt gemacht haben, hält der Ermittler seinem Gegenüber einen gewissen Kassenbon unter die Nase.

»Also: dieses kleine Stück Papier ist unser erster Beweis dafür, dass sich Frau Wiepke letzten Donnerstag in Bietigheim aufgehalten hat. Und zwar zum Tanken hier bei Ihnen – an Ihrer Tankstelle.«

»Das mag sein«, spricht Kronwald sachlich an seinem Laptop vorbei. Umgehend reicht Kommissar Fischer den Beleg über den Schreibtisch.

»Könnten Sie bitte kurz einen Blick drauf werfen,

mir eventuell bestätigen, dass wir – mit Sicherheit – keine Fälschung vorliegen haben.«

»Das kann ich Ihnen sofort sagen.« Kronwald zieht eine Schublade an seinem Schreibtisch auf; zu Fischers Überraschung kramt er eine Lupe mit rundem Glas hervor.

»Die Rückseite«, murmelt der Geschäftsmann, »nur die muss ich mir genauer anschauen . . . «

Beinah schon fachmännisch bringt er nun das Vergrößerungsinstrument zum Einsatz, dreht seinen Chefsessel langsam dem Fenster und letztendlich der Mittagssonne zu. Er referiert: »Es verläuft pro Kassenzettel eine hauchdünne Diagonale durch das Papier. Diese kann ich auf Anhieb gut erkennen. Es handelt sich hierbei übrigens um eine Art Wasserzeichen« – nochmals kneift er die Augen zusammen –, »allerdings im Muster von mikroskopisch kleinen Laubbäumen . . . ist ganz speziell unser Natursymbol. Hab ich ja erst vor Kurzem neu entwerfen lassen.«

Überzeugt legt Kai Kronwald Lupe und Kassenbeleg neben seinen Laptop, beteuert: »Kein Zweifel – Ihr Beweisstück stammt aus meiner Tankstelle.«

»Na also! Das wollte ich hören«, atmet Fischer erleichtert auf. Kronwald versucht zu lächeln, was ihm jedoch nicht recht gelingen will. Sachte lässt er seine Lupe wieder im Dunkeln der Schreibtischschublade verschwinden.

»Und jetzt? Ich befürchte, nichts weiter für Sie tun zu können, Herr Kommissar.«

Der Ermittler scheint nicht sofort zu verstehen, worauf der professionelle Umweltfreund hinaus möchte. Stattdessen deutet er an: »Nun gehen wir zum zweiten Beweis über. Genau wie den ersten werden Sie mir auch den zweiten liefern. Mal einfacher gesagt: Alles was ich jetzt noch benötige, ist das Überwachungsvideo vom besagten Donnerstagabend. Wären Sie bitte so freundlich?«

Dem Chef der Öko-Tankstelle schießt plötzlich eine leichte Röte ins Gesicht.

»Hm . . . da gibt es wohl ein Problem, Herr Fischer.«

Der Kriminalkommissar reißt die Augen auf, alle seine Alarmglocken schrillen.

»Und welches, wenn ich fragen darf?«

Kronwald senkt für eine Sekunde verschüchtert den Blick: »Meine Station hier existiert noch keine zwei Monate und . . .« Er stockt, seine Finger tippen unbeholfen auf den Laptop ein. Dann ein zweiter Anlauf: »Und die Überwachungskameras wurden erst vergangenen Samstagmorgen geliefert – aus Irland. Ist eine ganz besondere Firma, die auch mit Greenpeace und anderen Großen zusammenarbeitet. Jedenfalls sind alle Kameras erst seit Sonntagnachmittag *online*. Das ist wirklich ein Pech für Sie . . . tut mir leid.«

Fischer schweigt, wirkt nachdenklich. Dann stellt er provokant in den Raum: »Sie wollen mir doch nicht weismachen, dass Sie Ihren Laden hier wochenlang völlig unbewacht geführt haben. Solch eine Fahrlässigkeit traue ich Ihnen einfach nicht zu.«

Kronwald fühlt sich darauf zumindest ansatzweise geschmeichelt.

»Haben wir auch nicht«, entgegnet er schließlich.

»Ganz im Gegenteil: Um die Zeit ohne Kameras bestmöglich zu überbrücken, habe ich insbesondre für die Abende und Nächte einen Spezialisten eingestellt. Einen ziemlich erfahrenen Nachtwächter – Herrn Kimmkorn. Bis letzten Montag war er hier bei uns im Dienst gewesen. Ein Spitzenmann, zuverlässig und austrainiert bis in die Zehenspitzen.«

Augenblicklich wittert der Kriminalkommissar seine Chance: »Bitte rufen Sie ihn an, diesen Kimmkorn.«

»Gleich jetzt?!«

»Nein, an Ostern. Selbstverständlich *jetzt*, Herr Kronwald! Seh ich etwa so aus als wäre mir großartig zum Scherzen zumute?«

Ein wenig beleidigt greift der Tankstellenbesitzer nach dem Telefonhörer.

»Was soll ich ihm eigentlich sagen, Herr Kommissar?«

Der Ermittler geht inzwischen im Schlenderschritt vor dem monströsen Jahreskalender auf und ab.

»Sagen Sie ihm, dass die Heilbronner Kripo an seinem letzten Arbeitsplatz auf ihn wartet. Es ist äußerst wichtig. Man hat nur ein paar Routinefragen an ihn. Weiter nichts – aber bitte sofort! Jede Stunde zählt . . . «

*

Meine Ermittlungsutensilien liegen an der fensternahen Stirnseite des klobigen Basteltisches ausgebreitet vor mir, flankiert von einem Wasserfarbenkasten und zahlreichen Aquarell-Skizzen. Mittlerweile befinden wir uns im »Kreativzimmer« der Familie Maigang.

Die trauernde Gastgeberin blättert versunken zwischen den Pappdeckeln eines Ringordners. Mit ruhiger Stimme wiederhole ich den letzten Stichpunkt meiner Notizen: »Könnten Sie mir bitte etwas genauer schildern, inwiefern sich Frau Wiepke am Gemeindeleben beteiligte? Sie genoss ja ein bemerkenswert hohes Ansehen – speziell hier in Pfaffenhofen.«

Wehmütig seufzt Berina Maigang vor sich hin.

»Da war so unzählig Vieles, Herr Kommissar . . . « Nur langsam blickt sie wieder auf, wobei ich so etwas wie Stolz hinter ihren verweinten Augen zu erkennen meine.

»Dieser LEITZ-Ordner hier gehört wie das Malen zu meinen Hobbys. Es finden sich darin – ich schätze – über 100 Zeitungsausschnitte und Artikel verschiedener Lokalblättchen; alles, jeder Papierstreifen mithilfe von Klarsichtfolien geschützt.«

Einigermaßen überrascht schaue ich nun auf den cremefarbenen Ordner.

»Und nach welchen Kriterien haben Sie die einzelnen Ausschnitte und Artikel ausgewählt?«

»In erster Linie sollten damit Ehrungen und Leistungen festgehalten werden, die sowohl meine als auch die Wiepke-Familie betreffen. Doch mit den Jahren hab ich diese Prämisse immer weniger beachtet und jene Sammlung auf alle möglichen Großereignisse innerhalb meiner Heimat ausgeweitet.«

Noch bevor ich meinen nächsten Gedanken formulieren kann, nimmt Frau Maigang eine gewisse Anzahl an Klarsichtfolien aus dem Ordner. Behutsam reicht sie den flachen Stapel über ihre Kaffeetasse und Lesebrille hinweg etwa bis zur Mitte des Tisches.

Umgehend beuge ich mich ein Stück vor, greife schweigend nach den Folien. Nebenbei höre ich meine Gesprächspartnerin erläutern: »Nun haben Sie so gut wie alle Leistungen meiner Schwester Elsa schwarz auf weiß; manche davon mit der Bäckerei verbunden, andere wiederum im Sinne der ehrenamtlichen Gemeindearbeit.«

Mit respektvollen Fingern lege ich einen Teil der Folien überschaubar vor mir aus.

»Das schätze ich sehr, Frau Maigang – Ihr Vertrauen.«

Sie lächelt darauf verunsichert, zugleich voller Selbstironie.

»Wenn ich Elsa auf den Bildern so fröhlich lachen sehe . . . das macht es bloß noch schlimmer für mich. Ich hab schlicht zu nah am Wasser gebaut, Inspektor; hoffe, dass Sie hierfür ein wenig Verständnis haben . . . «

Kaum habe ich mein Entgegenkommen auf ihre leise Bitte versichert, schiebt Frau Maigang abrupt ihren Rotansessel zurück.

»Ich lasse Sie kurz allein, Inspektor. Muss mal für kleine Mädchen – bin gleich wieder da.«

Während die Dame des Hauses das stille Örtchen aufsucht, lasse ich meiner Neugier gewissermaßen freien Lauf. Wahllos greife ich mir eine der Folien heraus und nehme Schlagzeile für Schlagzeile etwas genauer in Augenschein:

Erstes Bürgerfest auf dem Pfaffenhofener Kelterplatz

***Großes Weihnachtsfiguren-Basteln
im Gemeindehaus***

Neue Kräfte im Kirchengemeinderat

***Bäckerei Mahl spendet 5000 €
für Gemeindehaus-Sanierung***

***Landesbischof im Dialog mit dem Pfaffenhofener
Kirchengemeinderat – Neues Jesuskreuz genehmigt***

Ich schmunzle beim Anblick mehrerer Fotoanhänge im Stil einer voreiszeitlichen Schwarz-Weiß-Technik. Dennoch entlocken mir die dazugehörigen Überschriften ein achtungsvolles Staunen:

Ehrenmedaille in Bronze für Pfaffenhofener Bürgerin

***Arbeitsjubiläum – Elsa Wiepke
25 Jahre bei der Bäckerei Mahl***

Das Rote Kreuz und der Sportverein Pfaffenhofen sagen Danke – Bäckerei Mahl liefert fast 1000 Butterbrezeln bei großer Blutspende-Aktion

Ich picke noch eine Folie heraus, zwei Headlines springen mir ins Auge:

Senioren-Gruppe besucht Technik Museum in Sinsheim

Unter Leitung der Kirchengemeinderätin Elsa Wiepke fuhren vergangenen Sonntag . . .

Pfaffenhofener Sportwoche erstmals mit Jugendgottesdienst

Pfarrer Wolfgang Blendhögel und dessen Helferin Elsa Wiepke haben gestern inmitten eines Fußballfeldes . . .

Hut ab, denke ich ein weiteres Mal und vertiefe mich übergangslos in den nächsten Wust aus Artikeln und Schlagzeilen . . .

Als ich gerade die letzte Folie überfliege, kehrt Berina Maigang beinah lautlos an ihren Basteltisch zurück. Sie scheint in ihrem Auftreten zunehmend um Loyalität bemüht zu sein.

»Nehmen Sie die Folien ruhig ein paar Tage mit nach Heilbronn, Herr Magnus. Vielleicht stoßen Sie so auf wertvolle Details oder eine wichtige Information.«

Ich sende ein dankbares Lächeln über den Tisch. »Wir können es jedenfalls hoffen.«

Die Hobbykünstlerin ergänzt: »Und wenn es irgendwelche Unklarheiten damit geben sollte, können Sie jederzeit hier bei uns anrufen. Die Festnetznummer haben Sie ja.«

Ich tippe mir bedeutungsvoll an den Kopf.

»In Ordnung, hab ich mir gespeichert.«

Nachdem der Stapel Folien im Inneren meiner Aktenmappe verschwunden ist, blende ich erwartungsvoll zum nächsten Gesprächspunkt über: »Mir ist bekannt, dass Ihre Schwester gern verreiste; auch mehrmals pro Jahr und angeblich in alle möglichen Urlaubsländer. Können Sie das vorbehaltlos bestätigen, Frau Maigang?«

Nur einen Wimpernschlag später bekomme ich zu hören: »Ja, völlig richtig, Inspektor. Da besteht absolut kein Zweifel. Elsa liebte das Meer und die Weltstrände über alles ... «

»Insofern könnte es ja durchaus möglich sein«, stelle ich eine Vermutung an, »dass die Wiepkes gleich mehrere Freundschaften und Kontakte gepflegt haben, welche weit über die deutsche Grenze hinaus reichten. Ich denke jetzt an harmlose Urlaubsbekanntschaften, mit denen man per Telefon oder Internet ganz ungezwungen in Verbindung bleiben kann. Ist Ihnen zu diesem Punkt vielleicht etwas bekannt, Frau Maigang?«

Die Schwester von Elsa Wiepke greift mit laxer Armbewegung nach dem Henkel ihrer Kaffeetasse.

»Hm, leider kann ich hierzu nichts Genaues sagen. Aber rein von meinem Bauchgefühl ausgehend, denke ich eher nicht. Die beiden kannten ja allein im Zabergäu schon unglaublich viele Leute. Außerdem waren sie während den Urlaubswochen ohnehin eine nette Gruppe; dementsprechend war gute Unterhaltung garantiert – kann ich mir jedenfalls leicht vorstellen. So etwas wie Einsamkeit hatte da sicher keinen Platz.«

Demonstrativ runzle ich die Stirn.

»Was für eine nette Gruppe? Sie meinen wohl organisiertes Gruppenreisen über das Reisebüro. Oder wie hab ich das zu verstehen?«

Frau Maigang schaut mich plötzlich an, als hätte ich soeben Van Gogh mit Vivaldi verwechselt.

»Nein, nein!«, macht sie ihrer Verwunderung entschieden Luft. »Da reden wir aber mächtig aneinander vorbei, Herr Magnus. Im Reisebüro wurden doch nur die Flugbuchungen und solcherlei Dinge abgewickelt. Wohin es ging und wer mitreiste, stand meistens im Voraus schon fest. Aber –«, Maigang unterbricht sich selbst, da ich sie noch immer ungläubig anstarre. Dann wirft sie ein: »Offenbar hat Joachim vor lauter Trauer vergessen, diesen besonderen Bekanntenkreis zu erwähnen . . . Der Arme tut mir so leid.«

Erneut lege ich die Stirn in Falten und greife nebenbei zum Kugelschreiber.

»Einen speziellen Bekanntenkreis? In welcher Größenordnung?«

Berina Maigang nickt mir offenherzig zu.

»Ganz genau. Hm, ich würde sagen: an die zehn Personen. Meine Schwester und Joachim haben ja alles Mögliche mit dieser Clique unternommen. Neben den gemeinsamen Urlaubserlebnissen noch etliche Ausflüge querbeet durch Deutschland und halb Europa. Ungelogen, Herr Magnus: Ihre Sammlung an Reisefotos ist die größte, die ich je gesehen habe; Elsa hat jeden Kontinent ausgiebig kennengelernt ... «

Allmählich wittere ich eine vielversprechende Chance, zumal Maigang mit hilfsbereiter Stimme ergänzt: »Der Kreis nennt sich übrigens Samtrot – sofern er überhaupt noch existiert, was ich aber kaum glaube.«

»*Samtrot*. Richtig?«, vergewissere ich mich, den Kuli dabei so zielstrebig zwischen den Fingern wie seit Tagen nicht mehr. Frau Maigang bekräftigt: »Ganz genau, Inspektor. Es wissen allerdings nur die wenigsten in Pfaffenhofen darüber Bescheid. Hier im oberen Zabergäu traten sie ja eh selten in voller Runde aufs Parkett. Soviel ich weiß, gab es da bloß wenige Ausnahmen. Eine davon war der sonntägliche Gottesdienst. Wie die Spatzen auf den Stromleitungen saßen die Damen und Herren da regelmäßig nebeneinander, meistens bei uns in der Kirche oder halt im Nachbarort Weiler beziehungsweise im Nachbarstädtchen Güglingen. Ja, daran kann ich mich sehr gut erinnern ... «

Um auch den minimalsten Unklarheiten vorzubeugen, fasse ich meine jüngsten Informationen zusammen: »Noch einmal, Frau Maigang: Die Wiepkes hatten also eine große Vorliebe für das Reisen. Darüber hinaus zählten sich Ihre Schwester und ihr Mann zu einem exklusiven Freundeskreis namens Samtrot. Alle anderen Mitglieder des Kreises zeigten ebenfalls glühende Begeisterung in puncto Reisen, Urlaubmachen oder ähnlichen Vergnügungen. Außerdem kann behauptet werden, dass man bei Samtrot eine christliche Wertvorstellung respektierte, eine gewisse Gläubigkeit für jeden innerhalb der Clique schlicht dazugehörte – gemeinsame Gottesdienstbesuche sprechen beispielsweise dafür. Was habe ich noch vermerkt?«

Ich prüfe gerade meine unterstrichenen Randnotizen, als mir Berina Maigang einmal mehr beweist, dass ihr Kopf trotz aller Niedergeschlagenheit konzentriert bei der Sache ist: »Es wird vielleicht am besten sein«, höre ich den Vorschlag, »wenn Sie Ihre Fühler mal in Richtung Samtrot ausstrecken würden. Ich meine: irgendwer von denen muss doch irgendetwas Nützliches beitragen können. In dem Kreis gab es doch gute Freundinnen, die bestimmt noch mehr über Elsa wissen als ich ... Vor allem diese zwei Abende in Ludwigsburg sind mir ein Riesenrätsel.«

Kopfschüttelnd macht Berina Maigang eine Pause, wogegen ich mich zunächst einmal für die Namen der einzelnen Kernmitglieder des erwähnten Zirkels interessiere.

Meine Informantin fährt sich mit der Zunge nachdenklich über die Lippen.

»Die Wichtelwedes«, antwortet sie schließlich. »Lore und Kurt Wichtelwede. Ja, die beiden gehörten definitiv dazu. Allerdings ist deren Ehe letzten Sommer überraschend in die Brüche gegangen. Und seit Weihnachten heißt die Lore offiziell *Bäukle* mit Nachnamen.«

»Ein zweites Mal geheiratet?«, erfrage ich neugierig.

Maigang nickt, wobei sich ein Schatten der Verachtung um ihre Augen legt.

»Die hätte es doch auch nicht viel länger ohne einen

ausgehalten. Na ja . . . Jedenfalls hat sie noch vor Weihnachten dem jungen Bäukle das Jawort gegeben – August Bäukle, Landwirt und ebenfalls aus Pfaffenhofen. Genau so ist es.«

Ich erkundige mich nach Lores Exmann. Daraufhin ist eine Mischung aus Verwunderung und Ratlosigkeit im Blick meiner Informantin zu erkennen, sie berichtet: »Den Kurt hab ich seit Monaten nicht mehr im Flecken herumlaufen sehen. Womöglich lebt er inzwischen weit, weit weg – wohl im Ausland.«

»Im Ausland?«, ziehe ich die Stirn kraus.

»Manche im Ort schwatzen sogar von Asien. Auch solche Gerüchte höre ich immer wieder.«

»Ich werde das mal prüfen, Frau Maigang. Doch viel wichtiger ist, wo ich Lore und August Bäukle antreffen kann. Können Sie mir da vielleicht weiterhelfen?«

»Aber selbstverständlich, Inspektor . . . «

Kaum habe ich die Adresse des neuen Ehepaares auf Papier gebannt, bringt Frau Maigang weitere Figuren zur Sprache: »Zu der Clique zählten auch Margot Schenkfuß und ihr früherer Lebensgefährte Roland . . . Roland – ach ja, Gräßer! Roland Gräßer, dieser Musikexperte.«

»Interessant. Und wo genau haben diese zwei Personen ihren Wohnsitz?«

Maigang blickt überaus missbilligend an mir vorbei.

»Auch diese Geschichte ist etwas kompliziert, Inspektor. Soviel ich weiß, lebt Gräßer nur zeitweise im Zabergäu. Er ist ja Dozent an der Stuttgarter Musikhochschule. Seine Eltern – beide längst auf dem Friedhof – vermachten ihm allerdings ein nettes Häuschen;

draußen in der Mühlstraße, Richtung Weiler. Dort hat er ja schon mit einigen Weibsleuten Tisch und Bett geteilt. Margot war eine von denen. Doch inzwischen hat sie anscheinend den Mann ihres Lebens gefunden.«

Für einen Moment hellen sich die Züge meiner Gesprächspartnerin merklich auf. Sie ergänzt: »Seit Weihnachten lebt Margot nämlich ganz offiziell mit unserem Pfarrer zusammen. Das freut mich für sie; und kommenden Sommer werden die zwei voraussichtlich heiraten. Kurzum: Sie können ja bestimmt im Pfarrhaus vorbeischauen – Wolfgang Blendhögel heißt der Prediger.«

»Gut zu wissen«, lächle ich diskret.

Während ich die letzten drei Namen notiere, greift Maigang mit ausdrucksloser Miene nach ihrer Kaffeetasse. Sie nimmt einen kleinen Schluck. Dann höre ich sie nüchtern über den Basteltisch sprechen: »Die Familie Kelb könnten Sie noch vermerken, Inspektor. Anneliese und Armin.«

Erneut tritt eine gewisse Abneigung in Maigangs Augen. Ich reagiere darauf: »Und was hat es mit den beiden auf sich, Frau Maigang?«

Sie zögert, ringt sich schließlich durch: »Das werden Sie nicht glauben, Inspektor – auch die Kelbs leben beschämenderweise nicht mehr unter einem Dach.«

Ich mache keinen Hehl aus meiner Verblüffung: »Das alles kann einem ja ordentlich zu denken geben. Wissen Sie denn was über die Hintergründe?«

Erstaunlich rasch fliegt mir eine Antwort entgegen: »Unser ehemaliger Hausarzt, dieser Richard Doornick. Genau er schleppte Anneliese vergangenen Herbst mit nach Hilo; ist doch eine Urlaubsstadt auf den Hawaii-Inseln.«

Meine Verwunderung hält an.

»Wirklich durchgebrannt? Bis mitten in den großen Ozean hinein?«

Die Hobbymalerin reißt die Augen auf.

»Sie sagen es, Inspektor! Und von mir aus können die beiden auch schön bleiben, wo der Pfeffer wächst. Eine Frau zum Ehebruch verführen – pah! Ist doch wohl unverzeihlich so was.«

Da mich ihre religiösen Moralbegriffe nicht im Entferntesten kümmern, bleibe ich strikt beim Analysieren der Fakten: »Und wie steht's momentan um den Leidtragenden? Den Exmann, Armin – «, ich spicke auf den Block, »Armin Kelb? Ist er wenigstens noch in Pfaffenhofen anzutreffen?«

Elsa Wiepkes Schwester wirkt plötzlich von Mitleid ergriffen.

»Nicht mehr, Inspektor . . . seit Weihnachten hat Armin nämlich ein neues und weit strengeres Zuhause.«

»Wie bitte?«

»Um ihn zu finden müssen Sie – «, Maigang scheint ihre eigenen Gedankengänge für absurd zu halten.

»Muss ich was, Frau Maigang?« Vorgebeugt vermeine ich die Antwort besser hören zu können, welche lautet: »Bis hoch nach Bremen reisen.«

Überrascht wiederhole ich: »Nach Bremen?!«

Mein bohrender Blick lässt Wiepkes Schwester für eine Sekunde zum verschüchterten Reh werden.

»Wer möchte sich schon gegen die Ärzte auflehnen,

Inspektor – alle anderen Kliniken konnten ja entweder keine freien Plätze mehr bieten oder wären halt nicht optimal für Armins Misere ausgelegt gewesen.«

»Klinik und Misere? Mit welcherlei Beschwerden hat er denn zu kämpfen?«

»Hab ich bloß *Klinik* gesagt?«, entgegnet Frau Maigang und präzisiert sogleich: »Ich meinte doch *Entzugsklinik*.«

»Was um kein Haar besser klingt«, rutscht es mir flapsig von der Zunge, wonach meine Informantin mit empfindsamem Gesichtsausdruck darlegt: »Böse Alkoholabhängigkeit, Inspektor. Seit Januar ist er inzwischen unter permanenter ärztlicher Aufsicht. Und das auch noch im hohen Norden, weit weg von seiner Heimat. Wohl oder übel – da muss er jetzt durch.«

Maigangs Rührseligkeit klingt wieder etwas ab.

»Dieser verteufelte Alkohol«, hängt sie stattdessen voller Abscheu an. »Als der Kelb die Sache zwischen seiner Anneliese und dem gottlosen Medizinmann endlich durchschaut hatte – ja, ab diesem Zeitpunkt wurden zwei Weinkartons pro Woche normal für ihn. Ja, fast zwei Gourmet-Kartons. Oje, der *arme Armin*, so reden viele Leute im Örtchen bereits über ihn; ist ein sehr trauriger Spitzname ... «

»Also seit Januar«, unterstreiche ich auf einem neuen Blatt im Notizbock. Frau Maigang nickt müde vor sich hin.

»Ja, am Neujahrsgottesdienst hab ich Armin das letzte Mal gesehen. Und wie schon gesagt: Nicht viel später hat er sich dann wohl in Therapie begeben. Mein

Mann und ich haben uns übrigens recht gut mit ihm verstanden; und natürlich beten wir regelmäßig dafür, dass ihn Jesus aus dem ganzen Elend noch einmal befreit.«

Ich überlege einen Moment.

»Sie sagten vorher: Familie Kelb. Bestünde demnach nicht die Möglichkeit, einmal mit dem Sohn oder einer Tochter der Kelbs zu sprechen?«

»Eine Tochter gibt es nicht, dafür aber zwei Söhne. Die beiden haben sogar in London studiert. Informatik und auch Business – wenn ich's noch richtig im Kopf habe. Doch mittlerweile muss das auch schon einige Jahre her sein.«

Eifrig fülle ich eine weitere Zeile, hoffe zugleich, dass sich wenigstens einer der Brüder wieder in Germany eingefunden hat. Maigang schickt währenddessen nach: »Heute leben beide samt ihren Familien in Si – *Silicon*? Es ist irgendetwas mit *Silicon* drüben in den USA. Ich kann's mir einfach nicht richtig merken.«

Zig Tausende Kilometer vom Zabergäu entfernt – das darf doch nicht wahr sein! Mich befällt Ernüchterung, dennoch helfe ich Berina Maigang auf die Sprünge: »Sie meinen wohl Silicon Valley in Kalifornien. Richtig?«

Diesmal erhalte ich ein energisches Nicken.

»Genau das hab ich gesucht, Herr Magnus. Silicon Valley im Bundesstaat Kalifornien.«

Wir schweigen eine Weile, wobei ich meine jüngsten Informationen im Stillen grob addiere ...

Es ist kaum zu glauben, wirkt für mich eher wie ein zweitklassiges Drehbuch aus Hollywood. Bremen und Kali-

fornien; der Vater Alkoholiker und die Sohnemänner gemachte IT-Spezialisten. Und Mutti Anneliese? Angeblich am anderen Ende der Welt – gemeinsam mit irgend so einem Schniepel-Doktor Kokosmilch schlürfend und immerzu den lieben Gott einen frommen Mann sein lassend. Verdammt, Darius! Beim ewig heiligen Sherlock Holmes! Du wirst hoffentlich nicht Richtung Nordsee oder gar in die Staaten reisen müssen, um die Wahrheit ans Licht zu bringen. Dir bleibt nach wie vor ein Joker: die Bäukles und das Pfarrhäuschen in Pfaffenhofen sind locker mit dem Stahlross zu erreichen . . .

»Herr Magnus«, holt mich Berina Maigang an ihren großflächigen Basteltisch zurück, »haben Sie denn noch irgendwelche Fragen?«

Beim Blick auf meine Omega fällt mir ein, dass für heute eine weitere Befragung auf dem Plan steht.

»Da wäre bloß noch eine Kleinigkeit, Frau Maigang. Wie ich gerade merke, habe ich mir die Öffnungszeiten der Bäckerei nicht notiert. Haben Sie die Uhrzeiten zufällig im Kopf?«

VII

18.20 Uhr, Harald-Juhnke-Straße

Ohne länger darüber nachzudenken, angelt meine Rechte das solide Sturmfeuerzeug aus dem Handschuhfach. Gezielt verdecke ich damit das rötliche Ziffernfeld zwischen Tacho und Drehzahlmesser – der ständige Blick auf die Uhr verträgt sich nur schlecht mit meiner Geduld.

Das Päckchen mit den *Observations-Zigaretten* liegt bereits auf dem Beifahrersitz, gleich neben der Aktenmappe und dem eingenickten Smartphone. Anstatt dieses Kraut von Tobak zu rauchen, hänge ich mir eine der Fluppen gedankenlos vor die Lippen. Zumindest für die nächsten zehn Minuten . . .

Die wenigen Parkplätze unmittelbar vor dem Haupteingang sind noch immer alle belegt. Deswegen warten ich und meine Karosse auf der anderen Straßenseite, inmitten einer kleinen Alternativ-Parkzone, die offenbar der ganzen Welt zur Verfügung steht. Laut Berina Maigang, der Schwester von Elsa Wiepke, müsste die Ortsbäckerei um genau 18.30 Uhr schließen. Höflichkeitshalber habe ich mir vorgenommen, erst danach bei der Geschäftsführerin anzuklopfen. So wird die Chance auf eine stressfreie Unterhaltung in deren Büro wohl am größten sein – jedenfalls lässt mich das mein Optimismus vermuten.

Drei Jungs hetzen den Gehsteig entlang und überqueren schließlich die breite Juhnke-Straße. Das runde Leder unterm Arm und ihr lässiges Outfit verraten sogleich, dass es sich zweifellos um Freunde des Fußballs handelt. Sogar auf Distanz erkennt man die Erschöpfung in ihren Bubengesichtern; selbst der Gang zur Erquickung scheint nun schwerzufallen. Ohne lange zu fackeln, nehmen zwei der Kicker das Holzbänkchen gleich neben dem Haupteingang in Beschlag, während der Dritte im Bunde einen Schein und etwas Kleingeld aus dem Rucksack angelt.

Das Lädchen auf der anderen Straßenseite ist ganz und gar kein Backwarenhaus der gewöhnlichen Sorte, wie mir erst jetzt wieder klar wird. Nach meinen Quellen findet man rings um die weit gezogene Verkaufstheke auch etliche Güterregale eines *Wedeka-Aktiv-Marktes*. Angeblich reicht dessen Warensortiment vom einfachen WC-Reiniger über die No-Name-Chipspackung bis hin zum Oktavenheftchen für lerneifrige Schulanfänger. Und das Ganze selbstverständlich im ofenfrischen Glanze der guten alten Brezel …

Inzwischen werde ich Zeuge, wie die letzten Kunden ihre brechend vollen Tragetaschen und Einkaufskörbe auf dem Rücksitz oder im Kofferraum verstauen. Motoren springen an, Blinker werden gesetzt, meine hungrigen Zeitgenossen schieben sich ruckweise dem Feierabend entgegen.

Der junge *Klinsmann* verlässt den Laden, zwei PET-Flaschen und eine knittrige Papiertüte unter die Arme geklemmt. Es wird allmählich ruhiger um die Pfaffenhofener Bäckerei.

Ich schiebe das Feuerzeug ein Stück Richtung Drehzahlmesser – 18.29 Uhr.

Wird langsam Zeit für deinen Auftritt.

Eine leise pochende Verspannung aus dem Nacken massiert, nehme ich das nötige Equipment vom Beifahrersitz und steige aus dem Wagen.

Die bruchsicher eingefasste Doppeltür springt wie eine Ladung Knallfrösche auseinander, während zwei der Kicker ein synchrones »Hat leider schon geschlossen!« von sich geben. Flüchtig drehe ich den Kopf, kann mir dabei ein überlegenes Grinsen nicht verkneifen.

»Vielen Dank – aber bestimmt nicht für mich, Jungs!«

Noch die Verwunderung von *Klinsmann & Co.* im Rücken verspürend, geschieht, was ich nicht anders erwartet hätte. Bereits von Weitem ruft mir einer der Angestellten entgegen: »Geschlossen! Tut mir leid – Sie! Geschlossen!!«

Der strenge Tonfall erinnert mich prompt an einen peniblen Oberstudienrat. Überraschend fahrlässig lehnt der ältere Herr seinen triefnassen Schrubber gegen das Müsli-Regal – dann steht er auch schon vor mir.

»Keine Sorge«, saust meine Linke pazifistisch nach oben. »Ich möchte nichts.«

»Tut mir leid. Wir schließen – haben Sie's am Eingang nicht gelesen?!« Mürrisch tippt mein Gegenüber auf sein Uhrenglas am Handgelenk. »Herr Stopmann« bekundet mir das Namensschildchen zwischen seinem Hals und der hochgeschraubten Brust.

Wie überaus treffend, denke ich belustigt, wogegen der Graubart hastig in die Schublade der Kaufmannsphrasen greift: »Bitte – nehmen Sie das nicht persönlich.«

Noch bevor ich etwas erwidern oder gar persönlich nehmen kann, schieben mich zwei faltige Pranken in Richtung Ausgang.

»Herr Stopmann! Nur eine Sekunde!«, reiße ich jetzt endgültig das Ruder an mich, greife stracks in den Mantel und zücke meine werte *Heiligenbescheinigung* – den Dienstausweis.

Als hätte ich über den frisch gewischten Boden gepinkelt, derart verblüfft glotzt der Sittenrichter nun an mir herab.

»Polizei?! Das kann man ja so schnell nicht wissen, Herr – ich bitte um Verzeihung!«

»Schwamm drüber! Wir machen alle Fehler.«

Die Züge des älteren Herrn entspannen sich ein wenig. »Womit kann ich denn behilflich sein, Herr Kommissar?«

Mit freundlichem Gesicht lasse ich den Ausweis wieder im Inneren des Mantels verschwinden.

»Es geht um Ihre Chefin . . . «

Ich habe mein Anliegen kaum geäußert, schon senkt der Saubermann grüblerisch den Kopf; es ist beinah zu spüren, wie sich da in einem Hirnkasten weiter die Gedanken überschlagen. »Falls ich noch fünf Minuten zu warten habe, wäre das überhaupt kein Problem«, bleibe ich kompromissbereit.

Mein Entgegenkommen lässt Herrn Stopmann jedoch merkwürdig blass werden.

»Da – da muss ich nachschauen«, lenkt er schließlich mit tonloser Stimme ein. »Bitte folgen Sie mir.«

Der verunsicherte *Herr Oberstudienrat* geht mit kleinen Schritten voraus. Es dauert nicht lange, bis wir auf die Klinke einer wuchtigen Sicherheitstür zusteuern.

Ich bin durchaus gespannt, was mir die Chefin zu erzählen hat . . .

*

Heilbronn, Dezernat 11
Donnerstagmorgen, 9.04 Uhr

Oskar Zierlitz hat vor wenigen Minuten im Befragungszimmer 2 des Heilbronner Morddezernates Platz genommen.

Der 61-jährige Gabelstaplerfahrer aus Pfaffenhofen wäre um diese Stunde normalerweise auf dem Betriebsgelände der Firma Wahber Hydraulik in Güglingen beschäftigt. Für heute Morgen hat ihm sein Chef jedoch – ohne den geringsten Widerspruch anzumelden – einen halben Tag freigegeben. »Bitte alles – bloß keinen

Ärger mit den Gesetzeshütern!«, erinnert sich Zierlitz an die lakonische Reaktion seines Vorgesetzten, ebenso wurde ihm spaßeshalber ein »guter Rechtsbeistand« ans Herz gelegt.

Im Betrieb hat Oskar Zierlitz über diesen Witzboldkommentar zumindest noch schmunzeln können. Keine 24 Stunden später allerdings spürt er, wie ihm die Bedeutsamkeit des Ganzen von Sekunde zu Sekunde mehr ins Bewusstsein dringt.

Seine korpulente Statur rutscht mittlerweile ungeduldig auf dem Stuhl hin und her – stets das mulmige Gefühl im Nacken, dass ihm während der Fragerei gleich mehrere Versprecher unterlaufen könnten. Und wie er mal in einer TV-Talkshow verfolgt hat, werden selbst versehentliche Falschaussagen im Regelfall mit einer saftigen Geldbuße geahndet. Oder hat sein Oberstübchen da nur mal wieder nicht richtig aufgepasst?

Als sich Kommissar Fischer mit einer Kaffeetasse ebenfalls an den Tisch gesellt, ist der Nachbar von Joachim Wiepke unwillkürlich versucht, eine Mischung aus Coolness und Welterfahrung im Raum zu verbreiten. Erschreckenderweise möchte diese Rechnung aber nicht aufgehen. Zu solide und einnehmend wirkt die Aura des breitschultrigen Polizisten – und obendrein blitzt noch diese sonderbare Menschenkenntnis aus seinen Augen.

»Möchten Sie denn auch etwas zu trinken, Herr Zierlitz? Vielleicht ein Glas Wasser? Ihr Gesicht macht ja nicht gerade einen entspannten Eindruck.«

Zierlitz ringt sich ein Grinsen ab.

»Nein, danke! Das ist schon recht so. Die Aufregung

ist nur da, weil – wird wohl einfach an der fremden Atmosphäre liegen, denke ich.« Dann fällt sein Augenmerk in gespannter Erwartung auf das Diktiergerät, welches nahe am Tischrand platziert wurde.

»Werden meine Antworten etwa aufgezeichnet?«

Der Kommissar lächelt beschwichtigend und macht klar: »Nur damit wir auf der sicheren Seite sind, Herr Zierlitz.«

»Ein Glück, dass ich nichts zu verbergen habe«, grunzt der dickleibige Oskar, wobei er sich schon im nächsten Atemzug die Zunge für einen solchen Fauxpas hätte abbeißen können. Obwohl der Kommissar absichtlich keine Notiz davon nimmt, dreht Oskar Zierlitz nun duckmäuserisch den Kopf Richtung Fenster; er spürt das leise Unbehagen vom Nackenwirbel bis hinunter in sein Nierenbecken kriechen. Es verstreichen ein paar stumme Sekunden . . . Sekunden, die für den Staplerfahrer schier eine Ewigkeit bedeuten.

Unvermittelt beugt sich Hugo Fischer eine Kopflänge vor.

»Bloß der Formalität wegen muss ich Sie wissen lassen, dass die Irreführung polizeilicher Arbeit und das Vorenthalten jeglicher Informationen im Zusammenhang mit der Aufklärungsarbeit strafbar sind. Ich fordere Sie demnach auf, ab *jetzt* nur und nichts als die Wahrheit zu sagen – haben Sie mich verstanden?«

Oskar Zierlitz nickt nach dieser Ansage so ernst wie ein Schuljunge, der zum alleinigen Nachsitzen verdonnert wurde. Er entgegnet: »Klar und deutlich, Herr Kommissar.«

»Perfekt«, murmelt Kommissar Fischer, woraufhin er sich langsam in seine ursprüngliche Sitzhaltung zurückbequemt.

»Wie bereits am Telefon erwähnt, trifft Sie persönlich keinerlei Verdacht im Fall ›Elsa Wiepke‹. Darauf haben Sie mein Wort. Ganz anders steht es dagegen mit dem Ehemann, Joachim Wiepke.«

»Wie bitte?!«, wagt Oskar Zierlitz den Ermittler zu unterbrechen. Dessen Erklärung kommt souverän und zugleich gelassen: »Das liegt allein daran, dass ein Lebenspartner logischerweise erst mit dem Rückhalt entlastender Zeugenaussagen außerhalb des Tatverdachtes steht beziehungsweise stehen kann. Es gibt in der Geschichte der Kriminologie natürlich auch eine ellenlange Reihe von Gründen sowie Studien, welche jene These immer wieder belegt haben. Doch in diese Akademiker-Thematik werden wir beide mit Sicherheit *nicht* einsteigen – es sei denn, dass Sie heute Nachmittag noch auf diesem Stuhl sitzen möchten?«

Zierlitz ist prompt über den Humor des Kriminalpolizisten erleichtert; brummig lacht er auf: »Um Himmels willen! Verschonen Sie mich. Mir ist inzwischen vollends bewusst, warum ich heute bei Ihnen und nicht auf meinem Stapler sitze. Ja, von mir aus können wir langsam loslegen.«

Kommissar Fischer aktiviert mit einer routinierten Handbewegung das Diktiergerät.

»Heute vor genau einer Woche haben Sie im Haus der Wiepkes sozusagen Ihren Abend verbracht. Zuerst möchte ich Folgendes wissen, Herr Zierlitz: Um welche

Uhrzeit sind Sie an jenem Donnerstag eigentlich bei Ihrem Nachbarn eingetroffen?«

Oskar Zierlitz überlegt einen Moment.

»Ich war gegen acht, also 20.00 Uhr, bei den Wiepkes unten im Hobbykeller. Joachim hat darin eine Art Heimkino und 'ne kleine Hausbar aufgebaut – ja, reines Freizeitvergnügen.«

Der Ermittler rückt mit seinem Stuhl ein paar Zentimeter vor.

»Ich wiederhole für das Band: Der Nachbar traf gegen 20.00 Uhr im Hobbykeller ein.«

Nach einem wohldosierten Schluck aus seiner Kaffeetasse nimmt er den Zeugen wieder ins Visier.

»Nächste Frage: Hat es denn für dieses abendliche Treffen bei den Wiepkes einen speziellen Anlass gegeben?«

Die Miene des Staplerfahrers hellt sich überraschend auf. »Allerdings, Inspektor. Mein Kumpel Joachim und ich schauen regelmäßig unsre Lieblings-Sportveranstaltungen im Fernsehen gemeinsam an. Neben den Fußballspielen der Champions League hauptsächlich Formel 1. Letzten Donnerstagabend war jedoch ausnahmsweise mal ein Boxkampf auf Eurosport angesagt. Liveübertragung aus der alten Audi-Arena in Neckarsulm.«

Fischer fummelt nun einen Kugelschreiber aus der Hemdtasche.

»Und wer hat dort gekämpft? Können Sie sich daran noch erinnern, Herr Zierlitz?«

»Klar doch! Das war der junge Dominik Britsch gegen Billy Lyell – Nordamerikaner und drei Jahre älter. Die

Schlacht ging über zwölf Runden, Britsch siegte am Ende nach Punkten.«

Fischer hält einzelne, jedoch nur magere Stichworte auf seinem Notizblock fest. Nebenbei lächelt er anerkennend.

»Wirklich ein fabelhaftes Erinnerungsvermögen.«

»Vielen Dank!«, entgegnet Zierlitz voller Stolz.

Erneut gönnt sich Kommissar Fischer einen belebenden Schluck aus der Tasse. Danach fliegt sein rechter Zeigefinger über das Klemmbrett mit den Hauptfragen.

Langsam schaut er wieder auf.

»Wie würden Sie die Stimmung Ihres Nachbarn an dem besagten Fernsehabend beschreiben?«

Zierlitz blickt zur Seite, so als würde sein Gedächtnis die auftauchende Erinnerungssequenz noch schnell einer Art Qualitätskontrolle unterziehen. Zuverlässig legt er offen: »Er war ziemlich gut drauf. Mit Sicherheit, Inspektor. Es gab ja überhaupt keinen Grund für schlechte Laune. Weder für ihn noch für mich.«

Fischer behält die sachliche Tonlage bei: »Verstehe. Im Verlauf des Abends – sind Sie und Herr Wiepke da auch auf dessen Ehefrau Elsa zu sprechen gekommen? Vielleicht nur beiläufig?«

Zierlitz denkt nach; angestrengt schweift sein Blick Richtung Tageslichtfenster und wieder zurück.

Er berichtet: »Nur als ich wissen wollte, ob unser Geräuschpegel eine Rolle spiele oder eher nicht. Joachim meinte darauf, dass wir relativ laut sein können, zumal die ›Chefin‹ einen Frauenabend in Ludwigsburg verbringe. Ansonsten kann ich mich an nichts erinnern . . . «

Mit erwartungsvoller Miene schiebt der Kommissar seine Kaffeetasse ein Stück beiseite. Anschließend zielt sein vertrauter Kugelschreiber dem Zeugen mitten auf die Schlemmerbrust.

»Glauben *Sie*, dass Joachim Wiepke in irgendeiner Weise mit der Vergiftung seiner Ehefrau zu tun haben könnte?«

Der Staplerfahrer aus Pfaffenhofen schüttelt jäh den Kopf. »An so was würde ich ja nicht mal im Traum denken, Inspektor!« Stumme Furcht steht ihm zwischen seine Hängebacken geschrieben. Es dauert ein paar Sekunden, bis er die richtigen Worte findet.

»Meine Frau und ich - wir leben jetzt schon über zehn Jahre neben den Wiepkes. Ne, ne - Joachim war immer gut und fair zu seiner Elsa; er ist mir bis heute auch nie herrschsüchtig oder bösartig vorgekommen. Ich bin sicher: Joachim wäre der Letzte gewesen, der Elsa auch nur ein Haar gekrümmt hätte.«

Friedlich grinsend rückt Ermittler Fischer seine Sitzgelegenheit zurück und schaltet das Diktiergerät wieder ab. Er ist gespannt, was ihm der nächste Kandidat zu berichten hat ...

10.37 Uhr, Befragungszimmer 1

Kommissar Fischer möchte gerade den zweiten Fragepunkt hervorbringen, als Ludolf Mellerkohl mit einer ruckartigen Armbewegung in die Brusttasche seines Polohemdes greift.

Sein Handy zwischen den Fingern haltend, äugt er neugierig auf das Display.

»Na, so was! Schon wieder eine SMS von meiner Frau.«

Der 58-jährige Werkzeugmacher aus Eibensbach lächelt resignierend vor sich hin, wobei es ihn offenbar nicht die Bohne kümmert, was sein Gegenüber in diesem Moment wohl denken mag.

Kopfschüttelnd jammert er weiter: »Die macht mich glatt noch wahnsinnig mit ihren abstrusen Sonderwünschen. Wo soll ich denn um diese Jahreszeit frischen Spargel herbekommen?! Mensch, die hat vielleicht Nerven! Ne, ne ... « Während dieses Geseires verschwindet das Handy im Inneren seiner Winterjacke, welche ihm, über die hageren Schultern gehängt, den Rücken wärmt. Dann wendet der Zeuge seine Aufmerksamkeit wieder dem Kriminalbeamten zu: »Bitte entschuldigen Sie, Herr Kommissar – wo sind wir denn stehen geblieben?«

Verständnisvoll dreinblickend fährt Hugo Fischer mit der Befragung fort: »Bisher habe ich von Ihnen erfahren, dass Sie und Herr Wiepke über 15 treue Jahre im selben Schützenverein als Mitglieder der Aktiven eingetragen waren. Kleinkaliberschießen; gemeinsam haben sie beide zahllose Turniere in der Bezirksliga bestritten. Jedenfalls ist aus dieser Schützen-Ära ein solides Kameradenverhältnis hervorgegangen, welches man bis heute regelmäßig pflegt. Und genau hierzu haben Sie dann erwähnt, dass man sich am liebsten im ›König Lauterbach‹ trifft – also in einer Art Kneipe in der Lauffener Innenstadt. Kann ich das alles mal so stehen lassen?«

»Ja, absolut! Alles richtig«, nickt Mellerkohl gleich mehrmals mit dem Kopf.

»Okay, dann machen wir jetzt endlich mit dem zweiten Punkt weiter. Ihr Kumpel Joachim behauptet, dass er vergangenen Freitagabend mit Ihnen zum Darts- und Billardspielen verabredet gewesen sei. Ja, angeblich sei er um Punkt 21.30 Uhr im *Lauterbach* gesessen und habe dort auf Sie gewartet. Nun eine sehr leichte Frage: Haben *Sie* Joachim Wiepke an dem genannten Freitagabend in Lauffen angetroffen? Verabredetermaßen zum gemeinsamen Billardspielen? Ja oder nein?«

Mellerkohl beugt sich energisch vor.

»*Jaaa!* Ach du lieber Himmel! Wieso sollte mein Kumpel denn solcherlei Märchen erzählen?! Ich würde sofort darauf schwören – wir beide haben uns Freitagabend im *Lauterbach* getroffen und gut amüsiert.«

Der Kommissar zieht eine berechnende Miene.

»Nichts andres wollte ich hören, wobei mir eines noch nicht ganz klar ist: Warum hat Joachim auf seinen Kameraden lange zehn Minuten warten müssen?«

Mellerkohls Antwort kommt schnell wie eine Gewehrkugel: »Na bloß weil ich bis um halb zehn in Meimsheim gewesen bin. Meine Tochter lebt ja dort; und zurzeit möchte sie halt ein bisschen ihre Wohnung renovieren. Hauptsächlich die Küche und ihr Badezimmer. Gibt da mächtig viel umzumodeln – nur deshalb kam ich nicht pünktlich vom Fleck.«

Fischer legt wieder einen etwas freundlicheren Ausdruck in seine Augen.

»Klingt ja absolut glaubwürdig. Das Örtchen Meimsheim liegt doch zwischen Lauffen und der Heuss-Stadt, richtig?«

Der Werkzeugmacher nickt aufmerksam. »Genau so ist es, Herr Kommissar.«

Der Ermittler spickt flüchtig auf seine Notizen.

»Ich nehme an, dass Sie mit Ihrem eigenen Pkw nach Lauffen gefahren sind. Oder etwa nicht?«

»Aber klar doch. Ich hab mein eigenes Auto für die Fahrt nach Lauffen genommen.«

»Und Herr Wiepke? Hat er ebenfalls den eigenen Wagen benutzt, um seine Stammkneipe zu erreichen?«

Mellerkohl zögert einen Moment. »Auch das ist korrekt. Ja, zumindest eine Strecke.« Der Kommissar streckt zurückdrängend seine offene Rechte über den Tisch.

»Ich kenne die Geschichte; es genügt also, wenn wir erst zum Schluss darauf eingehen. Lassen Sie mich besser noch etwas mehr über dieses letzte Treffen im *Lauterbach* erfahren. Einverstanden?«

Zeuge L. Mellerkohl versucht einigermaßen gelassen mit den Achseln zu zucken. »Warum nicht? Wie Sie meinen, Inspektor ... «

Hugo Fischer lächelt vertrauenswürdig.

»Mich würde interessieren, ob Sie beide im Verlauf des bewussten Abends auch über Elsa Wiepke, die Frau von Joachim, gesprochen haben?«

Mellerkohl dreht den Kopf langsam Richtung Tageslichtfenster. Konzentriert presst er die Lippen aufeinander; dann macht er deutlich: »Ich bin fast sicher, dass wir über die Elsa auch ein paar Silben verloren haben ... Ah! – Jetzt hab ich's endlich wieder im Kopf. Elsa sei um acht nach Ludwigsburg gefahren, hat Joachim während einem Dartsspiel erzählt. Sie müsse dort bei einer alten Freundin irgendetwas abholen; und danach sei es gut möglich, dass die Damen noch 'ne Kleinigkeit zusammen trinken gehen. Aber was die Arme genau abholen wollte, musste? – ich hab's leider vergessen.«

Mittlerweile hat Fischer seine Aktenmappe aufgeschlagen.

»Hm, könnte es vielleicht eine Sport- beziehungsweise Trainingstasche gewesen sein?«

Mellerkohl zieht spitzfindig die Augenbrauen nach oben. »Meine Hand würd ich dafür zwar *nicht* ins Feuer legen, aber irgendwie glaub ich schon, dass Sie mit Sporttasche richtig liegen, Inspektor.«

Erleichtert lässt der Kommissar seinen Kuli über den Notizblock flitzen. Anschließend bringt er einen weiteren Fragepunkt zur Sprache: »Würden Sie sagen, dass Ihr Kumpel sehr mit seiner Heimat verbunden ist? Innerlich – gefühlsmäßig, meine ich.«

Hugo Fischers Zeuge kratzt sich nachdenklich an der Schläfe.

»Hm . . . doch, doch! Das würd ich schon sagen. Wobei er ab und zu auch von einem Strandhäuschen auf den Malediven oder den Bahamas schwärmt. Aber wer tut das nicht, Inspektor? Ja, gerade wenn einem dieses ewige Einerlei des Alltags mal wieder böse aufs Gemüt zu schlagen droht. Ansonsten, wie gesagt.«

Der Kriminalkommissar lächelt verständnisvoll.

»Also keine ernsten Absichten, seine Heimat auf Nimmerwiedersehen zu verlassen?«

Mellerkohl schüttelt überzeugend den Kopf.

»Ne, ne! Mein Kumpel wird im friedlichen Zaberland bleiben – ganz sicher. Das Einzige was ich mir vorstellen könnte, wäre, dass er die Villa bald gegen eine komfortable Rentner-Wohnung einzutauschen versucht; eventuell in Güglingen oder Brackenheim. Wie soll er sonst die Trauer um seine Frau jemals richtig bewältigen können? Unter einem Dach voller Erinnerungen an die Gute wird so was jedenfalls schrecklich schwer werden.«

»Das leuchtet einem ohne Weiteres ein. Okay . . . «

Der Ermittler rückt sich seine Lesebrille zurecht und blättert dann von Neuem in der Aktenmappe.

Schließlich bringt er mit gewichtiger Stimme hervor: »Wir sollten jetzt nochmal auf das Ende des relevanten Abends eingehen. Laut Ihrem Kameraden mussten Sie ja den Taxifahrer spielen – er selbst sei nämlich, nach Bier und Jägermeister, recht beschwipst gewesen und demgemäß außerstande, den *eigenen* Pkw bis in die *eigene* Garage zu lenken. Kurzum, Herr Mellerkohl: entspricht es der Wahrheit, dass *Sie* Herrn Wiepke in jener Februarnacht bis nach Hause gefahren haben? De facto vor dessen Haustür?«

Ludolf Mellerkohl grinst offenherzig. »Ja, alles absolut richtig. Und sein Geländewagen hat dann die Nacht über in Lauffen gestanden.«

»Gut; sehr löblich. Als Sie Ihren Kumpel in Pfaffenhofen abgeliefert haben – wie spät ist es da ungefähr gewesen?«

Der Zeuge überlegt einen Augenblick, erinnert sich: »Das war so gegen halb eins.«

»Sodele – das hake ich gleich mal ab«, stellt Fischer gut gelaunt fest, zumal sich die angegebene Uhrzeit problemlos mit der in seinen Aktenaufzeichnungen deckt.

Nach einem kleinen Vermerk geht der Kriminalkommissar zum letzten Fragepunkt über: »Dieser Freitagabend rein in Bezug auf Ihren Kameraden – hat sich da vielleicht irgendeine Merkwürdigkeit an seinem Charakter gezeigt? Oder hat sich Joachim Wiepke an dem Abend *normal* wie immer verhalten? Geäußert? Denken Sie jetzt bitte scharf nach. Und lassen Sie sich dabei ruhig Zeit.«

Der hager gebaute Werkzeugmacher starrt nun auf einen unsichtbaren Punkt am Tischrand; äußerst selten wird sein Gedächtnis so in die Mangel genommen.

Langes Zögern.

»Er ist mir da im *Lauterbach* lebenslustig wie immer vorgekommen«, antwortet Mellerkohl schließlich. »Nur eine Kleinigkeit, die allerdings mehr mit seinem Auto zu tun hat, ist mir bis heute nicht ganz klar.«

Pfeilschnell beugt sich der Ermittler vor.

»Wiepkes Geländewagen – was ist damit gewesen?«

Mellerkohl schaut geistesabwesend zur Seite; eine seltsame Nachdenklichkeit spannt sich nun über seine farblosen Wangen.

»Warum hat er denn auf den unteren Bahnhofsparkplätzen geparkt? In zehn Jahren hab ich so was noch nicht bei ihm erlebt. Außerdem sind es vom Bahnhof schier zehn Minuten Fußmarsch, bis man letztendlich beim König am Tresen steht. Hm . . . sonst parkt er doch auch immer direkt vor der Kneipentür.«

Einigermaßen überrascht deutet Fischer auf das Diktiergerät.

»Würden Sie bitte den letzten Satz gut verständlich wiederholen?«

Während der Zeuge Ludolf M. die Bitte befolgt, gewinnt eine oft überdachte Vermutung des Kommissars mehr und mehr an Gewissheit: Elsa Wiepkes Ehemann hat womöglich etwas zu verbergen ...

*

Neben dem großen Jahreskalender steht ein Doppelspind in verblichenem Weiß. Die Geschäftsführerin schlüpft aus ihrem Arbeitskittel und nimmt einen der wenigen Kleiderbügel von der Querstange. Ihre ausladenden Armbewegungen erinnern mich für eine Sekunde an die Powerfrau Regina Halmich – eine ehemalige Boxweltmeisterin mit Vorzeigedisziplin.

Wie viele Brötchen und Brezeln haben diese zwei Krafthände wohl schon in den Ofen geschoben? 10 000? 50 000? Noch mehr? –

Frau Mahls Reaktion auf meine eigentliche Frage lässt mich das Ratespielchen schlagartig vergessen: »Nein. Ganz sicher nicht. Es gibt kein dunkles Geheimnis über sie oder eine Person aus ihrer Familie – jedenfalls keines, das ich kenne. Auch wenn sich alles in mir dagegen sträubt: meine beste Mitarbeiterin wurde um Geld erpresst und am Ende wie eine Ratte vergiftet.«

Mit hängendem Kopf kehrt Angela Mahl zu ihrem Chefsessel hinter dem Schreibtisch zurück.

»Zwei Tage vor Elsas Beerdigung habe ich Joachim zu Hause besucht. Es ist furchtbar, wie ihm das Ganze beinah unaufhaltsam den Lebensmut nimmt. Offen gesagt wundert er sich, weshalb die Polizei trotz klarer Beweise noch immer im Nebel stochert – hier kann ich dem armen Ehemann übrigens nur beipflichten, Herr Kommissar.«

Ich rücke meine Sitzgelegenheit ein Stück näher an den Schreibtisch. Den Notizblock gezückt, entgegne ich nicht weniger provokant: »Hand aufs Herz, Frau Mahl: Sie haben doch auch schon – und sei es nur für eine Sekunde gewesen – an dieser Erpressungstheorie gezweifelt. Oder liege ich hierbei komplett falsch?«

Chefin Mahl senkt verlegen ihre müden Augen. Ich deute dies als Zustimmung und setze abermals auf das gleiche Pferd: »Wussten Sie, dass wir bei Frau Wiepke im Grunde genommen überhaupt keinen reinen Giftstoff nachgewiesen haben?«

Die Bäckerin scheint plötzlich hellwach zu sein.

»Wie bitte?!«

Spielerisch lasse ich den Kuli durch die Finger gleiten.

»Ja, es handelt sich vielmehr um einen pflanzlichen Stoff, der gleich mehrere Eigenschaften besitzt. Eigenschaften, die wir Menschen ebenso nutzen wie missbrauchen können. Aber darauf möchte ich im Detail nicht eingehen. Es genügt bereits, wenn Sie Folgendes wissen: ›Eisen-Wurzel‹, so heißt die Substanz in Reinform, ist naturbelassen ein feines Pulver und findet hauptsächlich bei der Herstellung von Beruhigungsmitteln Verwendung; ist alles ganz legal und harmlos. Allerdings gibt es immer wieder Drogenkartelle, die sich hinter dem Stoff so etwas wie eine geheime Goldgrube erhoffen.«

Mahls Interesse hält an, sie fragt: »Eine Goldgrube? Inwiefern?«

»Insofern, dass Eisen-Wurzel unter Beimischung von Koffein – beispielsweise in Form von Tee oder Kaffee – eine starke Ähnlichkeit mit Kokain aufweist. Nur ist die Rauschwirkung hierbei wesentlich länger und der Risikofaktor liegt etwa im Bereich von gewöhnlichem Nikotin; zumindest wenn das richtige Mischungsverhältnis eingehalten wird. Der einzige Haken: sündhaft teuer und ebenfalls kompliziert zu beschaffen – noch! Ach ja, die Chemiker und Drogenexperten sprechen ab jener Koffein-Zusammensetzung von ›Eisen-Glut‹, im Englischen: ›Iron-Dream‹.«

Frau Mahls Augen funkeln nun misstrauisch aus ihren Höhlen.

»Meine Elsa hatte ja so gut wie jeden Morgen einen Schwarztee intus. Hm, und jetzt erzählen Sie mir gleich, dass Elsa – nein, das kann und werde ich Ihnen nicht glauben.«

Mit kühler Richtermiene ignoriere ich die leise Bestürzung.

»Die besagte Substanz wurde erst vor wenigen Jahren entdeckt. Bisher gibt es weltweit nur zwei Länder, in denen Interpol kriminelle Geschäfte mit dieser Eisen-Wurzel aufdecken konnte; zum einen ist das Brasilien und zum anderen das fernöstliche China.«

Angela Mahl glotzt mich inzwischen an wie einen lästigen Rosenverkäufer auf der römischen Piazza del Popolo.

»Warum erzählen Sie mir das alles, Inspektor?«

Mir huscht ein fades Lächeln über die Lippen.

»Ihre ehemals beste Mitarbeiterin machte vergangenen Frühsommer am Strand von Rio de Janeiro Urlaub. Und zirka ein halbes Jahr später packte sie gleich wieder das Reisefieber: Peking, zehn Tage, Unterkunft im luxuriösen Picasso-Hotel. Ich muss wohl kaum erwähnen, mit welchen Figuren Elsa Wiepke diese und ebenso zig weitere Vergnügungen rund um den Globus teilte.«

Mahls Rechte kracht unversehens auf den Schreibtisch nieder – um ein Haar muss die PC-Tastatur dran glauben.

»Sind Sie denn vollkommen – Sie besudeln die Ehre einer toten Frau!« Ihr Gesicht wird so rot wie eine Tomate. »Und obendrein wollen Sie mich glauben machen, dass Samtrot mit irgendwelchen Illegalitäten zu tun hatte.« Sekundenlanges Kopfschütteln. »Das ist ja kaum zu fassen!«

Umgehend nehme ich die Härte aus der Stimme: »Hm, Sie können sich also den Gelegenheitskonsum von Drogen bei Samtrot nicht vorstellen? Würden Sie auch Ihre Hand dafür ins Feuer legen?«

Mahl weicht kurzerhand auf eine Gegenfrage aus: »Und was ist mit dem Risiko bei solchen Drogengeschichten, Herr Kommissar? So was kann doch bis zur Gefängnisstrafe gehen – richtig?«

Mein nächster Schachzug kommt wie aus der Pistole geschossen: »Ein Risiko – ich sehe beinah keines, wenn ich an Richard Doornick denke. Er ist Mediziner; bestimmt mit guten Kontakten in die höheren Gesellschaftskreise. Außerdem hat er eine ältere Schwester. Sie arbeitet als freie Anwältin in Stuttgart, Fachgebiet: europäisches Strafrecht. Bleiben wir aber mal bei diesem Richard. Das Medikamenten-Köfferchen eines Arztes ist für Außenstehende gewissermaßen unantastbar. Weltweit, leider auch innerhalb der Kontrollzonen an den Flughäfen. Unter allen Reisenden sind die Medizinmenschen quasi die Heiligen – und ein Sakrileg begehen wir Polizisten hier nur selten. Verstehen Sie mich allmählich, Frau Mahl?«

Die Chefin der Ortsbäckerei nickt wie hypnotisiert vor sich hin. »Und seit Silvester hockt unser ehemaliger Hausarzt irgendwo auf Hawaii; ewig weit weg von unseren deutschen Behörden. Aber Elsa und Haschisch – sie war doch nicht mal fürs Tabakrauchen ... «

Ich bemühe mich um ein versöhnliches Lächeln.

»Wie wir's auch drehen, Frau Mahl: Elsa Wiepke stand bedauerlicherweise in Kontakt mit Personen, die den besagten Stoff besitzen und dementsprechend ihre Geschäfte machen, also gezielt damit dealen. Nun denke ich keineswegs an Medikus Doornick, sondern an die Tatsache mit dem Geldautomaten.«

Mahl kratzt sich fragend an der Schläfe.

»Sie meinen diese Besuche in Ludwigsburg?«

Ich nicke mahnend. »Gleich zweimal hat dieser Täter kräftig zugelangt; kurz vor Mitternacht und nur wenige Minuten danach das zweite Mal. So konnte er am Ende 4250 Euro abstauben, wobei diese Summe kein Zufall ist.«

Die Geschäftsführerin verschränkt aufmerksam ihre Boxerarme vor der Brust.

»Aha. Das bedeutet?«

»Uns ist aus sicherer Quelle bekannt, dass ein Krimineller beziehungsweise europäischer Interessent exakt diese Geldsumme für zehn Gramm Eisen-Wurzel hinlegen muss – für nur *zehn* läppische Gramm, Frau Mahl.«

Die Chefin wirft erneut einen abschätzigen Blick an ihrem LCD-Bildschirm vorbei.

»Um diese Menge dann hier im Zabergäu weiterverkaufen zu können – oder wie?! Womöglich noch fürs Doppelte des Einkaufspreises?! Die Elsa war überzeugte Christin und *keine* Drogendealerin, Inspektor. Echt unerhört, was Sie einem in fünf Minuten alles auftischen.«

Mit wachsendem Verdruss schaue ich zur Seite.

Für die Back-Tante ist offenbar kein Untätchen an Wiepkes Lebenswandel zu finden. Kein einziges!

Zu meinem Erstaunen schickt Angela Mahl seufzend nach: »Ich weiß bald wirklich nicht mehr, wo mir der Kopf steht. Ein großes Drama war das . . . Wie Elsa da so bleich auf dem Fußboden lag, der Notarzt um ihr Leben kämpfte. Diese Horrorbilder verfolgen mich bis unter die Bettdecke, Inspektor. Und dann noch diese zermürbende

Ungewissheit; das bringt einen doch vorzeitig auf den Friedhof – mich jedenfalls . . . «

Ich rate ihr, psychotherapeutische Hilfe in Anspruch zu nehmen. So bald wie möglich.

Sie entgegnet: »Daran hab ich auch schon mehr als einmal gedacht. Aber wer bezahlt mir denn diese Art von Privatgesprächen?«

Es gelingt mir in wenigen Sätzen, ihre Skepsis um die vermeintlichen Kosten weitgehend aus der Welt zu schaffen.

Schließlich wandert Mahls Blick hoch zur Wanduhr und wieder zurück vor den Schreibtisch.

»Was noch, Herr Magnus? Hm, ehrlich gesagt würd ich langsam gerne Feierabend machen. Man kann sich ja denken, wie grausig früh mein Wecker klingelt; erst recht samstags.«

Ein gedehnter Blick auf den Notizblock genügt.

»Nur noch eines, Frau Mahl: Ist Ihre beste Mitarbeiterin das einzige Samtrot-Mitglied innerhalb dieser Bäckerei gewesen?«

Nachdem die fleißige Chefin meine Frage bejaht hat, weiß ich, bei wem ich als Nächstes anklopfe . . .

VIII

Pfaffenhofen, Aussiedlerhof Bäukle

Aufmerksam lauscht mein rechtes Ohr der Stimme aus der Sprechanlage. Nochmals wird mir versichert, dass ich meine Benzinkutsche keinesfalls umzuparken habe. Meine »Nobelkarosse« stehe – selbst in Reichweite des Hundezwingers – »ganz sicher« keiner Seele im Wege.

Nur wenige Sekunden später knistert die entscheidende Durchsage aus dem kleinen Kästchen neben der Klingel: »Ich bin gleich unten, Herr Kommissar.«

Um Lore Bäukle immerhin ein Minimum an Respekt zu bezeigen, trete ich langsam ein paar Schritte zurück.

Zu Beginn immer schön auf Distanz bleiben . . .

Nur oberflächlich prüft die mittelgroße Frauengestalt auf der Türschwelle meinen Dienstausweis. Unvermittelt barsch werde ich nebenbei sogar gefragt: »Sind Sie nicht zu früh dran?! Wie spät haben wir es denn?«
Ihre halb geöffneten Augen machen einen überaus schlafbedürftigen Eindruck.

»Wir haben jetzt« – ich kremple den Mantelärmel ein Stück nach hinten – »ganz genau 18 Uhr.«

Die Information löst bei Madam Bäukle schlagartig Verwunderung aus, erstaunlich große Verwunderung.

»Was?! So spät schon?!«

Ich grinse bescheiden.

»Für die einen früh, für die anderen spät; reine Ansichtssache, Frau – « Ein unverschämt lautes Gähnen lässt mich stocken, wobei die reliefverzierte Eingangstür aus Buchenholz ein weiteres Stück nach innen gleitet.

Darius! Sauve qui peut! Jeder Kommentar wäre jetzt ein gänzlich falscher.

Wie ich erst jetzt erkenne, trägt die Hausherrin im Moment nicht mehr über den knochigen Schultern als einen luftigen Pyjama.

Ich lasse den Ausweis im Mantel verschwinden und räuspere mich. »Auch wenn ich es nur ungern sage, Frau Bäukle: 18 Uhr. Auf diese Uhrzeit haben wir uns doch geeinigt. Bereits gestern. Sie erinnern sich?«

Die Dame des Hauses fährt sich ein wenig betreten durch ihre verstrubbelten Haare.

»Ich weiß, da haben Sie ja vollkommen recht« – abrupt wird ihre Stimme leiser und zögerlich – »doch, doch um ehrlich zu sein, gibt es nachher, heute Abend gleich zwei Probleme . . . «

Ich verschränke die Arme hinter dem Rücken und zwinge mich zu Geduld.

Für später, 19.30 Uhr, sei zunächst ein Friseurtermin anberaumt; gerade hier, im hiesigen Bauernhaus. Die schon letzten Monat bestellte Friseuse schnipple vorwiegend bei ihrem Kundenkreis zu Hause. Der Punkt: Vor dem Eintreffen der Haarkünstlerin sei eine schnelle Dusche unerlässlich. Dies ließe sich – in Anbetracht des Zeitbudgets – mit Sicherheit richten. Vielmehr habe sie ernste Bedenken, was ihren August anbetrifft. Dieser sei nämlich vor rund zehn Minuten völlig erschöpft auf die Schlafcouch im Wohnzimmer gesackt. Und ein entsprechend erholsames Nickerchen sei ihm ja keineswegs zu missgönnen, zumal der Hausherr um 19.30 Uhr ebenfalls einen Termin habe. Ein alter Schulkamerad werde ihn im Sportheim erwarten. Pünktlich, kleine Geburtstagsparty. Deshalb könne sie mich im Moment unmöglich ins Haus bitten. Die wohl hörbare Fragerei würde August ja geradewegs aus seinem Schläfchen reißen! Und genau das gehe jetzt »überhaupt nedd«.

Noch immer blinzelt die Müdigkeit aus ihren stumpfen Augen. Scharf nachdenkend kratze ich mich an der Schläfe.

Lass dich von diesem zwielichtigen Frauenzimmer bloß nicht abwimmeln. Du musst dir diese Insiderin noch heute Abend vorknöpfen!

Meine Blicke überfliegen den Hof, ebenso das moosige Wellblechdach einer gigantischen Scheune. Alles wirkt wie ausgestorben, selbst der angrenzende Hühnerstall.

Ich werde sicher nicht mit leeren Händen abziehen – plötzlich bringt mich das Tiefgrün des Mooses auf einen erwägenswerten Gedanken, der allerdings bei Frau Bäukle nur wenig Widerhall findet.

»Das ist nicht Ihr Ernst, Herr Inspektor Magnus?! Jetzt noch – einen kleinen Spaziergang machen??«

Mein Geduldsfaden droht zu reißen, was ich mir jedoch partout nicht anmerken lasse.

»Es ist wirklich wichtig. Sehr wichtig . . . !«
Die Schlafrockträgerin presst nachdenklich die Lippen zusammen; ihre Blicke werden unruhig, zucken über den weitläufigen Hof und verlieren sich zuletzt im Nirgendwo der Pfaffenhofener Landschaft. Die Samtrot-Insiderin zögert ganz offensichtlich.

Doch weshalb? Vielleicht sorgt meine Schnüffelei bereits für gewisse Kopfschmerzen?

Lauter als erwartet antwortet sie: »In fünf Minuten bin ich fertig. Aber ich bestimme dann, in welche Richtung wir gehen!«

Ich warte in Gedanken versunken beim Wagen, am Rande der kiesbestreuten Hofeinfahrt, als Lore Bäukle im Sauseschritt auf mich zuhastet. Die angebliche Neubäuerin trägt eine Windjacke mit großer Eskimokapuze. Zwei Haarclips bändigen mittlerweile ihre widerspenstige Löwenmähne. Zumindest einigermaßen. Vor allem aber fällt auf: Lore B. schleppt eine Art Salatschüssel herbei.

Viel zu hektisch hält sie mir das verbeulte Küchenutensil unter die Nase.

»Da gäbe es nur noch eine Kleinigkeit zu tun; unser Wachhund braucht langsam sein Abendessen.«

Der säuerliche Dunst von blutigem Rindfleisch lässt mich schlucken. Dennoch weise ich das verschrammte Blechstück nicht zurück; ich grinse vielmehr so souverän wie 007, woraufhin die Landdame schon beinah katzenfreundlich nachwirft: »Das geht ja schnell. Bestimmt helfen Sie mir doch – hoffe ich.«

Wieder ein diplomatisches Lächeln meinerseits.

»Aber klar doch ...«

Für eine angehende Bauersfrau wirkt sie merkwürdig unselbstständig. Oder bin ich heute einfach zu misstrauisch?

Der monströse Hundezwinger schließt nahezu bündig an die Pkw-Garage an. Das Holzhäuschen darin befindet sich hinten links. Wie von Bäukle prophezeit, steht der Verschlag des Zwingers »mal wieder« sperrangelweit offen.

Der bissige Wächter muss wohl irgendwo auf Achse sein. Wo auch immer?, wundere ich mich im Stillen.

Madam Bäukle nimmt die angetroffene Situation erstaunlich gelassen; dafür werde ich umso ernster hinter ein hochragendes Spalier aus Maschendraht dirigiert – im Schlepp natürlich jene Ration an blutgetränkten Fleischfetzen.

»Heute gibt's 'ne deftige Portion für unsren Barko!«, trompetet mir Lore Bäukle etwas überschwänglich in den Rücken. »Ja, einfach im Hüttchen abstellen! Ich könnte doch schwören, dass er unten bei den Traktoren herumstrolcht ...«

*

Freitagvormittag, Dezernat 11

Mit leicht gesenktem Kopf umkreist Hugo Fischer einen der beiden Teakholzstühle, die im Büro seines Chefs einladend vor dem Schreibtisch stehen. Fischers Vorgesetzter mustert indessen das Flipchart mit den übersichtlich aufgelisteten Hauptpunkten zum Fall ›Elsa Wiepke‹.

Nach eingehender Betrachtung tippt sich Bruno Bleifeld fragend an die Schläfe.

»Also bist du dir inzwischen sicher, dass wir in puncto Ehemann auf dem Holzweg sind. Richtig?«

Fischer unterbricht seine Runde um das Möbelstück und nickt bekräftigend.

»Als Tatverdächtiger ist er auszuschließen – absolut. Ich hab ja gestern nochmals per Telefon mit ihm gesprochen. Gerade um die Parkplatz-Angelegenheit in Lauffen aus seiner Sicht geschildert zu bekommen. Dabei hat sich schnell herausgestellt, dass Herr Wiepke nur aus einem einzigen Grund am Bahnhof und nicht, wie gewohnt, unmittelbar vor dieser *Lauterbach-Kneipe* parkte.«

»Ich bin gespannt«, reißt Bleifeld die Brauen nach oben.

»Alles, was sein Parkverhalten bezwecken sollte«, fährt Fischer fort, »war nicht mehr, als einen Punkt in Flensburg zu vermeiden. Der linke Hinterreifen an seinem Geländejeep war nämlich bis vor Kurzem stark abgefahren. Verkehrswidrig stark. Ja, und weil es eben bekannt ist, dass unsre Kollegen von der Streife regelmäßig nahe den Bars und Spielstätten ihre Kontrollen machen – den Rest kannst du dir ja denken.«

Bleifeld unterdrückt ein verblüfftes Lachen.

»Das hat der Arme durchaus clever gemacht. Aber haben wir denn auch irgendeinen Beweis für exakt diesen Beweggrund seines Handelns?«

Ermittler Fischer schnippt lässig mit den Fingern.

»Überraschung! Aber schau's dir am besten selbst an.« Er zieht drei PC-Fotografien aus der Innentasche seines Jacketts und reicht diese behände über den Schreibtisch.

Geduldig sieht Bleifeld die Fotos durch. Er bemerkt: »Da haben wir's also . . . Das Reifenprofil hinten links ist ja tatsächlich für den Schrottplatz, Hugo. Die Kutsche muss schleunigst in die Werkstatt . . . Wer hat denn die Beweisaufnahme durchgeführt?«

Fischer entgegnet cool: »Dienststelle Güglingen –Herr Trillso, Eckhart Trillso. Den kenn ich bald 15 Jahre; hab mich schon mehrmals auf seine Hände verlassen können, absolut zuverlässiger Mann.«

Der Kripochef lächelt zufrieden. »Freut mich immer wieder, wenn die Kollegen auf dem Land mit uns

Pflasterköpfen treu an einem Strang ziehen.« Dann legt Bleifeld die Fotos beiseite und wendet sich wieder dem Flipchart zu.

»Lass uns noch mal die zwei Abende zusammenfassen. Beginnen wir mit dem Donnerstag: Joachim Wiepke ist zu Hause und schaut mit seinem Nachbarn Boxen auf Eurosport. In diesem Zeitraum fährt seine Frau zunächst bis nach Bietigheim; unser Kassenzettel mit Datum sowie Uhrzeitangabe untermauern ja diese Tatsache.«

Fischer wirft ein: »Dazu kommt, dass der Nachtwächter Sven Kimmkorn am relevanten Donnerstagabend einen cremefarbenen *MINI Cooper* gesichtet hat; wohlgemerkt mit einem Heilbronner Kennzeichen. An den Fahrer beziehungsweise unsere Fahrerin kann sich Kimmkorn allerdings nicht mehr erinnern – leider nicht.«

Bleifeld wirft seinem *Fisherman* einen frostigen Seitenblick zu. »Das juckt uns nicht länger, Hugo. Wir haben den Kassenbeleg und damit ist dieser Punkt für mich geritzt. Also weiter, bitte.«

Fischer kennt die Mimiksprache seines Chefs und fügt rasch hinzu: »Nach dem Tankstopp in Bietigheim gibt uns Ehefrau Wiepke das erste Rätsel auf, zumal wir noch nicht wissen, wohin genau sie als Nächstes gefahren ist. Dafür können wir ab diesem Zeitpunkt getrost annehmen, dass sie etwas verheimlicht.«

Bleifeld schaltet sich ein: »Gerade weil sie ihren Angetrauten belügt und ihm vortäuscht, eine ehemalige Schulfreundin in Ludwigsburg zu besuchen.«

Fischer geht beflissen ins Detail: »Angeblich Frau

Astrid Rosenkamm – doch diese Greisin ist in über 92 Lebensjahren mit keiner Elsa aus Pfaffenhofen an einem Tisch gesessen, geschweige denn jemals in 'nem Klassenzimmer.«

Erneut schaut Bruno Bleifeld die Auswahl der Skizzen durch, welche auf dem großen Papierblock-Gestell für Übersichtlichkeit sorgen sollen.

»Nun beleuchten wir den Freitagabend: Der Ehemann vergnügt sich mit einem Sportsfreund in Lauffen – makelloses Alibi. Das ist unsre positive Erkenntnis; die negative: wieder hat Joachim keinen blassen Schimmer, dass sein Vertrauen aufs Neue missbraucht worden ist.«

»Was bedeutet«, konkretisiert Fischer, »dass Frau Wiepke ein zweites Mal lügt und dementsprechend eine vergessene Sporttasche als Vorwand nutzt, um auch an diesem Abend ganz unbehelligt ihren Geheimgeschäften nachgehen zu können.«

»Welche da wären?«, erfragt Bleifeld mit bohrender Neugier.

Fischer saugt zögernd die Luft durch die Zähne.

»In erster Linie: der illegale Erwerb von Eisen-Wurzel über Rauschgifthändler, deren Auftraggeber wir im Ludwigsburger Raum vermuten.«

Bleifeld verzieht das Gesicht. »Auweia, das klingt gar nicht gut . . . Wie lautet die Theorie zum weiteren Verlauf des Abends?«

Fischer deutet mit einem kleinen Zeigestab auf den Skizzenkopf am Flipchart.

»Für mich gibt's nur das eine Szenario, Bruno: Wie

gesagt amüsieren sich Joachim und sein Kumpel in der Hölderlinstadt. Im beinah gleichen Zeitrahmen trifft Joachims Ehefrau ihren Dealer in Tamm, vielleicht auch in Asperg oder Bietigheim; jedenfalls irgendwo im nahen Umkreis von Tamm.

Mit diesem Typen verbringt Wiepke geschlagene drei Stunden; ich denke, um endgültig klar zu machen, dass sie künftig nichts mehr Illegales über ihn oder seine Quellen beziehen möchte. Ein zu hohes Risiko, Gewissenskonflikte, unverantwortliche Kostspieligkeit – vielerlei Gründe sind hier möglich.«

»Weiter?«

»Als Nächstes wird es wohl so gekommen sein: Der Pusher überredet Wiepke nach langem Hin und Her zu einem letzten *Eisen-Deal*. Noch diese eine Abnahme und man werde sich nie mehr begegnen – dieses Geschwätz liegt bei solchen Versagern bekanntlich sehr nahe. Weiter: Der Plan für einen reibungslosen Geldtransfer müsste dabei folgendermaßen ausgesehen haben: Unser Opfer wartet in Sichtweite der abgesprochenen Bank; gewiss erleichtert, bald wieder normal leben zu können – ohne dieses unberechenbare Risiko im Nacken. Doch die Vorfreude lässt sie einen altbekannten Fehler machen: Frau Wiepke händigt dem Dealer zunächst die eigene EC-Karte plus Geheimzahl aus.«

»Um wohl zu vermeiden, dass ihr Gesicht von den Kameras eingefangen wird«, schlussfolgert Bleifeld mit aufmerksamer Miene.

Fischer nickt beifällig. »Diesen Schwachsinn hat ihr hundertprozentig der Drogenkurier eingeredet. Er selbst greift allerdings in die echte Trickkiste und macht sich das günstige Datum zu Nutzen. Es herrscht Karnevalszeit, und im Tammer Industriegebiet veranstaltet eine beliebte Großraumdiskothek exakt an diesem Wochenende gleich zwei Faschingsfeten. Verständlicherweise brachte dieser Umstand mit sich, dass alle fünf Minuten irgendein Frankenstein, Dracula, Elvis, Cowboy, eine Engelsgestalt oder Piratenbraut in die Tammer Kreissparkasse spazierte, um dort Bargeld abzuheben. Und genau unter diese Partygänger mischte sich definitiv auch unser Dealer – wohlgemerkt im Look des Politikers mit auffälliger John-F.-Kennedy-Maske.

Das Überwachungsvideo der Bank und die Kontoauszüge liegen übrigens in meinem Fach, falls Darius danach suchen sollte.«

Bleifeld nimmt seine Brille ab und reibt sich flüchtig am linken Auge.

»Und wie erklärst du dir, dass Wiepke keine zwölf Stunden später bereits in der Kühlbox liegt?«

Fischer zupft an seinem spröden Dreitagebart, erwidert: »Zu diesem Streitpunkt scheint mir nur eine Erklärung plausibel: gezielte Tötung zum Zweck des Eigenschutzes.«

Der Kripochef runzelt überrascht die Stirn.

»Du hältst *Dealer-Kennedy* sogar für unseren Täter?«

Fischer rammt seine Faust in den Handteller.

»Absolut! Kennedys Angst und Hass werden jede Minute größer. Weshalb? Klare Antwort: weil diese Elsa aus Pfaffenhofen urplötzlich ein enormes Risiko für sein Gangsterleben darstellt. War sie wirklich eine seriöse Kundin? Wie kann man ihr bloß vertrauen? Völlig ausgeschlossen! Sie könnte ja eines Tages mit der ganzen Drogenschande zur Polizei gehen – dort eine anonyme Anzeige aufgeben. Und ruck-zuck würde sein Kopf auf der *Blacklist* des LKA verdammt weit oben stehen. Gerade solche Horrorvorstellungen ließen unsrem Pusher nur einen Ausweg: ich muss diese Frau, diesen lästigen Risikofaktor, schnellstmöglich *beseitigen*. Und dazu ... was liegt auf der Hand, Bruno?«

Bleifeld lehnt sich langsam in seinen Bürosessel zurück. Mit verständigen Augen spinnt er Fischers Gedankengang zu Ende: »Und hierzu reiche ich Madam Wiepke nichts weiter als irgendein Getränk; vielleicht ja einen selbst gemixten Cocktail oder den klassischen Roten im Weinglas, auch der schlichte Apfelsaft kann ›den Job‹ erfüllen. Im Grunde darf es ja alles Mögliche sein – nur kein fatales Koffein! ... «

Fischer starrt voller Verachtung auf die Lehne der Sitzgelegenheit, unmittelbar vor seinen Hosenbeinen.

»Eisen-Wurzel. Der reinste Fluch, wenn diese Substanz mal in die falschen Hände gelangt ist. Über ein halbes Gramm hat dieser Dreckskerl in ihr Getränk gemischt – und Wiepke hat davon nichts bemerkt beziehungsweise gespürt. Erschreckende Vorstellung ... «

Eine teilnahmsvolle Pause entsteht. Daraufhin verschränkt Bruno Bleifeld die Arme vor der Brust – eine Geste von zunehmender Skepsis.

»Eine strikt geplante Selbsttötung – wie steht es damit? Noch immer keine Indizien, Hugo?«

Kommissar Fischer unterdrückt ein Gähnen.

»Aus welchen Gründen hätte sie denn Suizid begehen sollen? Die Akte und die ersten Befragungsergebnisse lassen darauf keinerlei Rückschlüsse zu.«

Bleifeld macht ein ratloses Gesicht.

»Diese kaltblütigen Lügen und obendrein die Geschichte mit den Drogen . . . Sind das für dich keine Anzeichen einer zerrütteten Psyche?«

Fischer neigt abwägend den Kopf zur Seite.

»Selbst wenn, Bruno: uns liegt in puncto Selbsttötung schlichtweg zu wenig Tatsachenmaterial vor.«

Bleifeld lässt nicht locker: »Hast du mit ihrer Krankenkasse gesprochen?«

»Habe ich vorgestern getan. Bei denen gibt's keine Extrarechnungen, die auf psychotherapeutische Behandlung oder Ähnliches hindeuten.«

»Und was hat ihr Hausarzt zu dem Unglück gesagt?«

Fischer blinzelt abgeklärt über den Schreibtisch.

»Auch für ihn war Elsa Wiepke gewissermaßen die personifizierte Gesundheit. Wobei er noch nicht lange im Zabergäu praktiziert. Bei seinem Vorgänger, Richard Doornick, war Frau Wiepke etliche Jahre als Patientin gelistet. Doch dieser Doornick hat sich mittlerweile ins ferne Ausland verabschiedet – angeblich Hawaii. Denke nicht, dass wir seine Meinung einholen müssen.«

Der Kripochef bohrt unerbittlich weiter: »Ist dir vielleicht etwas bei Ihren Bankgeschäften aufgefallen? Verdächtige Überweisungen in Staaten/Länder, die bei Europol auf der schwarzen Liste stehen?«

»Ihre Bank hat in diesem Zusammenhang nichts zu

meckern«, entgegnet *Fisherman* mit leicht verdrossener Stimme.

»Vielleicht bedenklich hohe Ausgaben?«

»Es war so: Sie hatte durchaus gern auf großem Fuß gelebt, aber die Wiepkes konnten sich das leisten. Erbschaften garantierten neben dem normalen Monatseinkommen einen steigenden Wohlstand. So konnten zum Beispiel hohe Summen an Reisebüros und Autofirmen überwiesen werden.«

»Was sagte die Schufa zu diesem Lebensstil?«

Fischer lächelt müde vor sich hin.

»Kein Sterbenswörtchen – alle Eintragungen waren positiv. Insofern: tadellose Bonität ... «

Nach längerem Zögern deutet Bleifeld mit dem Kopf in Richtung Flipchart.

»Wenn wir uns rein auf die Fakten berufen, was kann dann unanfechtbar stehen bleiben, Hugo?«

Kommissar Fischer geht inzwischen vor dem Aquarium auf und ab.

»So gefragt, würd ich sagen: Es ist unmöglich von der Hand zu weisen, dass Elsa Wiepke ein tragisches Doppelleben führte. Allerdings sind uns die Hintergründe noch nicht zugänglich ... Langwierige Befragungen im Familien- und Bekanntenkreis der Toten werden für Darius unumgänglich sein.«

Es wird einen Moment still im Büro des erfahrenen *Käptens*. Nur das Plätschern innerhalb der Wassertruhe mit den sündhaft teuren Kugelfischen ist zu hören.

Schließlich lässt der Kripochef einen sorgenvollen Blick bis vor sein Aquarium schweifen.

»Ausgerechnet heute Abend musst du nach Palermo fliegen. Ist es nicht etwas zu früh, um Darius – «

Hugo Fischer wendet sich vom lebhaften Flossenspiel hinter der Glaswand ab und wirft zugleich die Arme auseinander.

»Ob nächste Woche oder nächstes Jahr – jeder Ermittler, der es zu etwas bringen möchte, braucht seine Feuertaufe auf dem Land . . . Wie heißt es so schön? Da beißt die Maus keinen Faden ab, auch nicht bei Matrose Magnus.«

IX

Pfaffenhofen, Marlene-Dietrich-Gasse 2

Teil 1

Auf einem bequemen Ledersessel sitze ich dem geistlichen Oberhaupt der Pfaffenhofener gegenüber.

Inzwischen habe ich mich recht gut an die erzchristliche Atmosphäre des örtlichen Pfarrhauses gewöhnt. Davon abgesehen haben wir zwei bereits ein paar Minuten des unverbindlichen Small Talks hinter uns . . .

Als ich gerade meinen Notizblock aus der Manteltasche angle, nutzt der hochgewachsene Prediger die Gelegenheit, um allmählich wieder zum Anlass meines Besuches zurückzukehren: »Es ist ja sicher kein Fehler, dass Sie heute schon hier sind. Wissen Sie, Herr Kommissar, morgen . . . «

Der professionelle Christ erzählt mir etwas von seinen pflegebedürftigen Eltern in Sinsheim; hierbei geht es offenbar um einen längst überfälligen Besuch, welchen er und seine Lebensgefährtin »endlich einmal« zu tätigen haben.

»Ansonsten – «

Der Theologe unterbricht sich selbst, als eine Frau mit nervöser Miene zu uns ins Wohnzimmer stößt. Sie bringt ein rundes Tablett mit einer Wasserflasche, Gläsern, Tassen und einer Kanne Tee.

Margot Schenkfuß. Das muss sie sein: die gesuchte Insiderin und Lebensgefährtin eines religiösen Theologen.

Es wirkt ein wenig unbeholfen, wie sie das Tablett auf dem Couchtisch abstellt. Dennoch erntet sie von ihrem Freund ein Mut machendes Lächeln. Ich möchte mich ebenfalls für die überraschende Höflichkeit bedanken – zu spät. Im Abwenden wird uns beiden mit halber Stimme versprochen: »Ich bin gleich da, bin gleich so weit.« Die Dame kehrt ins Esszimmer zurück und verliert sich dort – kopfschüttelnd – vor den geöffneten Schubladen eines Sideboards. Eine halbe Minute später nimmt sie Kurs auf den hochragenden Apothekerschrank innerhalb der Küche. Hier beginnt die Nervöse ein Ablagefach nach dem anderen zu durchstöbern …

Wolfgang Blendhögel redet indessen unbeirrt weiter. Der für ihn so wichtige Ausflug nach Sinsheim könne also morgen ohne Weiteres über die Bühne gehen, sieht er dabei optimistisch vor und katapultiert unser Gespräch anschließend in weitaus globalere Sphären: Die derzeitige Außenpolitik der Vereinigten Staaten beschert ihm fast regelmäßig Kopfschmerzen.

»Was sagen Sie denn dazu, Herr Kommissar? So kann es doch unmöglich weitergehen … «

Geduldig lasse ich mich in diese Debatte verwickeln, schaue auch diesmal mit keinem Auge auf die Uhr. Als Frau Schenkfuß jedoch einmal in den Hausflur abdriftet, streut Pfarrer Blendhögel unversehens ein: »Meine Margot gräbt vermutlich mal wieder nach ihren Tabletten. Kann also noch ein kleines Weilchen dauern.«

Weitere Minuten verstreichen, wobei sich unsre Argumente gegen einen höchst fadenscheinigen Vergeltungskrieg der Amerikaner bemerkenswert schnell anfreunden. Eines muss ich diesem gelehrten Kirchenmann lassen: Sein eloquentes Mundwerk hält mich immerhin bei Laune, während seine Angebetete merkbar wenig Respekt vor meinem Zeitplan zu haben scheint.

Mein Glück: der Terminkalender hat ja für den Rest des Tages nichts mehr zu melden.

Demnach gibt es keinen Grund, irgendetwas übers Knie zu brechen. Die Madame wird schon finden, was sie angeblich wie eine Stecknadel sucht.

Schließlich bin ich geradezu erstaunt, wie schnell wir uns darüber einig sind, dass die US-Marionette *George W. Bush* ihren erhofften Platz im Himmel wohl für immer verspielt hat. Ohne sich gar eine Erlaubnis von oben einzuholen, hebt der Politikus jetzt seinen geweihten Zeigefinger. »Da bin ich aber hundertprozentig sicher! Er und seine ganzen Hintermänner gehören doch am besten heute noch vor ein internationales Kriegstribunal!« Nach einer nahezu perfekten Kunstpause wird ergänzt: »Hm, wir können dafür bloß beten, Herr Kommissar . . .!«

Ich wollte seine Härte im Urteil just abnicken, als ich schlagartig daran erinnert werde, weshalb meine Spürnase überhaupt in einem Haus von Gottes Gnaden herumschnüffelt: Die breite Glastür im angrenzenden Esszimmer fällt eine Spur zu laut ins Schloss, und die Lebensgefährtin schneit wie ein D-Zug herein. Erst vor der Schwelle zur gemütlichen Wohnstube schalten ihre Schritte wieder einen Gang herunter.

»Ich hab die Dinger endlich gefunden«, hören wir sie schließlich mit einem bußfertigen Lächeln vor sich hinmurmeln.

Margot Schenkfuß sinkt tief in das noble Möbelstück und genehmigt mir hierbei den ersten längeren Blick in ihr von Trauer gezeichnetes Antlitz. Die kräfteraubenden Stunden der letzten Tage stehen ihr wahrhaftig ins Gesicht geschrieben: Die gläsern hellen Augen liegen alarmierend tief, ihre Haut versucht offenbar vergebens, zu der Frische einer Mittdreißigerin zurückzufinden.

Andere Gedanken und mehr Schlaf könnten helfen, fühle ich einen Moment mit der wichtigen Insiderin mit. Nach einem gehaltvollen Schweigen deutet ihre Linke auf den Couchtisch.

»Nur zu, Inspektor. Der Tee wird uns bestimmt nicht ausgehen. Und die kleine Verzögerung – Sie entschuldigen doch?«

Klein! Wie würde bitte schön eine große aussehen?!

Natürlich entschuldige ich ...

– und genau genommen bleibt mir ja nichts anderes übrig, Gnädigste! Wobei das Kredenzen von Tee eine durchaus gelungene Wiedergutmachung abgibt.

Ich greife zur Kanne und versuche nebenbei ein erkenntliches Lächeln. Dieses scheint einigermaßen zu wirken. Margot lockert ihre Züge und dreht den Kopf ihrem Auserwählten zu. Der Prediger ist gerade im Begriff, das Couch-Areal zu verlassen, als sein Herzblatt mit neckischer Sopranstimme aufbegehrt: »Kann man diese Rotznasen ausnahmsweise nicht mal sich selbst überlassen?«

Herr Blendhögel streicht sich daraufhin etwas belustigt durch seinen pechschwarzen Vollbart.

»Wie sprichst du denn von meinen Konfirmanden, Margot?«

Sie spielt einen Augenblick lang die Beleidigte.

Jetzt bloß keine allzu peinliche Szene, verlange ich im Stillen und beginne weghörend nach meinem Diktiergerät zu wühlen. Klugerweise wird jedoch in bester Damenmanier zurückgeschmettert: »Da regnet es nur wieder Perlen für die Säue – sag *ich* dir.«

Inzwischen steht der Geistliche unmittelbar vor dem Klavier, also bereits mit einem Fuß im Esszimmer.

»Die Sache ist ganz einfach«, rutschen seine Hände langsam in die Hosentaschen, »nur wenn ich ein mehr schlechtes als rechtes Vorbild abgeben möchte – nur dann kann die Obersau den eig'nen Sauhaufen sich selbst überlassen!«

Wolfgangs laxe Selbstironie trifft mitten ins Schwarze. Dreifaches Gelächter schallt unversehens vom Wohnzimmer bis in den Hausflur hinaus. Selbst Margot kann für eine Sekunde alle Hemmungen abschütteln – allerdings mit einer kleinen Faust vor dem Mund.

Leider dauert es keine volle Minute bis wieder das gewohnte Anstandsklima herrscht. Unvermittelt und gewichtig fügt der Pfarrer an: »Außerdem hat mir der

Inspektor vorher im Treppenhaus versichert, dass meine Anwesenheit nicht unbedingt erforderlich sei.«

Diese Tatsache schlägt sich bei keinem von uns auf das Zwerchfell nieder, schon gar nicht auf meines.

Konfirmandenunterricht: Wahrlich ein Jammer, dass dieser Theologe regelmäßig gezwungen ist, den eigenen Scharfsinn an einem pubertären Haufen aus Backfischen und Milchgesichtern stumpf zu wetzen. Aber vielleicht ist es ja auch entscheidend besser, wenn mein Gegenüber frank und frei drauflos reden kann ...

Als könne der Pfarrer Gedanken lesen, runzelt er die Stirn und visiert mich über den Rand seiner modischen Lesebrille an.

»Dem ist doch so, Herr Kommissar?!«

Nachdem ich dies bejaht habe, schreitet er beruhigt in Richtung Hausflur, wobei Margot einen letzten Seitenhieb wagt: »Männer!«, ruft sie ihrem Prediger theatralisch nach, »wenn frau sie einmal zu etwas gebraucht!« Noch bevor Blendhögel die große Esszimmertür leise hinter sich zuzieht, streckt er ruckartig den Kopf zwischen den Türspalt; schalkhaft fliegt sein Blick bis vor den Sorgensessel im Wohnzimmer.

»Und ich dachte immer: selbst ist die Frau! Bis später, meine Zukünftige!«

Was sich liebt, das neckt sich ja bekanntlich, kombiniere ich amüsiert und koste nebenbei vom Tee.

Zukünftige plus Heiratsabsichten – möglicherweise der ideale Gesprächsaufhänger für die erste Runde ...

Margot Schenkfuß macht unterdessen den Eindruck,

als staune sie noch immer über die spitzbübische Schlagfertigkeit ihres Auserwählten.

Da bereits genug Zeit verplempert wurde, verhelfe ich der Madame jetzt rasch in die Startlöcher: »Sie und Herr Blendhögel werden heiraten? Wann sollen denn die Hochzeitsglocken offiziell läuten – wenn ich fragen darf?«

Schenkfuß überlegt eine Sekunde.

»Wenn unser Zeitplan aufgeht«, beginnt sie strahlend mitzuteilen, »wird es diesen Juli endlich so weit sein. Und aller Voraussicht nach in einer idyllischen Gemeinde, die zu Sinsheim gehört. Wolfgang hat ja in dieser Region seine familiären Wurzeln.«

Ich lächle optimistisch.

»Sehr erfreulich, Frau Schenkfuß. Da gratuliere ich schon einmal im Voraus!«

Margots Augen leuchten noch immer verzückt.

»Oh, vielen Dank! . . . «

Ich bin irgendwie überrascht, dass wir mit keiner Silbe auf meine Privatsphäre zu sprechen kommen. Allerdings bin ich um Welten mehr überrascht, als sich dieses überschwängliche Flackern hinter ihren Augen in etwas weitaus Kühleres verkehrt.

»Doch um ehrlich zu sein«, lässt sie mich entsprechend bekümmert wissen, »hängt bei mir die Begeisterung fürs Heiraten am seidenen Faden, Inspektor. Gerade die letzten zwei Wochen musste ich das jeden Tag aufs Neue feststellen – leider.«

Es drängt sich mir die Vermutung auf, dass Margot Schenkfuß sich bereits in einer psychotherapeutischen

Behandlung befinden könnte. Ohne weiteres Zögern tippe ich sie darauf an.

Sie lächelt zunächst nur müde.

»Ja, ich wär sehr froh, wenn die Sache so einfach ins Lot zu bringen wäre; bin ja mittlerweile schon über vier Monate in Behandlung. Die Stunden bei der Seelenklempnerin entlasten zwar, überwiegend gelingt's uns auch, den Schmerz zu mildern, dank dieser Persuasionstherapie. Doch bestimmte Ereignisse und Konflikte liegen lange zurück, teils über fünf Jahre, um etwas genauer zu sein. Außerdem pflege ich bei meinen Sitzungen immer nur die halbe Wahrheit preiszugeben.«

»Das macht es wohl nicht einfacher«, bemerke ich neutralen Tones, wonach Margot S. kurzerhand verurteilt: »Für die andre Hälfte sind diese Akademikerköpfe nicht hinreichend ausgelegt, nicht *wirklich* von Nutzen – wenn Sie verstehen, was ich meine?«

Ich fingiere Verständnis durch bedächtiges Schweigen.

»Die absolute Wahrheit über das Leiden meiner Psyche gehört womöglich in ganz andere Hände, Inspektor. Die Seelenheiler würden mich nämlich bloß wegsperren lassen, wie eine Schritt für Schritt Übergeschnappte unter Tausenden da draußen . . . wenn meine Ärztin alles wüsste.«

Margot streckt ihren rechten Arm nach der Teekanne aus. Verschwindend wenig Hoffnung liegt dabei in ihrem Lächeln.

»Haben Sie bereits eine Vorahnung, wessen Hände ich wohl meine, Inspektor?«

Langsam wird mir klar, dass ihre mentale Verfassung nahe, sehr nahe mit dem Fall »Elsa Wiepke« zusammenhängen muss.

Aber Vorsicht! Bloß keine voreiligen Schlüsse ziehen! Du kannst dir ruhig etwas Zeit lassen.

Ich nicke ihr vielsagend zu.

»Und haben Sie mittlerweile Herrn Blendhögel über die andre Hälfte in Kenntnis gesetzt?«

Margot bringt ihre Tasse in Position und füllt diese anschließend bis zum Rand.

Auffallend stolz zerstreuen sich ihre Blicke über dem gläsernen Couchtisch.

»Der Gute tut praktisch alles, damit meine düsteren Gedanken wenigstens einigermaßen in Schranken gehalten werden. Spaziergänge, Sport, Schwimmen plus Sauna, selbst ins Heilbronner Theater hat er mich schon geschleppt. Von Frustration oder Knauserei nicht die geringste Spur. Es sind ja wirklich bloß seine Konfirmanden – alles andere stellt er ungebeten hinten an.«

Das erste Eis zwischen uns beiden scheint allmählich gebrochen zu sein. Aus Margots gewählter Distanz wird nun mehrschichtige Verletzlichkeit.

Sie legt offen: »Zurzeit leide ich unter erheblichen Schlafstörungen, Inspektor. Nagende Schuldgefühle können einen langsam, aber sicher so weit bringen. Die Angst nie überwinden zu können sitzt unbeschreiblich tief. Wenn ich abends im Bett die Augen schließe, stehe ich immer vor ihrem Grab . . . chronische Gewissensbisse, so nennt es jedenfalls meine Psychologin.«

Im Kopf setze ich die Worte mit der Pinzette zusammen: »Wenn Sie abends vor ihrem Grab stehen – Sie wollten Frau Wiepke noch etwas sagen, nicht wahr?« Schenkfuß zieht mit einer schwerfälligen Handbewegung die Tasse vom Couchtisch.

»Da wäre so vieles, Herr Magnus . . . aber im Grunde bleibt es vielleicht für immer nur ein einziger Satz.

Vor ihrem Grab – jedes Mal ist es dieselbe Bitte oder vielmehr eine schmerzliche Sehnsucht nach Verzeihung, Vergebung. Doch das Gefühl der Reue vermischt sich auch gern mit beinah zügellosem Hass; mit lauter Verbitterung gegenüber all den verlorenen Freunden, die meine Warnungen damals nicht hören wollten.«

»Ich versuche zu folgen, Frau Schenkfuß.«

»Auf die ganze Sippe hatte ich oft stundenlang eingeredet, gut hundert Mal versucht zu verklickern, dass sich unser Kreis irgendwann noch zu Tode amüsieren wird – wenn es allmählich keiner mehr für nötig erachtet, gewisse Grenzen schlichtweg einzuhalten.

Und mit den Jahren konnte dann ausgerechnet ich die Christlichkeit nicht mehr richtig sehen, welche uns in den Neunzigern so gutgesinnt und hoffnungsvoll vereint hatte . . . Ja, und seit Kurzem wünsche ich den kompletten Schandhaufen bloß noch in die letzte Hölle hinab – alle bis auf Elsa.«

Margot S. verabreicht sich einen kräftigen Schluck Tee, wobei ihre letzte Sentenz noch etliche Sekunden nachklingt. Allmählich scheint ihr Selbstvertrauen wieder auf die Beine zu kommen.

Verwundert blicke ich der Madame in die Augen. »Ihre Aussagen geben mir sehr zu denken, Frau

Schenkfuß. Offenbar herrschte ja bei Samtrot nicht bloß Sonnenschein. Sie reden von Sippe, Schande und Hölle. Ihre Bekannte, Lore Bäukle, wählte dagegen ausschließlich positive Worte, als wir auf den Freundeskreis zu sprechen kamen; sogar von einer Mehrtäterschaft sei sie nach wie vor felsenfest überzeugt.«

Etwas widerstrebend halte ich für einen Moment die Luft an. »Was Sie mir hier alles entfalten und andeuten, Frau Schenkfuß, muss ich zunächst einmal mit einem großen Fragezeichen versehen.«

Ihre Augen weiten sich vor Empörung, worauf ich postwendend entschärfe: »Vielleicht lasse ich Sie am besten kurz wissen, was Frau Bäukle – hier aus Pfaffenhofen – mich alles wissen ließ. Sie erlauben?«

Die Dame nickt widerwillig an meiner Schulter vorbei. »Auch wenn ich mir da etliches denken kann – fangen Sie trotzdem mal an.«

Ich starte aus dem Stegreif: »Laut Bäukles Aussage war Elsa Wiepke in vielerlei Hinsicht unentbehrlich für den Freundeskreis. Beispielsweise hatte sie ...«

Nachdem ich den ersten Teil meines Berichts für beendet ansehe, wirft mir Margot S. lediglich einen mitleidigen Blick vor die Füße.

»War das schon alles, Inspektor?«

Der nachhallende Spott ihrer klaren Sopranstimme fordert mich prompt heraus. Mit angriffslustigem Schwung rückt meine Linke den Notizblock zurecht.

»Hier habe ich noch etwas für Sie, Frau Schenkfuß. Bin sehr gespannt, was Sie davon halten werden!«

Sie lächelt hochnäsig vor sich hin. »Nur zu . . .!«

Ich mache ein diensteifrig strenges Gesicht.

»Der Mediziner Richard Doornick lebt seit Dezember mit Anneliese Kelb auf Hawaii. Also seit rund vier Monaten. Armin Kelb, der Noch-Ehemann von Anneliese, wurde kurz nach Silvester in eine Entzugsklinik einquartiert; nicht weit von Bremen entfernt. Wir haben es sogar schriftlich: Sein wöchentlicher Konsum an Wein sprengte alle erdenklichen Grenzen.«

Ein todmüdes Staunen ihrerseits. »Weiter, bitte.«

Ich linse auf den Block.

»Lore Bäukle hat ihren ersten Mann, Kurt Wichtelwede, ebenfalls im vergangenen Jahr sitzen lassen; angeblich äußerst kaltherzig. Außerdem ist bekannt, dass sich Exmann Wichtelwede derzeit irgendwo im Umkreis von Neu-Dehli aufhält. Wo genau, werden wir bald wissen. Und nun zu Ihnen: Sie, Frau Schenkfuß, haben seit Längerem offensichtlich kein Verhältnis mehr mit einem Mann, der sich, einen Moment, der sich laut meinen Notizen Roland Gräßer nennt. Derzeitig wohnhaft in Stuttgart.«

Schlagartig verfinstert sich ihre Miene.

Schweigen.

Mit wohldosierter Provokation in der Stimme schicke ich nach: »Die hier vorliegenden Konstellationen aus neuen Beziehungen und Ex-Partnerschaften innerhalb relativ kurzer Zeit werfen schlicht und ergreifend Fragen auf. Fragen, die unweigerlich mit Ihrem Namen in Zusammenhang stehen – tja, deshalb bin ich heute hier.«

Ihr schon etwas welker Mund bleibt geschlossen.

»Kommen Sie, Frau Schenkfuß, irgendetwas fällt Ihnen hierzu doch ein. Ich werte Sie als wichtige Insiderin. Bitte –«

Eine wegfegende Handbewegung bläst meinen Versuch der Schmeichelei regelrecht aus dem Wohnzimmer.

»Mit Verlaub, Inspektor: Sie machen mich ja noch schwächer, als ich ohnehin schon bin!«

Kommentarlos nehme ich diese Übertreibung hin.

Schenkfuß beugt sich ein gutes Stück vor.

»Der Fall ist für die Kripo anscheinend noch immer ein Rätsel. Na schön. Doch ich behaupte: Dieses hätten Sie und die anderen Spezialisten aus Heilbronn längst aufgelöst, wenn Ihre Abteilung bloß einen einzigen Mann zum richtigen Zeitpunkt hierher nach Pfaffenhofen geschickt hätte. Das hat Ihr Vorgesetzter wohl versäumt, und nur deshalb sitzen Sie heute im Wohnzimmer eines Theologen . . . nur deshalb.«

»Zum richtigen Zeitpunkt?«, wiederhole ich stirnrunzelnd.

»Sie werden es gleich einzuordnen wissen.«

Erwartungsvoll spitze ich die Ohren.

»Es war ja wirklich halb Pfaffenhofen versammelt – um Punkt 13 Uhr und trotz einer unmenschlich eisigen Kälte, die mir im Nachhinein beinah schon fluchbeladen erscheint.«

Margot lehnt sich langsam wieder in ihren Sessel zurück. »Unmittelbar nach der Grabrede geschah dann etwas, das sonst nie passiert. Fast jeder wankte trauergebeutelt zum Auto und kam mit weiteren Grabbeigaben zurück. Ja, es waren gewiss an die 100 Blumensträuße,

Schmuckgeflechte und Zweiggestecke, welche dem Sarg nun voll Ehrsamkeit folgen sollten. Da war natürlich merkbar schnell ein Limit erreicht, und selbst dem hocherfahrenen Möbele rutschte bei diesem Anblick das Herz in die Hose. Immerhin hatte der Bestatter seinen Adjutoren parat, der eben noch rechtzeitig Hand anlegte und so alle nachrückenden Blumenbombardements wie die Kränze behutsam über die nächstbesten Nebengräber verteilte. Schließlich sollte es keine fünf Minuten dauern, bis es für jedermann so aussah, als hätte Pfaffenhofen an diesem frostigen Wintertag drei, vier oder gar fünf Persönlichkeiten ins Grab gesenkt. Das werden die Leute sicher im Gedächtnis behalten: eine Trauerfeier im Zabergäu, die gegen Ende fast schon an ein Begräbnis auf Staatsniveau herankam.

Doch damit nicht genug, Inspektor. Jetzt erst durfte ich die absolute Sensation erleben – und zwar eine Frechheit, die ungelogen bis zum Himmel stank; die für mein Verständnis womöglich bis in alle Ewigkeit stinkt! –

Lore trat zu Wiepkes Ehre an das offene Grab heran, der Millionen-Bäukle im Armani-Anzug dicht dahinter. Die Angehörigen standen bloß ein paar Meter daneben, nahmen vermutlich keine Notiz davon. Zu niedergeschlagen, zu benommen.«

»Wovon wurde keine Notiz genommen?«, humple ich fragend hinterher.

»Es war nicht länger – nur eine Sekunde«, überhört Schenkfuß im Erzähleifer, »ein funkelnder Blick und dahinter zwei Augen, die ganz genau wissen, was sie ab heute und für immer zu verantworten haben.

›Lore! Du Teufelin! Du Heuchlerin!‹, dachte ich, als sie fromm wie ein Lämmchen niederkniete, ihr popeliges Geflecht aus Winterastern scheinheilig neben die anderen rückte; als sie sogar noch den roten Tüllschleier hob und ihre Larve zum Vorschein brachte. Kein einziges Tränchen auf den Wangen. Kein einziges. Kann ein Mensch so kalt sein, Inspektor?!

›Duuu mit deinem Millionen-Bäukle sollst keinen Frieden finden bis zum letzten eurer Tage, bis an euch der Dreck und die Würmer nagen!‹ Ja, genau so wollt ich's am Ende übers ganze Friedhofsgelände schreien, doch ich brachte kein einziges Wörtchen heraus. Keinen Satz, der die Wahrheit ausgesprochen hätte. Stattdessen stand ich bloß da – wie angewurzelt; wurde obendrein zur Tränenpfütze und brachte vor lauter Feigheit den Mund nicht auf« – Schenkfuß dämpft die Stimme – »oje, wie ich das bereue ... verzeih mir Elsa ... jeden Tag bereue ich das aufs Neue.«

»Mein Beileid ... «, senke ich diskret den Kopf.

Anschließend halte ich ein paar schmale Details auf meinem Spiralblock fest. Margot schiebt indessen unaufgefordert und laut genug hinterher: »Ich kann's Ihnen nicht länger verschweigen, Inspektor.«

Ich hebe den Kopf, mein Blick verheddert sich unwillkürlich in ihrem.

»Nur zu« – ich zeige auf meinen wertvollsten Begleiter –, »das Diktiergerät läuft, Frau Schenkfuß. Sie können quasi frei von der Leber weg erzählen.«

Wieder gelingt mir ein zusprechendes Lächeln, worauf die Dame im Sorgensessel langsam weiterberichtet:

»Es ist ... die beiden wollen sich ebenfalls 12 000 Kilometer westlich vom Zabergäu niederlassen. Ihre Maschine ist heute Morgen über den Atlantik geflogen, Richtung Staaten – dem Land der unbegrenzten Möglichkeiten. Endstation: Hilo.«

Ich habe Mühe, mein Erstaunen zu verbergen.

»Wie bitte?!«

Plötzlich schlägt mir ein verachtungsvolles Lachen entgegen: »Ooohh! August! Dummer August! Hat er sich doch tatsächlich von ihr breitschlagen lassen! Andere wären froh – unsäglich froh –, wenn sie nur ein einziges Mal im Leben sechs Richtige hätten ... wem würde das nicht genügen?!«

Ich bleibe streng beim Thema: »Die Bäukles möchten auf Hawaii – allen Ernstes – ein Häuschen ersteigern?«

Verdammendes Kopfschütteln meiner Informantin.

»Kein Haus, auch kein großes – ein halbes Schloss braucht unsre Lore, um so etwas wie ein Glücksgefühl zu erlangen. Ich kenn sie doch, sie und ihre Träume vom Luxusleben.

Unfassbar: Die Lore konnte Ihrer Spürnase offenbar ernsthaft weismachen, dass ein stinkender Bauernhof ihr neues Leben sein würde ... Doch in Wahrheit hat man ja alles verschachert. Jede Mistgabel und jeden Dreckeimer; Traktoren, sämtliche Gerätschaften, Melkmaschinen, Silos und haufenweise Werkzeug. Andere Bauersleute aus der Umgebung hatten hierbei recht ordentlich zugegriffen. Zu den Tieren: Die Hühner hatte der Hähnchenmann bereits vor 14 Tagen am Bratspieß hängen; und dem einstigen Schlachtvieh wurde letzte Woche der Bolzen verpasst. Es sind maßgeblich Kühe gewesen, nur wenig Borstenvieh. Der ganze Hof, die Scheunen, Holzhütten – alles ist mittlerweile leer, verlassen . . . wie ausgestorben.«

Ich senke angewidert den Kopf.

Jetzt wird allmählich klar, weshalb mich Wachhund Barko weder lautstark begrüßt noch verabschiedet hatte. Zwei geldvernarrte Landeier haben mich gezielt hinters Licht geführt. Das wird ein Nachspiel haben!

Das vertraute Aufklappern der Teekanne holt mich schließlich wieder in das Wohnzimmer zurück.

Aus Margots Augen kriecht leises Bedauern.

»Sie wurden anscheinend mit falschen Informationen gefüttert. Sie sollten das besser heute als morgen einsehen, Inspektor . . . «

Selbstverständlich lasse ich mir diesen Patzer nicht noch deutlicher auf die Stirn schreiben und korrigiere demonstrativ meine Körperhaltung.

Neue Frage, neues Glück!

»Was ist eigentlich mit den Eltern von August? Kann man die beiden noch irgendwo antreffen?«

Margot S. gießt schubweise Tee nach, obwohl ihre Tasse noch halb voll ist.

»Frieda und Karl. So heißen die beiden. Und ja, noch könnten Sie die alten Bäukles antreffen.«

Schenkfuß bietet mir die Kanne an, was ich dankend ablehne.

»Aber das würde nichts bringen, Inspektor. August hat sie nämlich letzten Sommer in ein Pflegeheim stecken lassen, bei Vaihingen/Enz. Für Pflege könnte von meiner Warte aus genauso gut Hospiz stehen. Die Armen sind den lieben langen Tag bloß am Warten; von morgens bis abends, im Liegen und im Stehen, immerzu heißt es warten, dahinvegetieren. Das Schlimmste: die Kräfte sind noch einigermaßen da, aber im Kopf lässt es schleichend nach; Heilung ist völlig ausgeschlossen.«

»Demenz?«, vermute ich mit halblauter Stimme.

Schenkfuß nickt mitleidig vor sich hin, unterdessen beginnt ihre Linke für einen Wimpernschlag zu zittern.

»Früher hatten Karl und sein Friedalein jeden Pfennig zweimal rumgedreht, gescheffelt und gleichzeitig gespart, was das Zeug hält. Jahrzehntelang ein und dieselbe Tretmühle. Und nun? Heute, im Frühjahr 2006? Ein Riesenvermögen auf dem Konto liegen – für was?! Wozu, Inspektor?«

Eine laute Vorahnung lässt mich schweigen.

»Der ganze Geldberg«, beteuert Margot dementgegen, »wird schön brav über den blauen Ozean wandern, transferiert, bis rüber auf die amerikanischen Hawaii-Inseln. Dort wartet ja das pure Vergnügen; zumindest erhoffen sich das die zwei Neureichen, Lore und dieser Naivling namens August.«

Sachte lasse ich den Kugelschreiber auf den Block fallen. »Wie viele Millionen hatte Bäukle junior beim Lottospiel denn gewonnen?«

Erneut zittert ihre Linke. Rasch legt sie die andere Hand darüber. »Es waren um die dreieinhalb Millionen, jedoch schon im Jahr 2001.«

»Darum die Bezeichnung ›Millionen-Bäukle‹, richtig?«

Margot nickt, wobei sie ein rosafarbenes Dragee aus der Arzneipackung auf dem Couchtisch hervorkramt.

»Einen Moment bitte.«

Die Kapsel rutscht beinah unbemerkt hinter ihre Schneidezähne. Ein ausgiebiger Schluck Tee tut das Übrige. Sie behält das Porzellan still in der Hand, sieht mich dabei ein wenig gelangweilt an.

»Dient nur der Beruhigung, Inspektor. Ist absolut pflanzlich . . . «

Ich beschließe umgehend, den ominösen Medikus etwas genauer unter die Lupe zu nehmen.

»Und welche Geheimnisse verbergen sich hinter Richard Doornick? Wo lagen denn für ihn die Gründe, ins pazifische Ausland überzusiedeln?«

Margot schnauft verächtlich aus.

»Da gibt's nicht sonderlich viel zu sagen, Inspektor. Er wird vermutlich etliche Gesetzeshüter und ebenso die einflussreichen Politiker schmieren. Alle werden sie dem alten Doc aus der Hand fressen, seine Drogen-Partys lieben, unverschämt viel Geld dafür hinblättern. Möglich, dass Richard zum Baron einer exklusiven Unterwelt aufsteigt, er hierdurch irgendwann hochsolvente Touristen mit Kokain und ähnlichem Dreck versorgen wird. Hinter verschlossenen Türen werden ihm die besagten Machtmenschen womöglich noch Orden umhängen, für ganz besonders stimulierende Mixturen. Es ist erschreckend traurig, doch seine Medizinkenntnisse formen eben auch den passenden Schlüssel für die Tore, die zu den dunklen Welten hinabführen. Ich habe es doch selbst erlebt, Inspektor. Wenn andere unter seinen Mischungen irgendwelchen psychedelischen Erleuchtungserfahrungen entgegenrauschen – nur das ist für seine Seele wahrlich das Größte.

Kurz gesagt: Er wird für die gutgläubige Öffentlichkeit eine Praxis leiten und nach Feierabend den Reibach mit allerlei Designerdrogen machen. Gewiss kein Heroin oder ähnlich verheerende Scheußlichkeiten. Doch was genau, liegt weit außerhalb meines Interessengebietes, Inspektor.«

»Dann war Doornick quasi der Lieferant für alles Illegale innerhalb des Samtrot-Zirkels. Kann ich das so festhalten, Frau Schenkfuß?«

Sie nickt, was ihr jedoch nicht leichtzufallen scheint.

»Er und sein verlockendes Drogen-Arsenal haben alles ruiniert . . . !«

»Wie kommt es, dass Sie nicht in dieses Fahrwasser geraten sind?«

Schenkfuß zögert einen Moment.

»Offen gesagt, Inspektor, habe ich nur eine Vorliebe für das reine Bob-Marley-Elixier. Verstehen Sie?«

Ich werfe Margot einen überraschten und zugleich besorgten Blick zu. »Aber Sie wissen Ihren Cannabis-Konsum unter Kontrolle zu halten?!«

»Selbstverständlich, Herr Kommissar. Ich spreche ja auch in erster Linie von früher. In so einigen Urlaubsländern ist man auf die Haschisch-Tour eben allemal besser bedient. Das ist doch schlichtweg Tatsache. Auf Kuba oder in Schanghai – da werden einem Schnäpse unter die Nase geschoben, die fördern bei mir im besten Falle den Brechreiz. Wer weiß denn schon, in welchen verjauchten Kellerbaracken da einer herumdestilliert, bevor er seine hochprozentige Brühe an den Mann bringt. Hier kann mir doch keiner etwas von ernsthaften Kontrollen der Alkoholproduktion erzählen. Ne, ne. Im Glas ertrinken die Menschen, nicht im Meer ... «

Schenkfuß scheint ein wenig den Anlass meines Hierseins aus den Augen zu verlieren. Ich lasse sie zunächst gewähren.

Ein Hauch von Sarkasmus weht mir entgegen.

»Ich frage mich da oft, Inspektor, wann sich die edlen Herrschaften unsrer Regierung endlich mal damit anfreunden können? Diese Clowns von der CDU.«

»Womit denn anfreunden, Frau Schenkfuß?«

»Na, mit der Legalisierung meines ehemaligen Elixiers.«

»Wie bitte?!« Ich gebe mich für einen Moment begriffsstutzig.

Lass die Dame einfach ein wenig ins Blaue reden ...

Margot ergänzt mit giftiger Stimme: »Aber da ist ja mit einem Male von Drogen, von Einstiegsdrogen die Rede. Ganz gewiss haben wir in Deutschland auch ernst zu nehmende Drogenabhängige. Doch wo sind die *Joint-Kranken*? Wo, Inspektor?«

Ich bleibe geduldig, ziehe fragend die Brauen nach oben. »Sagen Sie es mir, Frau Schenkfuß.«

Plötzlich durchdringt mich ein mahnender Blick.

»Suchen Sie bloß einmal diesen einen Gesundbrunnen oder – noch schlimmer – das Katharinen-Hospital in Stuttgart auf.« Beinah allwissend blitzt es über ihre Wangen.

»Dort würde es Ihnen sogar die Fußnägel aufrollen. Als Jugendliche durfte ich mal 'ne erlebnisreiche Praxiswoche im Krankenhaus ableisten. Deshalb weiß ich darüber Bescheid. Ja, und damals konnte ich sie sehen, Inspektor: die Listen der Stationsärzte; Namen, Versicherungsnummern; alles mit dem Rotstift auf makelloses Weiß gekritzelt. Hunderte von Namen, die man meiner Ansicht nach schon alle in Grabsteine hätte einmeißeln können. Allesamt zu tief und vor allem zu oft in den Becher geschaut. Teils grauenhafte Schicksale, furchteinflößende Existenzen, welche nachts so jämmerlich nach Erlösung schreien, dass es einem Tage später noch drohend in den Ohren scheppert.« Ein mutlos-zynisches Lächeln fliegt mir entgegen.

»Fahren Sie bei Gelegenheit mal hin, und das Fragen nach den roten Listen nicht vergessen. Das Ganze würde selbst für Sie ein unheimlicher Abstecher in die ewig trostlosen Wartezimmer des Todes vorstellen ...

Wer dieses Riesenelend bloß einmal mit eigenen Augen gesehen hat, der zieht Haschisch und Holland aber zehnmal vor.«

Sie macht eine gedankenreiche Pause, die mich unversehens begreifen lässt.

Leicht verblüfft nehme ich Margot Schenkfuß ins Visier. »Samtrot hatte allen Ernstes spezielle Ausflüge nach Holland unternommen?«

Die Madame nickt und scheint sich nicht im Geringsten zu schämen.

»Ein paar Mal waren wir damals mit einem geliehenen Kleinbus durch das niederländische Flachland getuckert; waren tagsüber durch Museen gestiefelt und hatten uns am späten Abend unter die Nachtschwärmer in den lauschigen Kneipen und Bars gesellt. Ja, wir hatten's uns schon ziemlich gut gehen lassen. Auch oft da, wo man diese Muntermacher praktisch an den Tisch serviert bekommt – fertig gestopft. Ach, wie nennt man sie noch gleich, Inspektor? Diese relativ außergewöhnlichen Lokale? Bei uns in Deutschland finden Sie kein einziges von dieser Sorte.«

»Ich denke, Sie sprechen von den holländischen Coffeeshops.«

Die Dame versucht ein bejahendes Grinsen.

»Habe ich mir's doch gedacht: irgendwas mit Kaffee, Coffee muss es sein.«

Margot Schenkfuß widmet sich erneut ihrem Tee, erkennt nebenbei: »Ich rede ja wie ein Wasserfall. Verzeihung . . . « Sie nippt nachdenklich an ihrer kometblauen Tasse, lächelt kühl.

»Was kann ich noch für Sie tun, Inspektor?«

Ich muss nicht lange überlegen.

»Sie leiden derzeit unter Schlafstörungen und Selbstvorwürfen. Früher ein lebensfroher Freundeskreis und heute das schlechte Gewissen. Und genau hier fehlt mir wohl noch ein wenig der Zusammenhang, Frau Schenkfuß. Könnten Sie diese Selbstvorwürfe bitte etwas konkreter beleuchten?«

Sie zögert, braucht ein paar Augenblicke, bis sie sich zu einer näheren Erläuterung durchringt.

»Es sind eindeutig Albträume, die mich plagen. Ja, wobei sich Nacht für Nacht derselbe abstruse Streifen abspielt. Zwei Tage, nachdem ich die schreckliche Mitteilung über Elsa erhalten hatte, fing es damit an ...

... Elsa und ich befinden uns an der kalifornischen Grenze, irgendwo bei Needles, am Rande der Mohave-Wüste. Ganz auffällig: wir fahren ein zitronengelbes Cabrio, sicher ein Oldtimermodell. Außerdem sind wir beide 30 Lenze jünger, also schätzungsweise um die 25. Am Anfang des Traumes sitzt Elsa hinterm Steuer, ich nebendran auf dem Beifahrersitz. Wir lachen überwiegend, reißen schnöde Witze auf Kosten der Männerwelt.

Es ist ein herrlicher Tag, muss ein Sommertag sein: über uns die stechende Sonne und ein endlos blauer, wolkenloser Himmel. Es regt sich kein Windhauch. Die Natur, die Umgebung, die Landschaft, sogar der Straßenbelag – alles zu schön, alles wie im Hesse-Roman, Inspektor.

Wir tragen leichte Strohhüte, knappe, luftige Bekleidung und Hippie-Sonnenbrillen, die mit den ausgeflippten Libellengläsern. Wir fahren und fahren, wechseln uns auch gelegentlich ab; süffeln irischen Whiskey, rauchen die Muntermacher, von denen wir es gerade erst hatten, während die *Funker* im Radio *Cash* spielen, unaufhörlich Johnny Cash abspielen: San Quentin, Big River, Ring of Fire, I Walk the Line und wie sie alle heißen mögen. Entweder summen oder singen wir fröhlich mit, kennen ja *alle* Texte. So fahren wir weiter gen Westen, immer gen Westen, Inspektor. Der Freiheit entgegen. Richtung Las Vegas.«

»Weshalb ausgerechnet diese Metropole?«

»Das ist mir auch nicht ganz klar. Vielleicht um den Oldtimer zu verkaufen, die Casinos leerzuräumen; oder um vielleicht in großen Spielhallen beim Roulette alles auf eine Farbe, auf eine Zahl zu setzen, dann zu gewinnen und einen unvergesslichen Sommer in der Spielerstadt zu verleben. Ich glaube es sind mehrere, verschiedene Gründe. Ich weiß es doch selbst nicht recht.«

»Hm. Wie geht es weiter?«

»Am frühen Abend, es ist noch einigermaßen hell, bekommen wir plötzlich starken Hunger. Ja, uns knurrt jetzt heftig der Magen. Also fahren wir spontan vom Highway ab, passieren einige dieser verschlafenen Hillbilly-Rüben-Nester, bevor wir letztendlich eine gut überschaubare Stadt erreichen. In Boulder City – so heißt die Stadt – parkt unser Cabrio dann vor einem bescheidenen, fast ärmlich wirkenden Lokal. Und genau in diesem kehren wir ein – zum Abendessen.

Es ist nicht viel los in dem Laden, also auffallend wenig Kundschaft. Fünf an der Zahl sitzen hinter schmalen Tischchen; trinken Bier, lesen Zeitung, rauchen oder stochern einfach bloß gedankenversunken mit ihrem Besteck in den Tellern herum. Alles Fremde, harmlos, uninteressant. Aus einer Ecknische des Lokals flimmert ein altmodischer, auf halbe Lautstärke gedrehter Fernsehapparat, den allerdings keiner der Gäste beachtet.

Obwohl Elsa und ich ein gutes, fließendes Englisch sprechen, fallen wir schnell auf, werden aber trotzdem recht freundlich empfangen. Wir wählen einen der breiten Tische; studieren die Speisekarte, bestellen. Man serviert uns etwas Einheimisches: fetten Speck, Rührei, Kräuterbutter-Toast mit Schinken drauf, ein paar Folienkartoffeln und 'ne große Schüssel Salat. Wir spachteln gierig drauflos; quasseln und lachen. Und alles Friede-Freude-Eierkuchen. Zusätzlich – besser gesagt als Nachtisch – ordert jede ein Sahnetörtchen plus 'ne Tasse süßen Milchkaffee.

Die Kellnerin, eine ältere, übergewichtige Frau mit wonnigem Gesicht, liefert uns gerade das nachbestellte Tablett an den Tisch, als es plötzlich vor der Tür des Lokals zweimal heftig poltert. Alle Gäste, alle Augen – selbst die mollige Bedienung schreckt auf – blicken gespannt zum Eingang. Einen Moment lang, Inspektor, hätte man das Fallen der Stecknadel hören können, wenn da nicht das Summen der Deckenventilatoren und die verzerrten Stimmen aus dem Kasten in der Ecke gewesen wären. Auch Elsa und mir vergeht das Feixen. Alles stiert mit übertrieben großen Fischaugen; jeder horcht, wartet gebannt auf das grelle Bimmeln, welches kommende Gäste begrüßt und gehende verabschiedet. Aus einem Moment werden zwei, drei. Im Augenwinkel erblicke ich die suppentellergroßen Ohren, die der Bedienung in der Zwischenzeit gewachsen sind; ich warte, starre abwechselnd zum Eingang, zu den Ohren.

Dann – endlich! – bimmelt das Glöckchen über der Tür, und ein kleiner, bärtiger Mann humpelt langsam in das Lokal herein. ›War bloß mein Drahtesel‹, grinst er gelassen vor sich hin.«

»Ein kleiner bärtiger Mann?«, wiederhole ich.

»Ja! Genau!«, bestätigt Margot rasch. »Schließlich verstummt das Glöckchen. Die restlichen Gäste atmen erleichtert auf, rauchen, essen, trinken weiter; woraufhin die Kellnerin jedoch, wieder mit normalen Ohren, das Tablett bei uns abstellt und dem Bärtigen scherzend zuruft: ›Mensch Harald! Du alte Schnapsdrossel! Wie oft noch?! Der Mülleimer da draußen ist kein Abstellpfosten! Wann besorgst du dir mal ein ordentliches Rad, das man ordentlich hinstellen kann?! Noch mal dieselbe Nummer und es hagelt Hausverbot!‹ ›Ja, ja‹, lacht der Mann, ruft zurück: ›Bald. Bald schnapp ich mir ein neues – bald!‹

Er muss an die 60 sein, denke ich. Krauses Haar, Narbengesicht; trägt verschlissene, alte, dreckige Hosen, ein schwarz-weiß kariertes Jackett und so 'ne Art großen Müllbeutel unterm Arm. Sehr ungepflegte Erscheinung. Nun schlendert er zum Tresen, steigt auf einen Barhocker, zieht irgendeine zerknitterte Zeitschrift aus seinem Plastikbeutel und beginnt darin zu blättern. Wir stempeln ihn als Obdachlosen ab, einen, den man hier in der Gegend kennt und duldet. Wir quasseln also weiter, essen Torte, schlürfen überzuckerten Milchkaffee, rauchen.

Irgendwann – Elsa hat eben vorgeschlagen, die Rechnung zu begleichen – räumt der Obdachlose seinen Hocker am Tresen und gesellt sich rotzfrech an unseren Tisch. Die Kellnerin lässt ihn seufzend gewähren. Eine penetrant stinkende Wolke aus Alkohol und Schweiß umhüllt uns jetzt wie eine riesige Seifenblase.

Er lächelt. Wir hingegen raten, wie lange er schon beduselt ist, werden ausfällig; empfehlen ihm Duschgels aus Europa, generell ein erfrischendes Bad mit anschließender Rasur. Er hört sich gelassen die taktlosen Empfehlungen an, und gibt uns auch noch Recht – dieser schmuddelige Kerl.

Dann: wir kichern und lachen noch immer wie die zwei blödesten Gören der Vereinigten Staaten, lachen dem Alten in sein fleckiges Gesicht; kugeln uns vor Lachen, lachen so lange bis er ruckartig einen Hammer aus dem Ärmel zieht und damit Elsas Tasse zertrümmert. Elsa verstummt, erstarrt, wird kreidebleich. Danach lässt es noch einen mordsmäßigen Schlag und meine Tasse zerschellt ebenfalls in tausend Teile. Auch mir vergeht jetzt endgültig diese alberne Kicherei.«

»Wie reagiert das Umfeld? Der Rest im Lokal?«

»Die Kellnerin lacht uns daraufhin bloß aus – uns Inspektor, ihre Kunden! Andere Gäste tun so, als wäre nichts geschehen.«

»Seltsam. Weiter?«

»Gleich nach dem Schrecken fuchtelt dieser ungebetene Gast mit seinem Werkzeug in der Luft herum, er brüllt dabei: ›Ruhe! Ihr dummen Hühner aus Europa! Ruhe!!‹ Plötzlich wird seine Stimme leiser, milder, außerdem freundlicher. ›Ich möchte nur etwas Tobak mit euch zwei Hübschen schmökern‹, sagt er jetzt, ›und euch meinen‹ – das betont er besonders, Inspektor – ›euch meinen Rat ans Herz legen. Das ist alles!‹ Dann deutet er mit dem Eisenhammer auf die Zigarettenschachtel. ›Darf ich?‹, fragt er schließlich. Elsa fingert hastig nach der Schachtel, streckt sie ihm hin. Ihre Hände zittern extrem stark. Und ich grabsche – nicht weniger verwirrt – nach dem Feuerzeug, schieb es brav über den Tisch.

›Schluss mit der albernen Zitterei‹, murmelt er daraufhin, und wir beobachten überrascht, wie der Hammer sich in eine Art Friedenspfeife der Indianer verwandelt. Das Zittern verschwindet. Er zerbröckelt zwei, drei Zigaretten, stopft damit seine Pfeife und bringt den Tabak darin zum Glühen.

Elsa fragt ihn neugierig: ›Wie lautet denn jetzt Ihr Ratschlag, Mister Winnetou?‹ Ja, genau so nennt sie den Obdachlosen: Mister Winnetou. Jedenfalls zieht dieser nun kräftig an seiner Friedenspfeife, meint: ›Vorerst wette ich eine Million Dollar darauf, dass sich einer von euch zwei Vögeln schon morgen früh an meine folgenden Worte erinnern wird.‹

Irgendwie beeindruckt verkneifen wir uns allzu laute Spötterei, flüstern uns trotz allem zu: Winnetou setzt eine Million Dollar, dabei hat er vermutlich keinen müden Penny in der Tasche.

»Liegt nahe«, werfe ich ein.

»Er pustet uns beide eine dicke Rauchwolke ins Gesicht und rückt endlich mit dem Ratschlag raus: ›Seid klug und meidet den Highway bei Nacht!‹, warnt er uns. ›Nehmt euch ein Motel in dieser Stadt und reist morgen weiter!‹

Wir lachen. Nochmals sagt er: ›Seid klug und meidet den Highway bei Nacht!‹«

»Den Highway meiden? Nicht bei Nacht fahren?«

»Ja. Wieder lachen wir, fragen aber diesmal ›Warum? Weshalb Winnetou?‹

Darauf zieht der Obdachlose eine bitterernste Miene: ›Weil es das Böse, insbesondre die Dämonen stets bevorzugen, bei Nacht auf einem kühlen – hört ihr!‹, sagt er,

›auf einem kühlen und stillen Asphalt zu ruhen – und wehe dem, der ihre Ruhe stört!‹ ›Haha‹, sagen wir bloß dazu. Wie die kleinen Kinder: ›Haha! Wir haben keine Zeit für Ihre Märchenstunde‹, erklären wir obendrein mit überheblicher Stimme. Folglich humpelt er schweigend an den Tresen zurück. Wir lachen ihm nach. Saudumm. Dann watschelt die Bedienung an unseren Tisch, kassiert die Rechnung und wir gehen. Bevor Elsa jedoch ins Freie tritt, ruft sie dem alten Mann, diesem Harald zu: ›Die Wette gilt, Winnetou! Grüße an Old Shatterhand! Von uns beiden!‹

Wir wollen gerade wegfahren, als die feiste Kellnerin aus dem Eingang stürmt. Was glauben Sie, Inspektor, was die Gute uns nachbrüllt?«

Ich zucke erwartungsvoll mit den Schultern.

»›Mädchen, seid vorsichtig!‹, ruft sie uns nach. ›Mein Harald hat noch nie eine Wette mit Fremden verloren! Noch nie! Seid vorsichtig!‹

Aber Elsa und ich wollen nicht hören; wollen weder auf den Pfeife rauchenden Gammler noch auf die mütterliche Bedienung hören. Da nehmen wir doch gleich – wider Winnetous Empfehlung – die nächstbeste Auffahrt zum Highway. Nein! Wir sturen Weibsbilder nehmen kein Motel in der Stadt; lachen über den ernst gemeinten Ratschlag, haben ja bereits vollgetankt. Wir möchten fahren, reisen; wollen uns abwechseln, die eine fährt, die andere schläft.

Ja! Wir wollen fahren bis zum Morgengrauen, ohne Pause, durch die Nacht hindurch, gen Westen, Richtung Las Vegas. Immer Richtung Freiheit. Jetzt kann uns kein

Magenknurren mehr aufhalten, auch kein dahergelaufener Piefke mehr schockieren.«

»Man wird leichtsinnig?«, werfe ich ahnungsvoll dazwischen.

»Leider«, verrät Margots Kopfnicken. »Bis jetzt sind wir ja noch fröhlich, lustig, Inspektor; sind auch noch lustig als die wärmende Sonne langsam abtaucht, sie irgendwann ganz hinterm Horizont verschwindet.

Es wird also dunkel; ja, stockdunkel wird es über dem Highway. Das einzige Lichtchen, das uns bleibt, ist das der Scheinwerfer; vom vertrauten Mondlicht ist nämlich noch keine Spur. Mittlerweile sitze ich hinterm Lenkrad. Cash läuft auf niedriger, gerade noch hörbarer Lautstärke, und Elsa träumt abwesend und rauchend vor sich hin.

Plötzlich – obwohl ich mich andauernd auf das Pflaster, den Scheinwerferkegel konzentriere – lässt es einen dumpfen, pfetzenden Knall. Dann meine Vollbremsung. Elsa wird zum zweiten Mal kreidebleich – nein diesmal totenbleich! Wir springen aus dem Cabrio; Panik, Inspektor; schreien uns zu: ›Herrgott! Was war das? Was ist passiert?!‹; rennen um den Wagen herum, hören das Unglück leise pfeifen, vernehmen das Pech letztendlich an zwei schlaffen Vorderreifen.

›Panne!‹, brüllt Elsa und sucht mit dem Feuerzeug hektisch die Straße ab. ›Es waren kleine Splitter‹, erkläre ich ihr.

Elsa sucht weiter, entdeckt nun scharfe, kantige Blechstücke. ›Die hat man tückisch ausgelegt!‹, irgend so was brüllt sie, schreit es lauthals in die Düsternis hinein. Dann stürzen wir zum Kofferraum. Angst und Hoffnung vermischen sich.

Wir hieven den Ersatzreifen aus dem Kofferraum, auch einen Wagenheber; möchten nun den platten Reifen gegen das Ersatzrad austauschen; ja, wir wollen mit drei intakten Reifen schleunigst das nächste Motel erreichen, uns dort ausruhen und natürlich auch diesen Schrecken vergessen, Inspektor. Aber leider macht uns ›das Böse‹ einen gehörigen Strich durch die Rechnung und lässt uns den nötigen Kreuzschlüssel nicht finden. Es geht nur mit diesem einen besonderen Schlüssel. Die Muttern am Reifen lassen sich nur mit einem speziellen Werkzeug lösen. Das wissen wir, durchsuchen folglich den kompletten Wagen, aber das Ding taucht nirgends auf. Nirgends. Das Einzige was wir an Werkzeug finden können, ist ein nutzloser Schraubenzieher – noch dazu rostig. Wieder Panik. Hilflos steigen wir in unser Cabrio zurück, legen die Köpfe zusammen, jammern; verfluchen Mister Winnetou, das Cabrio, den Highway, und verwünschen Gott, der uns nicht aus der Klemme helfen möchte, doch vor allem den Verbrecher, der uns diese Panne erst einbrockte – wer auch immer das sein mag.

Kaum sind wir die ersten Verwünschungen los, gibt es immerhin von Neuem Hoffnung.«

»Das bedeutet?«, hake ich ein.

»Elsa und ich sind zum Glück nicht die Einzigen in dieser unheimlichen Finsternis.

Ein Jugendlicher auf seinem Chopper sieht das Cabrio am Straßenrand stehen und hält sofort an. Der Mondschein genügt, um zu erkennen, dass er einer von den Harmlosen ist. Wir brauchen das jüngste Geschehen, unsre Lage, nicht zu wiederholen, kein zweites Mal schildern; ja, sein kluges Köpfchen begreift verblüffend schnell, was Sache ist.

›Der nötige Reifen-Kit liegt bei meinem Dad in der Garage‹. Ja, genau das versichert er uns zum einen, und zum anderen teilt dieser hilfsbereite Teenie vielversprechend mit, dass seine Eltern in Woodstock leben, diese dort ihr Häuschen stehen haben. Ob das weit weg sei, wollen wir schließlich wissen, woraufhin seine engelreine Stimme entschieden zurückgibt: ›Das sind ungefähr noch zehn Meilen, also höchstens 20 Minuten von hier‹.

Diese allseits ungewohnte Bredouille lässt uns dem Burschen zunächst jedes Wort abkaufen; selbst bei ›Am Nordpol steht mein Elternhaus‹ hätten wir zwei Angsthasen sein Angebot womöglich dankbar begrüßt.«

»Angebot?«

»Ja. Er macht nämlich den Vorschlag, dass eine von uns mit ihm nach Woodstock braust, um dort diesen verflixten Kit aus der Garage seines Alten zu holen.«

»Verstehe.«

»Wir zögern drei Sekunden – wenn überhaupt! Willigen ein. Natürlich willigen wir ein. Wir sitzen ja auch böse in der Patsche. Wie gesagt: der Bursche sieht aus wie die Harmlosigkeit in Person. Inzwischen ist es übrigens kurz vor oder nach Mitternacht, und die Vorstellung, dass die kommenden Stunden aufgrund der fremden Finsternis endlos lang werden können, außerdem ebenso endlos gefährlich, macht uns beide schrecklich bange. Schließlich knobeln – unvorstellbar: knobeln! –

wir darum, wer alleine beim Cabrio zu warten hat. Ich verliere und so brettert Elsa mit dem jungen Kerl, der sich ja übrigens als ›Chuck Berry‹ vorgestellt hat, Richtung Woodstock.«

»Das war aber noch nicht alles?«

»Nein«, betont Margot. »Ich wäre heilfroh, wenn ich an dieser Stelle bereits aufwachen dürfte, dieser widerliche Spuk bereits ein Ende hätte.«

»Widerlicher Spuk? Das heißt, es kommt also noch schlimmer?«

»Schlimm ist gar kein Ausdruck dafür, Inspektor!«

»Bin gespannt.«

»An welcher Stelle war ich noch gleich?«

»Frau Wiepke fährt mit einem Typ namens Chuck Berry nach Woodstock, um dort diesen Werkzeug-Kit zu beschaffen.«

»Genau«, nickt Margot. »Elsa ist mit diesem Chuck-Berry-Samariter davongebraust, nach Woodstock. Und ich warte alleine beim Wagen; halte plötzlich eine CD-große Stoppuhr in den Händen, der Mondschein über mir. Alleine warte ich, bis meine Ohren den Choppermotor nicht mehr hören; warte tapfer vor, hinter, neben, in – sogar auf dem Oldtimer-Wagen. Eine halbe Stunde vergeht. Ich bin mittlerweile ein Gliederbündel aus hoffender Hoffnung; zweifle trotzdem nicht an der Aufrichtigkeit des gefälligen Burschen, ebenso wenig an Elsas viel erprobter Verlässlichkeit.

Weitere 15 Minuten vergehen. Wo bleibt der dröhnende Choppermotor? Ich lausche weiter, stelle mich auf das Cabrio; horche in die Finsternis, klopfe sie ab wie der Arzt seinen Patienten. Die Coyoten höre ich kläffen, den Wind durch die Wüste pfeifen – mehr nicht. 5, 10, 15 weitere Minuten und es passiert einfach NICHTS.

Wo bleiben die so lange? Unfall, Sprit leer, Polizeikontrolle, Kit liegt nicht in der Garage? Alles Mögliche taucht jetzt in Bildern vor mir auf, Inspektor. Wieder zehn Minuten dahin. Die Stoppuhr tickt und piepst und tickt – unüberhörbar laut. Ich pfeffere das nervende Teil zu Boden, stampfe es zornig in den Wüstensand.

Allmählich schwindet meine Zuversicht. Dabei brechen Angst und Panik bei jedem weiteren Atemzug mehr über mich herein. ›Chopper, wo bleibst du? Elsa komm doch bitte zurück!‹, schreie ich nun der Nacht, der Stille, dem klagenden Geheul der Coyoten entgegen; springe wieder auf die Haube hoch, spreche bittend zum Mond, dass er mir doch helfen solle, aber er scheint bloß, tut nichts, lässt mich buchstäblich im Stich. Beschwörend johle ich ihm dasselbe wie den Coyoten zu, fuchtle nebenbei hysterisch mit den Armen, bebe wie die letzte Furie auf der Karosse herum; verfluche den Mond, weil er keinen Finger rührt, ebenso die Sterne, die ihn tatenlos umsprenkeln wie seine schadenfrohen Komplizen, denen auch nicht mehr einfällt, als über meine Jammertiraden hämisch zu lachen. Obendrein kichern die Sterne genau so, wie Elsa und ich vor diesem alten Gammler im Lokal herumgekichert haben – genau so! Derselbe Klang!

Dann lässt mich dieses tollwütige Zetermordio böse abrutschen: hart prellt mein Kopf gegen das kalte Blech der Motorhaube und ich verliere von der einen auf die andere Sekunde die Besinnung.«

»Und exakt an dieser Stelle wachen Sie auf. Nicht?«

»Nein«, versichert Margot, »noch nicht, Inspektor.«

»Was passiert stattdessen?«

»Die Angst hat mir also zuerst den Verstand und nicht viel später auch das Bewusstsein genommen. Nun sehe ich mich von weit oben auf der besagten Motorhaube liegen. Reglos. Dort liege ich, bis mich die Morgendämmerung wieder zur Besinnung bringt. Befremdende Nebelschwaden kühlen mir währenddessen die Füße und Beine. Kaum ein Auge geöffnet, mich umgesehen, passiert Folgendes: Elsa kommt den Highway entlang auf mich und den Wagen zugelaufen. Sie hat den Helm des Burschen auf dem Kopf und mehrere hundeartige Biester umkreisen sie. Ihre Schritte steuern oder torkeln vielmehr in meine Richtung. Langsam. Bedenklich langsam.

Erst jetzt erkenne ich die zerfetzte Kleidung, das strömende Blut, die Fleischwunden; dass es Hyänen und Coyoten sind, die ihr nachschleichen, sie gierig und von allen Seiten umzingeln. Vor mir, vor dem Cabrio bleibt ihre angenagte Gestalt endlich stehen. Blut. Tiefrot. Am ganzen Körper! Ihre Augen leuchten weiß, weiß wie der Mond. Trotz dieses fürchterlichen Anblicks bringe ich keinen Ton heraus; kein Weinen, kein Schreien. Dafür kommt mir im Schlaf eine Art, eine Art – «

»Erstickungsgefühl auf?«

»Ja, schrecklich . . . Im nächsten Bild bringt sie dann mit gehässiger Stimme hervor: ›Dein blödes Geschrei hat die Dämonen geweckt! Du Schlange!‹; und gleich darauf: ›Hatte der Wagen wirklich eine Panne?!‹ Danach bricht

Elsa wie k. o. geschlagen zusammen. Trotz dieser abstrusen Vorwürfe möchte ich natürlich sofort helfen, versuchen diese Biester zu verjagen. Alles nutzlos, umsonst, vergeblich. Die Köter fletschen drohend die Zähne, verteidigen sich verbissen, während sich andere der Monster immer gieriger über diese bluttriefende Erscheinung hermachen.

›Ich bin das Opfer! Das Opfer! Warum ich!‹, kreischt sie immer wieder auf, brüllt mir von Neuem entgegen: ›Hatten wir wirklich?!‹ ›Ja!‹, schreie ich zurück, immer wieder ›Ja‹ – für Wiepkes Ohren offenbar nicht deutlich genug.

Im Folgenden stürze ich Hals über Kopf zu den beiden Vorderreifen, um diese nacheinander zu kontrollieren. Gleich mehrmals kontrolliere ich diese vermaledeiten Reifen. Letztlich alle vier. Das beschert mir noch eine Panikattacke, weil es nämlich plötzlich keine Spur mehr von jenem unglücksschwangeren Platten zu geben scheint. Alle vier Räder wirken jetzt – wie durch Zauberhand – in eine verblüffend perfekte Beschaffenheit *übergegangen*.

Jedenfalls, Inspektor, überkommt mich daraufhin der letzte Wahnsinn dieses Traumes: halb verzweifelt, halb paranoid nehme ich schließlich das Werkzeug, diesen Schraubenzieher aus unserem Kofferraum und springe wieder hoch – auf die Motorhaube. Dort oben steche ich mir eigenhändig dieses rostige Ding in den Hals. Im selben Moment fällt eine riesige Uhr vom Himmel, die alle Biester – samt Elsa! – gnadenlos zermalmt, verschüttet, erschlägt oder sonst wie ins Jenseits befördert . . . «

»Es fällt also eine Riesenuhr vom Himmel? Zu Ihnen auf die Erde herab?«

»Ja, eine Uhr; riesig, gigantisch. Ich könnte schwören: die Pfaffenhofener Kirchturmuhr.«

»Und weiter?«

»Dann: der gewaltige Krach, die Panik, und eine Sekunde später diese hausgroße Staubwolke; ja, das alles zerrt mir den Gammler, diesen Mister Winnetou, unverkennbar vor Augen.«

»Der Gammler – das bedeutet?«

»Das bedeutet, dass ich nun weiß, was mir blüht. Deswegen starre ich auch sofort auf die goldenen Zeiger – Punkt 7.32 Uhr; fast gleichzeitig sehe ich, vielmehr spüre ich, wie mir das warme Blut aus dem Hals rinnt und zur Erde niederkleckt. Auf dem Asphalt bilden die tiefroten Tropfen dann immer denselben erschreckenden Schriftzug:

Wette gewonnen!
Muchos saludos! Euer Winnetou!

Erst jetzt ist Schluss. Erst jetzt springe ich aus dem Bett, Inspektor; fasse mir an den verschwitzten Hals; schlage keuchend die Decke zurück; taste wimmernd das Laken ab und suche wie im Fieberrausch nach diesen vernichtenden Buchstaben ...

Es ist beinah jede Nacht dasselbe Gruseln, Herr Magnus. Oje, lange darf das nicht mehr gehen. 7.32 Uhr – am Morgen – wurde ich übrigens geboren ... «

Es wird für einen Moment still im Wohnzimmer des Pfarrhauses. Vielversprechend still. Ich nutze die Pause, um die Kassette im Diktiergerät gegen eine neue, unbespielte zu tauschen.

Sicher ist sicher – und dieser Horrortraum vermutlich ein weiteres Puzzleteil. Nur Geduld, Herr Kommissar ...

Mittlerweile schlürft Margot S. geistesabwesend an ihrem Kräutertee. Dabei verrät keiner ihrer Blicke, ob sie noch eine weitere Runde durchhält.

Vorsichtig versuche ich die ältere Dame wieder in die Realität zurückzuholen: »Frau Schenkfuß, können wir unser Gespräch jetzt fortsetzen?«

Sie nickt großmütig und gönnt der Tasse nebenbei einen Zwischenstopp auf der Armlehne ihres Sessels.

»Wie Sie möchten, Herr Kommissar.«

Innerlich atme ich erleichtert auf, erwecke das Diktiergerät zum Leben und stelle gleich im Anschluss meine nächste Frage: »Sehen Sie – was den Traum angeht – viel-leicht irgendeine Brücke zur Realität? Oder vielmehr zu speziellen Ereignissen, die bereits in der Vergangenheit liegen?«

Die Dame antwortet überraschend schnell: »In meinem Albtraum wird ja zunächst um eine riesige Summe gewettet. Das Lokal, die besorgte Kellnerin und ganz auffällig: der Obdachlose mit seinem legendären Spitznamen – Sie erinnern sich, Inspektor?«

»Natürlich.«

»Ich bin sicher: diese utopische Wette und der darauf folgende Horror – das alles kommt nicht von ungefähr, hat mit Sicherheit auch seine psychologischen Gründe. Da brauche ich mir doch nichts mehr vorzumachen. Für meine Begriffe spielt die Wette im Albtraum auf eine Niederlage an, die sich Elsa diesen Sommer mit größter Wahrscheinlichkeit hätte eingestehen müssen.«

»Eine Niederlage eingestehen? Vor wem denn bitte, Frau Schenkfuß?«

»Vor sich selbst – ihrem Stolz. Vor Lore und Anneliese. Vor ihrem Bankkonto. Aber niemals« – ihr Zeigefinger stochert auf die andere Armlehne des Sessels ein –, »niemals wäre ich diejenige gewesen, die Elsa deswegen mit Schadenfreude oder Ähnlichem gegenübergestanden hätte. Niemals . . . Ich kann's ja bis heute nicht glauben, dass Lore und Anneliese damals so sehr die Habgier gepackt hatte; so sehr, dass die beiden Biester ihren Teil einer Abmachung wohl noch immer und offenbar völlig kaltblütig zu verwirklichen suchen . . .!«

»Abmachung? Es wurde innerhalb des Kreises eine besondere Abmachung getroffen?«

Margot S. nickt zerknirscht.

»Leider . . . und ehrlich gesagt: eine obendrein todunchristliche Abmachung.«

»Das ist mir neu«, gestehe ich mit halber Stimme.

»Keine Sorge«, entschärft die Dame mittels einer knappen Handbewegung. »Diese Information kann Ihren

Ermittlungen bloß neu sein, Inspektor. Keine fünf Personen auf dieser Welt sind darüber im Bilde. ›Das Samtrot-Frauen-Abkommen‹, genau so wurde diese Abmachung damals getauft – im Sommer 2003, auf der Urlaubsinsel Sardinien.«

»Das liegt ja schon fast drei Jahre zurück; trotzdem oder gerade deshalb würde ich gern mehr über diese Sache erfahren.«

Margot wirft mir einen besorgten Blick entgegen.

»Haben Sie überhaupt noch Zeit, Herr Kommissar?«

»Für Ihre wichtigen Schilderungen – ganz bestimmt«, quittiere ich mit einem diplomatischen Lächeln, wobei zu spüren ist, dass Schenkfuß lieber das Gegenteil vernommen hätte. Zögerlich rutscht sie auf ihrem Sessel hin und her, scheint im Kopf einen kleinen Erzählplan zurechtzulegen, ehe sie von Neuem zu berichten beginnt: »Es war ja in erster Linie meine Idee, für rund eine Woche – ohne Partner – zu verreisen. Ganz gezielt wollte ich bei diesem Vorhaben nur die weiblichen Samtrot-Mitglieder im Boot haben. Nach meinem Ermessen herrschte nämlich eine unterschwellige Krise in unserem Freundeskreis. Zum einen ging mir diese grassierende Habgier längst über die Hutschnur. Zum anderen wurden Geld und Luxus immer wichtiger. Und der Neid auf alle, die mehr haben, immer größer.

Eine furchtbar traurige Entwicklung, Inspektor. Dazu kam, dass man sooft wie nie zuvor irgendwelche Kapseln oder bunte Pillen herunterschluckte wie andere ihre Hustenbonbons lutschen. Und genau solche Schändlichkeiten wollte ich auf Sardinien ansprechen; und weiter gedacht: den Anstoß zu einer Neuorientierung unseres Kreises geben.

Aber hierfür galt es zunächst einmal zurückzugewinnen, was der Freundeskreis fünf Jahre davor in die Waagschale geworfen hatte, um mit Richard Doornick an einem Tisch sitzen zu dürfen; ja, um alles in der Welt wollte ich wieder zurückhaben, was diesem Teufel jahrelang zu wertlos erschien. Aufrichtigkeit, ebenfalls eine verantwortungsbewusste Lebenseinstellung ohne diesen verstiegenen Drogenkonsum; vor allem sollte es wieder friedlich und freundlich zugehen – eben wie früher, vor dieser dekadenten Heuchel-Ära.

Kurzum: Ich wollte meine drei Freundinnen im Urlaub davon überzeugen, dass wir unseren Kokain-Doktor endgültig in die Wüste schicken sollten – ein für alle Mal!«

»Verstehe.«

»Doch leider ... Ich setzte damals so viel Hoffnung in diese gemeinsame Zeit auf Sardinien, am türkisblauen Meer, an einem Fleckchen von Paradies, wo man sicher auch ohne Doornicks Köfferchen glücklich und zufrieden sein kann.

Drei lange Tage hatte ich herumdiskutiert und beinah zu jeder Tageszeit beschworen, dass wir einem Fiasko geradewegs in die Arme laufen – wenn wir Frauen nicht endlich bereit sind, etwas dagegen zu unternehmen.«

»Aber Sie konnten die anderen nur schwer auf Ihre Seite ziehen. Liege ich da richtig?«

Statt einer konkreten Antwort wird meine Geduld erneut herausgefordert: »Elsa ließ ja immerhin mit sich reden; auch sie erkannte, dass der ganze Freundeskreis langsam, aber sicher den Bach runter ging. Ebenso gab sie mir recht, wenn ich behauptete, dass unser Zirkel in seiner Kerneinstellung immer mehr an Würde und Ehrgefühl verlor.

Doch vor allem begriff sie auf Anhieb, wie uns der Doc mit seinem Köfferchen in einem ausgesprochen fiesen Schwitzkasten hatte; auch in Wiepkes Augen stellte dieser überhandnehmende Drogenbedarf ein ernsthaftes Risiko dar. Somit waren schon zwei von vier dagegen, dass weiterhin Illegales über die Grenzen bis hierher ins Zabergäu geschmuggelt werden würde.«

»Und wie reagierte Wiepke auf Ihr großes Hauptanliegen?«

»›Wenn wir alle an einem Strang ziehen‹, meinte sie dazu während einer Diskussion am Strand, ›könnte uns Doornicks Rausschmiss relativ problemlos gelingen.‹ ›Alle an einem Strang‹, genau dies war der Wortlaut, den sie damals gebrauchte und zugleich der Moment, in dem uns beiden das Ziel schon greifbar nah vor Augen schimmerte.«

»Das Ziel stand für den Rausschmiss des Arztes – schnellstmöglich. Was hielten jedoch Frau Bäukle und Frau Kelb hiervon?«

»Pah! Diese Hexen«, blitzt es hämisch über Margots Miene. »Das brächte nur unnötig Schwierigkeiten, ›großen Unfrieden‹, meinten sie; ›so was sät ja allemal Zwietracht‹, warnten sie uns mit einer Besorgtheit im Gesicht, die ich heute bloß als geheuchelt bezeichnen kann. Obendrein verharmlosten ihre gespaltenen Zungen beinah alles Erwähnte – alle unsere hervorgebrachten Argumente wurden da beliebig verdreht und schließlich verdrängt; selbst die offensichtlichsten Tatsachen vom Tisch gewischt als ginge es um alte Kamellen aus unseren Kindertagen …

Bis zum vierten Abend des Urlaubs trieben Lore und Anneliese dieses Spielchen. Dann ließen die beiden endlich ihre Masken fallen. Oje, wie konnte ich damals bloß so unverzeihlich schwach sein …!«

Eine Pause entsteht, wobei es scheint als würde Margot sich insgeheim vor etwas ekeln.

Plötzlich schaut sie mich durchdringend an.

»Möchten Sie diesen scheußlichen Ausflug in die Vergangenheit wirklich mitmachen, Inspektor?«

Während ich das Diktiergerät neu ausrichte, signalisiere ich kopfnickend meine Zustimmung – hundertprozentige Zustimmung.

»Wir saßen damals zu viert im *Van Helsing*. Das ist eines der vornehmsten Lokale in Oristano. Bereits nach ein paar Happen Fingerfood – und einigen Gläsern exotischer Cuvées – gerieten wir langsam, aber sicher in eine dämliche, wahrhaft dämliche Kabbelei.«

Ruhig spricht Schenkfuß weiter: »Es ging hierbei um das Ansehen, den Status der jeweiligen Ehemänner. Das Thema war nicht gerade meines. Unter anderem weil ich Roland – meinen damaligen Freund – so ungefähr einen Monat vor Sardinien unwiderruflich in die Wüste schickte, also zum Zeitpunkt des Urlaubs keinen Partner, geschweige denn einen Ehemann hatte. Trotzdem hörte ich aufmerksam zu – so gut es eben gelingt, wenn man unter Einfluss von handverlesenen Alkoholika steht. Vier-, fünfmal gab auch bestimmt ich meinen Senf dazu. Die Stimmung war ja im Großen und Ganzen harmonisch. Bis jetzt jedenfalls.

Irgendwann sprangen die anderen dann vergnüglich auf die verschiedensten Ticks ihrer Gatten über. Obwohl der Vino und Schampus floss, uns zunehmend der Weingeist durch die Adern rann, zeigte Elsa auch bei diesem Thema einen gepflegten Humor, einen Witz im Reden, der mir keinesfalls vulgär oder gar verletzend erschien. Dazu erwähnte sie relativ Harmloses, Alltägliches. Ja, sie hielt offenbar nicht viel vom gänzlich sinnfreien Bloßstellen ihres Ehemannes – ganz egal, WEM sie gegenübersaß. Lore und Anneliese hingegen formten an diesem Abend mehr und mehr das Gegenstück: Die beiden wirkten wie von etwas besessen, hielten mit fast nichts hinterm Berg, rissen abscheuliche Zoten, schwenkten zu den Sexfantasien ihrer Gatten über und nannten selbst diese Ferkeleien noch beim Namen.

Ihre Sätze wurden jetzt allmählich schärfer, ihre Mienen bissiger und das Gelächter boshafter – trotz der bunten Cocktails, die sich da so hartnäckig auf unsrem Tischchen häuften; trotz der traurigen Tatsache, dass beide, Lore und Liese, noch eine halbe Stunde zuvor das eitle Näschen – gestrichen voll! – im Schnee stecken hatten.«

»Kokain?«, frage ich kühl dazwischen.

Verlegen senkt Margot für einen Moment den Blick. Nach einem Schluck Tee und der Erkenntnis, dass mich derartige Sünden nahezu unberührt lassen, fährt sie fort: »Jedenfalls war im Handumdrehen der geschmacklose Grad erreicht, an dem man getrost von Lästerei sprechen kann. Ich aber spürte, dass Elsa diese Spotthymnen nicht mitsingen wollte, Inspektor; folglich wurde sie immer wortkarger. Dennoch ließen wir uns noch weitere zehn Minuten nichtswürdige Lästersuaden um die Ohren pfeifen – absolut ätzend!

Dann überkam mich plötzlich das drückende Gefühl der Übelkeit. Böse Übelkeit. Schnell zitierte ich den nächsten Sommelier herbei, bat um ein stilles Wasser und verschwand damit im Bereich der Toiletten. Unauffällig. Wenn ich mich recht entsinne, war das schlechte Gefühl im Magen rasch verflogen.

Ich kam an den Tisch zurück, und Elsa wähnte genau darin den passenden Augenblick für einen längst überfälligen Themenwechsel. Immer noch ziemlich lustig, sagte sie so etwas wie: ›Ich glaub, wir haben uns inzwischen reichlich genug über die Sauereien der Männerwelt ausgelassen.‹ Dann schaute sie mich an, fragte: ›Oder was denkst du, Margot?‹ Ich wollte ihr eben recht geben, doch die Zunge von Liese war schneller, schnitt mir das Wort ab und richtete sich mit einer brüsken Stimme an Elsa: ›Unsere Wiepke schimpft wohl nicht gern auf ihren Techniker. Aber für einen Millionär würde sie doch bestimmt – ein einziges Mal – ins fremde Bettchen hüpfen!‹ Ja, das meinte sie – höhnisch grinsend. Wirklich höhnisch!«

»Wahrlich keine freundliche Bemerkung«, werfe ich ein.

»Ich dachte ungefähr dasselbe, sah schon die Köpfe rollen, Inspektor. Aber Elsa ließ sich den Spaß nicht so leicht verderben, bediente sich manchmal auch – wie Sie gleich merken – eines relativ schwarzen Humors. Außerdem war sie gewiss KEINE von der törichten Sorte! Ohne langes Zögern gab sie einen verblüffenden Konter zurück: ›Wenn der mit seiner Weinsauferei so weitermacht‹, lachte sie, ›dann hat mein Scheich vielleicht gar nicht mehr lange zu warten! Davon könnt ihr ausgeh'n – Schrullen hin oder her!‹ Wieder Gelächter. Gleich hinterher meinte Lore: ›Ich würde es ja fürs Beste halten, wenn wir uns alle einen Neuen schnappen!‹«

»Wie bitte?!«

»Ja! Und wieder herrschte allgemeine Jubelstimmung; ich spürte allerdings genau, dass Liese und Lore sich jetzt das Lachen fast schon krampfhaft abringen mussten. Dieses Getue keiner echten Freude mehr entspringen wollte – konnte! O ja, Inspektor, jedes Kindergemüt hätte da erraten können, dass ihr Gejauchze von überall, aber nicht von Herzen kommt. Dementsprechend schnell kehrte diese – bis jetzt noch – unverständliche Ernsthaftigkeit auf ihre Gesichter zurück. Und kaum war der Geräuschpegel wieder normal, machte Anneliese mit verhaltener Stimme deutlich, dass SIE unsre Lore mit ihrem Einfall ›nicht allein lassen würde‹.

Ja! Sie meinte, dass man Lores Vorschlag nur beipflichten könne, solle; sie hin und wieder das gleiche denke, mit demselben Gedanken spiele, es aber bis zu diesem Urlaub noch keine Möglichkeit gegeben habe, sich darüber auszusprechen.«

»Frau Kelb erlaubte sich an dieser Stelle einen dämlichen Witz, einen Spaß – nehme ich an?!«

»Einen Witz?! Nein, Inspektor!«

»Drogen wurden konsumiert. Das erklärt einiges . . .!«

»Oje! So einfach wie Sie womöglich glauben, Inspektor, war die Sache beileibe nicht!«

»Ich höre?«

»Mir sprang die Kinnlade bis zum Boden runter, als ich feststellen musste, dass Lore sich an diesem ekelhaft ernst gemeinten Stuss ihrer Freundin ergötzte; sie so unheimlich eingeschworen in sich hinein grinste und gleich darauf die Herren, die ›erreichbaren Herren‹ mit Namen nannte. Ja, es war sehr beängstigend wie sich ihre Miene aufgrund dieser besessenen Entschlossenheit allmählich wieder aufzuhellen begann.«

»Die erreichbaren Herren?«

»Elsa«, wird meine Verwunderung überhört, »war ja nicht gerade weniger geschockt: sie rief laut nach einer Kellnerin und wählte ohne zu zögern den billigsten Prosecco, eine Flasche – für sie ganz allein! Ja, mit verbriefter Sicherheit traute Elsa ihren Ohren keineswegs mehr als ich den meinen – vor allem nicht währenddessen man geradezu verzückt über die vier Erkorenen referierte; sie, unsre Lore, gewissermaßen deren ›Vortrefflichkeiten‹ in die Runde posaunte, als ginge es um diverse Sonderposten eines moldawischen Trödelmarktes.«

»Die vier Erkorenen . . . ?«, murmle ich nachdenklich dazwischen. Augenblicklich kommen mir Doktor Doornick, der Landmann Bäukle und der weltkluge Theologe Wolfgang Blendhögel in den Sinn. Indessen haucht mir

Madame Schenkfuß weitere Seufzer zu: »Oje . . . vermutlich hätte sich das ganze Drama zu diesem Zeitpunkt noch irgendwie aufhalten lassen können – denke ich immer wieder . . . !«

Nach einer kurzen Pause zieht die Bedrückte eine wunderlich hilfsbereite Miene. »Sie liegen richtig.«

Offenbar hat Schenkfuß meine jüngste Erwägung bereits durchleuchtet.

Warum sonst dieser Anflug von Reue?

»Ja, Sie liegen völlig richtig, Inspektor«, kriecht es allmählich und wie ein kleines Geständnis über zwei fahle Lippen. »Da wäre es übrigens gelogen, unverzeihlich gelogen, wenn einer behauptet, dass . . . dass . . . «

»Dass Frau Bäukle Ihren Zukünftigen NICHT in Erwägung zog?!«

Margot S. toleriert die kühne Ergänzung mit einem schwermütigen und zugleich beschämten Kopfnicken.

Gespannten Blickes bohre ich weiter: »Und der Letzte im Reigen der Erkorenen? Es fehlt mir noch einer.«

Zu meiner Überraschung werde ich einmal weniger auf die lange Folter gespannt.

»Peter Zahringer«, streut Schenkfuß stattdessen eine Prise Belehrung in die eigene Stimme, »er ist seit den achtziger Jahren Besitzer einer erfolgreichen Kleindruckerei, hier im Pfaffenhofener Industriegebiet.«

»Unglaublich . . . !!«

Mit einer reservierten, fast schon neidischen Miene wird hinzugesetzt: »Nebenbei führt er noch ein regionales Verlagshaus, das Werbebroschüren und lauter so Schnickschnack vermarktet.«

»Einen Unternehmer, Pfarrer, Arzt und einen Zufallsmillionär? Weshalb? Warum örtlich bekannte Männer? Das leuchtet mir nicht ganz ein. Im Ludwigsburger oder Stuttgarter Raum warten mit Sicherheit zahllose Herren derselben Klientel auf das *wahre* Liebesglück. Da geben Sie mir doch recht?«

Erneut übt sich meine Gegenübersitzerin im eisernen Schweigen.

Ich muss am Ball bleiben!

»Oder etwa nicht?« Den Effektmoment abgewartet, beuge ich mich schließlich ein penetrantes Stück vor. »Warum ausgerechnet diese Namen?«

Meine Hartnäckigkeit scheint Margot S. sichtlich aus der Fassung zu bringen.

»Herrje, Inspektor!«, peitscht es nun wutentbrannt durch das gemütliche Wohnzimmer. »Wo denken Sie hin?! Das war es doch vorwiegend, worauf unsre Lore sämtliche Theorien stützte!«

Ruckartig weicht mein Oberkörper wieder zurück.

Wenn ich so weitermache, spuckt sie mir bei der nächsten Frage, ohne mit der Wimper zu zucken, vor die Füße.

Unmissverständlich bekomme ich zu hören: »Pfaffenhofen ist klein! Allemal überschaubar klein! Ich würd fast sagen, so überschaubar klein wie eine Puppenstube. Verstehen Sie?! Da können Sie nur schlecht bis KEIN anonymes Leben führen! Der Kreis, vor allem Lore, die sich immer schon gern mit den Angelegenheiten anderer Leute beschäftigte, wusste demnach recht gut, wie es um die vier Mannsbilder stand.«

»Und exakt deshalb wurden diese vier Lebenssituationen als einladend oder auch günstig angesehen. Nicht wahr?«

Wieder ein zementschweres Nicken ihrerseits.

»Die Herrschaften seien doch allesamt gut situiert, meinte Lore. ›Haben Geld!‹, sagte sie; wiederholte mindestens zehnmal: ›Da fehlt es nicht am Kleingeld für unsere Luxuswünsche!‹ – ›Wir brauchen neue Herausforderungen! Und erreichbar sind die Herren allemal!‹ Immer wieder die Worte ›erreichbar‹ und ›Luxus‹. Oje, Herr Magnus . . . Habgier . . . die blanke Habgier war da plötzlich am Sprechen, und Kelb – diese Hexe! – klatschte ja ständig Beifall.«

»Erreichbar? Wenn ich da an Ihren Zukünftigen, Herrn Blendhögel, denke, hatte er damals –«

»Nein! Zu diesem Zeitpunkt gab es keine . . . einfach niemand. Wolfgang hatte seine erste Frau bereits zwei Jahre vor Sardinien verlassen. Und wenn Sie jetzt den Medienmann Zahringer denken: genau dieser lebt und liebt seit mehr als 20 Jahren in gleicher Ehe – mit Sicherheit glücklich.«

»Dann hatte es also null Ehefrauen oder Lebenspartnerinnen gegeben, welche sich diesem – wie Sie sagen – Wahnsinn vehement entgegengestellt hätten?! Sie können mir nicht erzählen –«

»Meine Güte!«, werde ich zum zigsten Mal scharf unterbrochen. »Frauen, Inspektor?! Welche?! Darüber wüsste ich doch Bescheid! Es ist nun mal kein großes Geheimnis, dass der Bäukle, also August, noch mit sage und schreibe 40 Lebensjahren die Füße unterm Tisch seiner

Alten gehabt hatte. Mit 40! Zudem behaupten viele, dass er nicht gerade einen Casanova erster Güte abgibt, demnach die Damenwelt bloß mäßig, ziemlich mäßig auf seine Zuneigung hofft. Letzteres vermutlich auch, weil es der ein oder anderen vor dem stahlharten Tagewerk einer Bäuerin schaudert. Warum sonst blieben alle seine Liebschaften jahrzehntelang ohne den ehelichen Erfolg? ... «

»Und wie stand es im Sommer 2003 um Richard Doornick, den ominösen Arzt?«

Die Antwort kommt wie aus der Pistole geschossen: »Etwas besser – würd ich sagen. Er ist auch mehr der Frauentyp; hatte ja bereits von der gesegneten Liebe kosten dürfen, zumindest bis '99, dann musste er sie auf bedauerliche, höchst bedauerliche Weise hergeben.«

»Hergeben? Das heißt?«

»Ja, unser Herr und Heiland wollte Richards Frau offenbar schon früher bei sich im Paradiese haben. Es war ALS. Sie litt furchtbar schwer daran.«

»Unvorstellbar bitter ... Amyotrophe Lateralsklerose. Ist doch eine Erkrankung des motorischen Nervensystems, nicht wahr?«

Schenkfuß blickt andächtig zur Seite.

»Gewissermaßen unheilbar. Da war es sicher eine Erlösung für die Gute, als sie endlich abgerufen wurde. Danach war der Doc ziemlich niedergeschlagen; er suchte Halt, und Samtrot – der Kreis – hatte letzten Endes Mitleid. Vor einer Tatsache verschlossen wir allerdings die Augen. Ja, dummerweise war man viel zu gutgläubig, was Doornicks – schon damals! – teuflische Drogenvorliebe anging – bis es irgendwann zu spät war; bis seine Mittelchen und Kapseln und abstrusen Vorhaben und verstiegenen Pläne den eigentlichen, einstigen Geist von Samtrot bis hin zur schiechen Unkenntlichkeit verdorben – man könnte auch sagen: regelrecht betäubt hatten. Oje, ich werd's nie begreifen . . . ihm niemals verzeihen können!«

Mitfühlend senke ich für einen Moment den Kopf, fasse schließlich mit sortierender Handbewegung und gewählter Tonlage zusammen: »Also war Doornick offiziell Witwer, der Millionär namens Bäukle offiziell Junggeselle und . . . «

»Und Wolfgang offiziell geschieden, demzufolge wieder ledig«, höre ich Margot S. mit aufgeweckter Miene ergänzen.

Etwas uneinsichtig stoße ich daraufhin einen leisen Seufzer aus. »Aber weshalb hat eine Lore Bäukle den Druckerei- und Verlagsmann als ›erreichbar‹ bezeichnet? Eben erklärten Sie mir, dass genau diese Person, dieser gewisse Herr Zahringer –«

»Ich weiß, Inspektor! Ich weiß . . . Passen Sie auf – es war so: Ein paar Monate vor Sardinien«, leitet Schenkfuß jetzt mit aufgeregter Stimme ein, »ja, ein paar Monate zuvor kursierte das bodenlos peinliche Gerücht, dass unser Zahringer genug von seiner Renate habe; sie in getrennten Betten schliefen; er sogar regelmäßig freie Abendstunden im Heilbronner Rotlichtviertel verbringe – ›zur Abwechslung‹.

Lore ließ sich davon blenden, glaubte diesen Senf auch noch, nachdem bereits halb Pfaffenhofen wusste, wirklich jeder begriffen hatte, dass es eben bloß sein Youngster war, der sich von solcherlei Vergnügungen – idiotischerweise – verführen ließ; der im Grunde nichts weiter, als mit Papis Porsche – samt Spezis – einen auf *coolen Schürzenjäger* machte. Das Affentheater darum war groß, dennoch hatten die Leute den Skandal recht schnell vergessen.«

»Verstehe.«

»Trotzdem: Die Lore mochte davon nichts wissen. ›Da kommt bald die Scheidung‹, wollte sie uns damals ernsthaft weismachen. ›Darauf kann man warten!‹ . . . «

»Unglaublich! . . . «

»Was für ein Riesenblödsinn, Inspektor! Blödsinn! Alles Blödsinn! Ja, das dachte ich; musste mich beinah übergeben, während Anneliese auch noch diesen hetzerischen Mumpitz begrüßte . . .!«

Statt mir Letzteres auszumalen, frage ich neugierig weiter: »Was war als Nächstes an jenem vierten Abend im Van Helsing geschehen? Was folgte auf Ihre Perplexität?«

»Wo genau bin ich denn überhaupt stehen geblieben, Inspektor?«

Ich hole tief Luft.

»Lore Bäukle brachte diese gewissen Herren ins Spiel, was Anneliese Kelb definitiv begrüßte, diese sogar merklich in Begeisterung versetzte. Wiepke hingegen hatte angeblich keinen Grund mehr zu feiern, verkörperte eher die sprachlose Gegenseite: dementsprechend wollte sie ihre Bestürzung – quasi – im Prosecco ertränken. So war's doch in etwa, nicht wahr?«

»Allerdings! Absolut. Mittlerweile war meine Freundin tatsächlich so weit. Und kaum hatte Lore ihren Vortrag beendet, machte sich Elsa umgehend daran, alles ›Lorische Geschwätz‹ gewissermaßen in den Boden zu stampfen. Giftig lachend klopfte sie hervor: ›Am besten, wir lassen dich noch heute Nacht in eine Geschlossene einliefern!‹.«

»Wie bitte?«

»Für mich war das nichts weiter als 'ne böse Retourkutsche. Immerhin reagierte Bäukle gelassen, unsre Lore blieb sogar erstaunlich gelassen. Doch dann – und wie's der Teufel wollte – konnte die Wiepke sich eine zweite Bemerkung nicht verkneifen. Eine Bemerkung, die inzwischen auch mir – rot glühend – auf der Zunge lag, und die bestimmt so gut wie JEDE Frau getroffen hätte.«

»Eine zweite Bemerkung?«

Meine Gastgeberin nickt, wobei sich ihre tiefschürfenden Erinnerungsgänge kurzzeitig über dem Klavier zu verlieren drohen. Fast schon fieberhaft suchen ihre Blicke nun inmitten einer breiten Fotogalerie nach den richtigen Worten.

Endlich fündig geworden berichtet sie weiter: »Elsa beugte sich tief in die Runde, schaute jetzt zuerst Lore und danach Anneliese lange in die Augen; dabei wirkte sie auf sonderbare Weise beängstigend und milde zugleich. Jedenfalls lachte Elsa den beiden daraufhin höhnisch zu, sagte nebenbei: ›Schaut euch mal im Spiegel an! Im Spiieegel!‹ Und nur ein Wimpernschlag später – oje – folgte der blanke Abschuss: ›KEINER der vier würde sich freiwillig auf so alte Schnepfen wie EUCH einlassen! Nie und nimmer!‹«

»Das war nicht klug.«

»Genau das sagte man den beiden ins Gesicht; sagte – fauchte es vielmehr mit einer überheblichen Stimme, die einem wirklich bloß abscheulich vorkommen kann ... «

Gespannt lehne ich mich erneut ein Stück nach vorn.

»Und wie reagierten die beiden Frauen darauf?«

»Waren erst mal beleidigt«, antwortet Schenkfuß zögerlich, »und gereizt, äußerst gereizt. Lore meinte dann: ›Du wirst dich noch wundern, Elsa! Ja, das wirst du!‹ Ob sie's hiermit tatsächlich ernst meine, gab Elsa dementsprechend hitzig zurück; und trotz all der Provokation konnte ich sehen, wie ab hier die kahle Angst in ihren Augen flackerte – vor allem nachdem Lores Mundwerk ein drakonisches ›Absolut! Es gibt bestimmt kein Zurück!‹ in die Runde posaunte. Ja, und zu allem Übel wurde Wiepkes Befangenheit erst recht geschürt, als unser *braves Lieschen* dann voller Eifer hinzufügte: ›Wir werden einfach darum wetten!‹

Ja, geradezu fanatisch flog ihr damals dieser hirnverbrannte Vorschlag über die Lippen ... sträflich hirnverbrannt! Ich sag Ihnen, Inspektor, wenn sich einer mal die ganze Samtrot-Gesellschaft als den berühmten Dampfer von 1912 denken möchte, dann war alles DARAUF Folgende exakt der Moment, in welchem wir sozusagen den Eisberg rammten.«

»Doch weshalb denn jetzt diese ›kahle Angst‹ vonseiten Wiepkes?«, unterbreche ich mit erhobener Stimme.

Keine Antwort. Schenkfuß redet stattdessen unermüdlich weiter: »Elsa wurde allmählich ganz blass im Gesicht, darüber hinaus perlten winzige Schweißtropfen auf ihrer Stirn. Dieses fluchartige Grausen wollte einfach nicht mehr abklingen; ja ... es muss ein furchtbares Martyrium der eigenen Psyche gewesen sein, welches unsre Wiepke letzten Endes zu ihrem Einverständnis regelrecht HIN-gezwungen hatte.«

Impulsiv reiße ich die Augen noch weiter auf.

»Einverständnis?! Inwiefern?«

»Exakt insofern, dass hier eine zustimmte.«

»Das ist nicht Ihr Ernst?!«

»Mir kam's wie ein Pakt mit dem Teufel vor! Haben Sie verstanden?«

» ... Ein Pakt mit dem Teufel?! Sie meinen – «

»Ich meine, dass Wiepke sich TATSÄCHLICH unterstanden hatte! Ist unmöglich zu vergessen, wie sie damals mit flattriger Stimme hervorbrachte: ›Wir steigen ein – in die vorgeschlagene Wette‹.«

»Was?! Und weshalb ›wir‹?!«, schüttle ich verwirrt den Kopf. Frau Schenkfuß ignoriert jedoch auch diese Zwischenfrage.

»Gleich darauf fuhr ich natürlich böse aus der Haut, Inspektor: ›Bist du jetzt völlig verrückt!‹, hörte ich mich dabei toben. ›DU WAHNSINNIGE!! Du bist ja völlig, VÖLLIG übergeschnappt!‹

Ja, gleich mehrmals hintereinander platzte mir derartig der Kragen, Inspektor, und da schlug ich Wiepke – meiner Freundin! – vor lauter Entsetzen sogar ins Genick. Oder war es meine Linke auf den Hinterkopf?! Gleichgültig, zumal mich schlichtweg die Wut packte – dieser unbeschreibliche Schock, verstehen Sie?«

Ich nicke so verständnisvoll wie nur möglich.

Jetzt bloß nicht locker lassen! Sherlock Magnus!

»Und Ihre Freundin? Wie wurde reagiert?«

»Ohne jegliche Zimperlichkeit – so wurde da reagiert und entsprechend im schärfsten Drohton fauchte Elsa: ›Denk nach, Margot! Um Himmels willen, Margot! Denk endlich nach!‹

Gut fünfmal zischte mir diese Mahnung in die Ohren. Tierisch verdattert, lehnte ich mich daraufhin einen Moment zurück, und genau in diesen Sekunden ereilte mich eine Art Geistesblitz, Inspektor: Es war nämlich, als wäre mit dem Klaps, den ich Elsa verpasste, ihr weitblickendes Denken, aber vor allem dieses überaus merkwürdige Zähneklappern auf mich übergesprungen.«

»Merkwürdiges Zähneklappern?«

»Fraglos, Herr Kommissar: meine Gedanken, die nun so blitzartig geweckten Emotionen – alles kochte unweigerlich hoch ... unverzeihlich hoch ...!«

»Und das heißt? An was genau dachten Sie in diesem Moment?«

Margot S. dreht verlegen den Kopf zur Seite.

»Es mag aufs Erste gewiss etwas profan klingen; aber hauptsächlich dachte ich zu diesem Zeitpunkt an all den Reichtum, den vielen Luxus, noch dazu dieses unverdiente Schlaraffendasein, von welchem die zwei Schlangen vielleicht bald kosten wollten; ja, ich malte mir kindsköpfig aus, dass Lore und Liese womöglich nie wieder einen Finger krumm zu machen hätten; die zwei schon bald leben würden wie in Saus und Braus, immerzu Urlaub machen könnten, das halbe Jahr lang Urlaub, Inspektor – faulenzen! Nichtstun! Verstehen Sie?«

Ein wenig stutzig pocht mein Finger gegen das Kinn.

»Damit wollen Sie sagen? Einfacher gesagt?«

Schenkfuß reißt die Augen belehrend weit auf.

»Einfach gesagt war es so: Endlich hatte ich eine glasklare Vorstellung bezüglich dessen, was genau meiner Freundin den kalten Angstschweiß aus den Poren trieb; ja, urplötzlich war ich nun imstande, speziell diese *unterschwelligen* Befürchtungen zu entschlüsseln.«

»Frau Wiepkes unterschwellige Befürchtungen? Sozusagen die Angst vor dem Neid – im Voraus?«

»Womöglich, ja. Weswegen sonst konnte ich auf einmal begreifen, inwieweit meiner Freundin exakt bei jener Vorstellung schauderte, dass ausgerechnet Lore sie in Sachen Reichtum fortan übertreffen könnte? Oder etwa die andere Megäre sich eines Tages Statussymbole anschaffen würde, von denen die meisten Frauen eben nur träumen – immer wieder träumen! . . . «

Ich möchte etwas erwidern, finde jedoch zunächst keine Worte. Unterdessen greift Schenkfuß zur Teetasse, nebenbei versichert mir ihre Stimme: »Oje, ich weiß es doch: auch ihre Natur war ein getreuer Freund von Luxus, sie liebte das Geld; hielt die Mode verbissen hoch, insbesondre elegante Kleidung; dazu liebte sie funkelnde Ringchen und Kettchen wie Großmütter ihre Strickmuster lieben. Unsre Elsa glühte auch fürs Reisen, o ja, fürs weltweite Reisen und Fliegen, am besten Erste Klasse; vor allem dieses ›Immer gern‹ piekfeiner Stewardessen sagte ihr sehr zu; und ebenso das ›Wie Sie wünschen‹ gefälliger Chauffeure, die uns an so unzählig vielen Sonntagen durch bayerische Wälder kutschierten und uns beim

Abschied stets mit schmeichelhaften Komplimenten verwöhnten – uns alte Damen. Das könnte einem glatt noch heute schmeicheln – KÖNNTE, Inspektor! So was kommt sicher nie wieder.«

Margot senkt für einen schmerzdurchsiebten Seufzer den Blick. Sie stellt ihre Tasse auf dem Couchtisch ab und schüttelt reumütig den Kopf.

»Himmel, nein . . . Wie konnten wir uns nur dermaßen verleiten lassen! ›Der Teufel begegnet euch in Gestalt eines Menschen‹, heißt es irgendwo im Johannes-Evangelium; etwa auch in Gestalt *vermeintlicher* Freunde? Ja, diese Frage schoss mir obendrein durch den Kopf. Auch darum, Inspektor, wurde mein Christsein allmählich leiser und leiser. ›Jesus‹, flehte ich im Stillen, ›befiehl sogleich deine Engel auf diesen Schandfleck herab, damit sie diese Niedertracht auf der Stelle zerschmettern!‹

Alles vergebens, Inspektor.

Niemand stieg vom Himmel herab! KEIN Engel erschien, um diese vollkommen übergeschnappte Runde zu bestrafen. Vielmehr das Gegenteil trat ein . . . weiß Gott wieso und warum nur! Doornick! Du intrigantes Monster . . . !!«

Tiefster Hass blitzt aus den Augen meiner Gegenübersitzerin.

Nur die Ruhe bewahren, Madam Schenkfuß!

Mit bedachter Stimme hake ich nach: »Das Gegenteil? Das bedeutet?«

Die Dame lächelt mir daraufhin kränklich zu. Ein dunkler Schatten der Reue verfinstert indessen ihre Miene.

»Als Nächstes«, kehrt Schenkfuß zögerlich nach Sardinien zurück, »tänzelte eine junge Kellnerin herbei und räumte in null Komma nichts den Tisch. Kaum hatte das hübsche Ding seine Pflicht getan, sprang Lore mit einem Satz auf, um der Fleißigen bis hinter die Hausbar nachzulaufen. Elsa nahm unterdessen ihre Handtasche auf den Schoß und kramte darin nach ihrem Mobiltelefon; Anneliese zückte ebenfalls ihr gewohntes Spielzeug, verschwand damit jedoch in Richtung der Damentoilette.

So war es folglich nur meine Wenigkeit, die weiterhin den Überblick behielt. Und dabei konnte ich halbwegs erspähen, wie unsre Lore und die Kellnerin neben den aufgereihten Whisky-Flaschen zu flüstern begannen. Unsre Lore hatte hierbei hundertprozentig das Sagen. Warum sonst zuckte das junge Ding mehrmals und verängstigt zurück? Ja, gleich mehrmals wich da eine auffallend duckmäuserisch zurück und konnte seltsamerweise erst wieder lächeln, als ZWEI braune Scheine über den Tresen glitten. O ja! Da geschah weit mehr als bloß das Aufgeben einer weiteren Bestellung . . . Pah! Trotz der starken Cocktails – ich versuchte wachsam zu bleiben.«

»Und diese Tuschelei? Vielleicht Instruktionen? Aber wozu?«

Meine Informantin zuckt mit den Schultern.

»Von Weitem war ja kein einziges Wörtchen aufzuschnappen. Was genau genommen auch keinerlei Rolle spielte, Inspektor, da sich mir knapp fünf Minuten später ohnehin alles offenbarte.

Die Bäukle saß nun wieder bei uns am Tisch, das

gierige Lieschen ebenfalls; kaum Platz genommen, taten beide übrigens nicht viel mehr, als unschuldig in die Runde zu grinsen; zudem wurde verdächtig langsam an den Gläsern genippt. Sofort war mir klar: die führt doch was im Schilde. Was bloß? Ich begann zu grübeln – erfolglos. Unerwartet heftig wirkten die Weingeister, beinah jede Erwägung war ein Schlag ins Wasser, Inspektor. Insofern kam mir dieses minutenlange Schweigen ja nur recht ... «

»Und Frau Wiepke? Wie war denn ihre Reaktion?«

»Offen gesagt, verlor Wiepke allmählich die Geduld; und bedauerlicherweise nicht weniger das Gespür für den richtigen Ton. Erschreckend überheblich wandte sich Wiepke erneut an Lore und Anneliese – diese Schlangen! Und fragte: ›Mal angenommen, jede von uns möchte sich künftig um den August kümmern, was bitte schön werden wir in diesem Falle machen?‹.«

»Berechtigte Frage!«, werfe ich lautstark ein, was Margot Schenkfuß jedoch übergeht.

Eifrig berichtet sie weiter: »Elsas Bemerkung schien Lore in keinster Weise zu beunruhigen; stattdessen gab diese bloß lakonisch zurück: ›Das werdet ihr gleich sehen! Nur Geduld.‹ Danach wurde Anneliese um Hilfe gebeten, genauer gesagt, um deren platzreiche Handtasche. Die Angeschwipste zauderte einen Moment, erhob letzten Endes aber doch keinen Einspruch ... «

»L. Bäukle verlangte also von A. Kelb deren Handtasche?«

Die Samtrot-Spezialistin nickt.

»Sie sagen es, Inspektor ... «

Wissbegierig beuge ich mich vor.

»Und nun?«

»Nun stand dieses lilafarbige Ledertäschchen zwischen uns – komplett geleert und mitten auf dem Tisch. Gleich darauf lieferte Lore die nächste Überraschung: Nach kurzem Handzeichen in Richtung Whiskey-Bar waren wir plötzlich eine mehr am Tisch.«

»Die hübsche Bedienung?«, vermute ich ins Blaue.

»Richtig, Herr Kommissar. Verblüffend selbstbewusst trat diese junge Lady nun heran . . . Oje, sie konnte doch nichts davon ahnen. Unmöglich – völlig unmöglich, so etwas zu durchschauen . . .!

Es war ein ovales Tablett, welches ihre zierlichen Hände direkt neben Kelbs Handtasche gleiten ließen; eine Art Silbertablett, auf dem ich viel lieber volle Flaschen und leere Gläser gesehen hätte. Stattdessen lagen zwei schlohweiße Bögen Papier, ein Filzschreiber sowie eine gewöhnliche Schere auf dem Silber.

Ich wollte etwas sagen, alles sofort abbrechen, doch Lore nickte der Bedienung bereits vielsagend zu. Das war todsicher ein abgemachtes Zeichen, und mit diesem Zeichen verfolgten acht gespannte Augen, wie die Eingeweihte mehrmals das Papier wendete, dazu die Schere schwang und schließlich das zugeschnittene Papier vor sich hinlegte. Ein wenig nervös nahm sie den Filzstift in die Hand. ›Die Buchstaben bitte‹, kam es ihr ergeben über die Lippen und Lore begann unverzüglich mit Diktieren. Dabei verfolgten wir ganz genau, wie sie unversehens die jeweiligen Buchstaben aufs Papier brachte.

Unsre Lore nannte dem Blondschopf ein D für ›Doc

Doornick‹, ein P für ›Prediger Blendhögel‹ sowie ein M für ›Millionär Bäukle‹ und zuletzt das große G anstelle von ›Geschäftsmann Zahringer‹. Mir wird beinah schlecht, wenn ich mich bloß daran erinnere!«

Zweifelnd runzle ich die Stirn.

»Diese Bäukle zog allen Ernstes eine ›Verlosung‹ der vier Erkorenen in Erwägung?«

Reumütiges Kopfschütteln meiner Gesprächspartnerin. »Ich weiß, Inspektor. Unfassbar, ich weiß. Alles ging so ausnehmend schnell, viel zu schnell . . . Wie ein Ölgötze saß ich da, als Lore dem Blondchen – vor unsren Augen – zwei weitere Fünfziger steckte. Zwei weitere! Das ergab keinerlei Sinn – die Bäukle und diese übertriebene Großzügigkeit! Ne, das passte für meine Begriffe einfach nicht zusammen.«

»Sie sagen vier Fünfziger für das Zerteilen und Beschriften von Papier?! Summa summarum 200 Euro?«

»Vier blanke Scheine. Zweihundert!«, versichert Margot mit erhobener Stimme, »so wahr ich hier sitze, Inspektor. Allemal ein Reibach – für die Kleine.«

Ich schüttle den Kopf.

»Kaum zu glauben, Frau Schenkfuß . . . was geschah als Nächstes?«

»Nach einer devoten Phrase machte sich die Kellnerin in unauffälliger Weise aus dem Staub. Vermutlich hatte die Kleine inzwischen bemerkt, dass unsre Runde alles andre, aber bei Weitem keine ganz hasenreinen Absichten verfolgte. So hoffte ich insgeheim, dass unsre Kellnerin zumindest den Lokalbesitzer informieren würde – doch nichts geschah. Moral hin oder her; ja, an diesem

Abend auf Sardinien scherte sich wahrhaftig niemand um mehr als das eigene Wohl.

Nicht viel später verschwanden vier kleingefaltete Blättchen Papier im Inneren der Handtasche. Und nach einem nervösen Startzeichen krochen dann drei Samtrot-Hände verschworen langsam hinterher. Oje . . . und was tat ich währenddessen?! Ich sah den ganzen Unfug plötzlich verschwommen – zumindest für ein paar ekelerregende Sekunden.«

»Eine Art Schockzustand?«, werfe ich forschend ein.

»Gut möglich«, nickt Schenkfuß beifällig, erklärt: »Wobei mein Köpfchen aus lauter Hilflosigkeit in Betracht zog, ob man sich da vielleicht nicht bloß einen ausgesprochen bösen Scherz mit mir erlaubte. Auch deshalb wagte sich meine Linke keinen Zentimeter auf das Ledertäschchen zu. ›Der Spuk wird sicher gleich vorüber sein. Dann hat ja jede ihren Nervenkitzel gehabt und dieser Albtraum wird endlich passé sein.‹ Ja, solcherlei Stuss fing ich an, mir einzureden, während ich die Hände trotzköpfig unter meine beiden Oberschenkel zwängte, etwa so wie ein vergraulter Erstklässler.

›Wohl noch ein paar Sekündchen Geduld‹, dachte ich mir im Stillen, ›du musst einfach nur sturzbetrunken dasitzen und warten, bis eins der Gesichter mit Lachen anfängt, einfach nur taten- und teilnahmslos abwarten.‹ Zum Teufel! Wie konnte ich damals nur so himmelschreiend naiv sein – verheerend naiv, Inspektor.

Noch immer steckten ihre Tatzen im Ledertäschchen, wühlten quasi darin in der Hoffnung auf eine *bessere* Zukunft. Plötzlich begann die Wiepke hektisch an meiner Bluse zu reißen. Dabei verzog sie das Gesicht zu einer flehenden Grimasse. ›Lass mich bloß nicht im Stich‹, jammerte sie mir entgegen. ›Du musst mitmachen! Tu´s für mich, Margot!‹ Nach dieser peinlichen Faselei platzte mir aufs Neue der Kragen – zugleich wollte ich diesen Höllentrip endgültig abbrechen: ›Wer! Wer in Gottes Namen wird denn hier auf den Arm genommen?!‹

Ja, genau so sprang's mir damals aus dem Hals. Statt einer Anwort bat mich Elsa nochmals um freundschaftlichen Beistand – und wieder rührte ich keine Hand, woraufhin die andren beiden meine Widerspenstigkeit für albern und kindisch erklärten. So ging es dann gehässig hin und her . . . Ja, das Natterngezücht wollte sich erst wieder beruhigen, als unsre Ehrenbürgerin den letzten Ausweg aller Auswege wählte; wie so ein Scharfrichter brachte sie nämlich hervor: ›Lasst uns doch einfach seh'n wer übrig bleibt!‹

Kaum hatte sie ausgesprochen, fegte das Stoppzeichen über den Tisch und die Fäustchen schossen wie drei Pfeile aus der Handtasche; bereits im nächsten Augenblick hatte jede von ihnen ein entfaltetes Stück Papier vor der Nase kleben. O ja, ich hab's noch deutlich im Gedächtnis, wie sie alle drei, mit erblassten Wangen, das ihnen zugefallene Los vor sich hinhauchten . . . «

»Ich bin gespannt wie ein Flitzbogen, Frau Schenkfuß!«

»Es waren ein D, ein G und das M – genau so war's.«

»Ein D, G – zuletzt ein M, sagten Sie?«

Die Dame im Sessel beugt sich langsam vor.

»Diese drei. Hundertprozentig, Herr Kommissar!«

»Somit wurde von keiner Samtrot-Hand das große P aus der Tasche gezogen«, flechte ich schlussfolgernd ein.

Margot nickt.

»Vollkommen richtig – nur der Prediger blieb damals übrig.«

Unwillkürlich wächst mein Misstrauen.

»Dennoch wollen Sie und Herr Blendhögel kommenden Sommer ganz offiziell in den Hafen der Ehe einlaufen – aller Voraussicht nach.«

Schenkfuß bemüht sich um eine Geste der Beschwichtigung, wobei mir dieses delphische Blitzen in ihren Augen nicht entgeht. »Ich weiß, ich weiß. Sie denken jetzt vielleicht – «

Für einen Moment verliere ich den Kopf und werde erschreckend laut – lauter als ich das von mir selbst gewohnt bin: »Wie zum Henker soll ich das jetzt bitte verstehen?! Sie haben damals kein Los gezogen. Und trotzdem sitzen SIE heute im Wohnzimmer von Prediger Blendhögel – dessen Buchstabe P angeblich übrig geblieben war.«

Statt verlegen oder gar gekränkt zu reagieren, schießt Frau Schenkfuß ebenso unmissverständlich laut zurück: »Das war es ja, Inspektor! Sie werden's gleich wissen, was mich bei aller Christlichkeit doch noch zum Sündigen brachte!«

»Zum Sündigen?«

»Es war zu jenem Zeitpunkt noch ein kleines Geheimnis; in dieses hatte ich Wiepke allerdings noch vor dem Urlaub eingeweiht. Lore und Anneliese hingegen hatten keinen blassen Schimmer. Ja, die beiden Tratschtanten sollten kein Wörtchen darüber im Voraus erfahren.«

»Kein Wörtchen WO-rüber?«

»Nichts von meinem größten Glück – nichts von *meinem* persönlichen Lottogewinn.«

»Persönlicher Lottogewinn? Und größtes Glück? Was hat denn das nun wieder zu bedeuten, Frau Schenkfuß?«

Zu meinem Erstaunen legt sich nun eine milde Wärme über Margots Gesicht. Leise Hochmütigkeit schleicht dabei in den Blick der Samtrot-Spezialistin.

»Der besagte Prediger und ich«, hebt sie die Stimme, »pflegten schon zwei Monate vor Sardinien ein Verhältnis ... verstehen Sie?«

Angesichts einer weiteren Überraschung räuspere ich und schlucke dabei verwundert – gleichzeitig ein wenig erfreut.

Gratulation, Kommissar! Sie haben soeben ein weiteres Puzzleteil ergattert! Nicht mehr lange und Sie werden die richtigen Schlüsse ziehen können.

Mit leicht geröteten Wangen fährt Margot S. fort: »Und dieses Glück mit Wolfgang nutzte ich gewissermaßen als unübertrefflichen Joker – im Spiel um eine bessere Zukunft.«

»Das heißt dann wohl, dass Sie dieses Trumpfass auch gezielt ausspielten. Außerdem wollten Sie vor Wiepke keine Verräterin abgeben – stelle ich mal so hin. Aller Logik zufolge fischten doch Elsas Finger das große G aus der Tasche, nicht wahr?«

Ein schweres Nicken: »Sicher, ganz sicher ... «

Dann holt die Dame im Sessel tief Luft.

»Ja, es war offen gestanden ein tolles Gefühl, bei dieser skurrilen Männer-Lotterie ordentlich im Vorteil zu sein; ein offenbar derart gutes Gefühl, dass es mich letztendlich sogar meine Christlichkeit über Bord werfen ließ. Zugleich fühlte es sich an, als könnte ich auf diese Weise Rache nehmen an dem Natterngezücht, das mich ja kurz zuvor noch eifrig verspottet hatte.«

»Die Situation muss Sie ja mächtig aufgewühlt haben.«

Ohne Aufforderung kehrt Schenkfuß rasch zu den Fakten zurück: »Noch immer, oder besser gesagt aufs Neue, pochte unsre Liese völlig wahnwitzig auf das Abschließen einer Wette – als wäre das vereinbarte Abkommen nicht schon Gottesverachtung genug!«

»A. Kelb wollte das ›Samtrot-Frauen-Abkommen‹ sozusagen mit einer wahnwitzigen Wette besiegeln. Habe ich das richtig verstanden?«

Margot bestätigt mir neben einem hochschießenden Zeigefinger: »Ja, haben Sie – doch nicht bloß Kelb! Nicht bloß sie! Lore schlug ja blindlings in dieselbe, gottlose Kerbe.«

»Und zu welchen Bedingungen sollte die Wette stehen? Was schwebte den beiden vor?«

»Eins vorweg, Inspektor: *vorschweben* – das kann ich so nicht gelten lassen. Es war nämlich äußerst verwunderlich, wie rasch diese Furien etwas Konkretes aus dem Ärmel geschüttelt hatten.«

»Ich höre.«

Frau Schenkfuß gießt ein wenig Tee nach, ehe sie mit neuem Erzähleifer offenlegt: »›Ganz einfach‹, meinte unsere Lore, ›wer versagt, wird schlicht und ergreifend sein Portmonee erleichtern müssen.‹ Beträchtlich erleichtern, Inspektor!«

»Es wurde also um eine fixe Geldsumme gewettet?«

»Nicht direkt«, berichtigt Margot. »Nicht *direkt* um bares Geld.«

»Das heißt?«

»Das heißt: Wer das Abkommen nicht erfüllt, der muss einen großen Teil der Kosten für einen zweiten ›Samtrot-Frauen-Urlaub‹ tragen; also beispielsweise die Buchungskosten für das Hotel und den entsprechenden Flug.«

»Keine läppische Summe, wenn man von vier Personen –«

»Und mindestens acht Tagen ausgeht«, fegt Margots Stimme über meine hinweg. »Das Ganze womöglich noch auf Bali, den Malediven oder sonst irgend'nem saumäßig überteuerten Paradies. Die blanke Idiotie – etwas andres fällt mir dazu nicht ein.«

Zornige Blicke schwirren durch das Wohnzimmer.

»Führen Sie sich das einmal vor Augen, Inspektor: acht-, neun- vielleicht sogar zehntausend Euro hätte da EINE von uns mindestens lockermachen müssen . . .!«

Schenkfuß greift kopfschüttelnd nach ihrer Tasse; offenbar ist sie bemüht, die Fassung zu behalten. Ich warte einen kurzen Moment.

Meine Samtrot-Spezialistin wird diese Tortur der Fragerei höchstwahrscheinlich nicht mehr lange durchhalten. Ab jetzt zählen jede Minute und jede Frage!

Quasi in Samthandschuhen greife ich nun die letzte

Behauptung meiner Informantin auf: »Und diese *eine* wäre im schlimmsten Falle keine Geringere als Elsa Wiepke gewesen. Sie zog an jenem Abend das große G aus der Handtasche. Wie ich inzwischen gut verstanden habe: mit Abstand das schwierigste Los. Das konnte Sie – als gute Freundin – doch nicht völlig kaltlassen?!«

Von Neuem schießen Groll und Verbitterung in Margots Augen.

Sie wischt eine kleine Träne von der Wange.

»Nein . . . niemals waren mir ihre Angelegenheiten einerlei. Und genau hier liegt der Hase ein zweites Mal im Pfeffer: in Anbetracht meines besagten Vorteils überkam mich nämlich eine Art schwesterliches Mitgefühl – ich entwickelte sozusagen an exakt diesem Punkt Mitleid, wo man nicht das Geringste hätte zeigen dürfen. Auch deshalb war ich offenbar nicht mehr länger imstande klar abzuwägen, geschweige denn alle negativen Konsequenzen einer derartigen Wette zu durchschauen. Ganz im Gegenteil: Ich sprach meiner Freundin allmählich zu, machte ihr zuletzt sogar leisen Mut, anstatt sie kurzerhand aus dem Lokal zu zerren und allen Wahnsinn abzubrechen.«

Ein wenig verwirrt beuge ich mich vor.

»Sie hatten ihr damals ernsthaft zugesprochen? Gab es denn keine günstige Alternative zu dem höchst ungünstigen G? Oder vielleicht eine andre Notlösung, um ihre Freundin quasi noch ins Rettungsboot zu setzen, bevor die Titanic endgültig dahinsinkt?«

Schenkfuß zieht eine verbitterte Miene.

»Sie haben da gut reden, Herr Inspektor; Sie saßen ja

auch nicht um diesen sakrischen Tisch herum. Aber im Grunde haben Sie schon recht; wir hätten das ganze Desaster durchaus noch verhindern können – wenn damals auf Sardinien diese eine letzte Traurigkeit KEINE Rolle gespielt hätte ...«

Ich versuche geduldig zu bleiben, wiederhole: »Eine letzte Traurigkeit?«

»Wenn ihre dunkelsten ... ihre allerdunkelsten Befürchtungen gewissermaßen NICHT in der Waagschale des Lebens gelegen wären.«

Nachdenklich runzle ich die Stirn und gehe dabei für einen Moment in mich: *›Ihre allerdunkelsten Befürchtungen‹? Diese, gewisslich von andrer Prägung als die vorher erwähnten, müssen es gewesen sein, welche Frau Wiepke letztendlich zur Einwilligung in die besagte Wette drängten; welche sie Ehemann und Tochter Sinja vergessen ließen. Doch woher hätte sie die Kaltblütigkeit genommen, um ein so perverses Abkommen zu erfüllen? Wiepke, ebenso der Medienmensch namens Peter Zahringer, beide waren doch anno 2003 bereits Jahrzehnte vermählt! Teufel! Wie düster und verlassen muss es in einer Seele bloß aussehen?*, frage ich mich. Indessen angelt Margots Rechte eine zweite Kapsel aus der Packung mit den Beruhigungsdragees.

»Wenn ich jetzt einmal annehme«, fasse ich meine Vermutung in Worte, »dass Ihre Freundin sich zu diesem Abkommen – wenn auch nur teilweise – gezwungen sah, dann stellt sich mir genau hier die Frage –«

»Und die wäre?!«, braust es vorlaut durch das Wohnzimmer.

»WER hätte das alles jemals Joachim Wiepke, dem Ehemann, erklären sollen? Die infamen Absichten der eigenen Ehefrau?«

Die Samtrot-Expertin schließt für einen Moment die Augen. Ihr betrübtes Gesicht verrät mir dabei, wie die immer tiefer bohrenden Fragen mehr und mehr an ihren Kräften zehren.

Zehn Sekunden später und es herrscht noch immer das Regime einer angespannten Stille.

Plan B: Vielleicht sollte ich schnellstmöglich einen Toiletten-Gang vortäuschen? Die Dame zum geistigen Kräftesammeln ein paar Minuten alleine lassen? Handle einfach – du musst alles dransetzen, sie einigermaßen bei Laune zu halten.

Als ich gerade zu Plan B ansetze, klatschen Margots Hände hörbar laut über ihrem Kopf zusammen.

»Beim Allmächtigen! Herr Kommissar!«

»Was haben Sie denn?!«

Mein inneres Auge sieht die Dame schon vornüber aus dem Sessel kippen – aufgrund eines plötzlichen Nervenzusammenbruchs. Zu meiner Erleichterung kommt es in letzter Sekunde anders: »Ich ahnte das bereits!«, brüllt sie mit hassdurchtränkter Stimme über den Couchtisch hinweg.

»Ich wusste es schon, als mir klar geworden ist, dass diese rotzige Hure von Lore Bäukle Ihre ganzen Ermittlungen buchstäblich aufs Glatteis führte! KEINE der bisher Befragten hat auch nur eine Silbe darüber verloren?! Um alles in der Welt – das ist nicht zu fassen!!«

Meine Informantin scheint sich wieder zu beruhigen.

»Niemand ... einfach niemand. Kein Mensch auf Erden hätte im Angesicht ihres Mannes jemals auch nur ein Wörtchen darüber erklären oder gar rechtfertigen müssen. Ja, exakt das wusste meine Freundin, als man sich damals – per Handschlag – auf das erwähnte Abkommen einigte; als sie ihre Rechte sozusagen zum größten Fehler ihres Lebens reichte.«

Sichtlich verwundert kratze ich mich an der Schläfe.

»Bei allem Respekt, Frau Schenkfuß: wovon zum Teufel reden Sie?!«

Schenkfuß beugt sich nun überraschend weit vor; wieder flattert dieser Schleier aus Hochmut um ihre Augen.

»Hören Sie mir noch ein letztes Mal zu. Dann werden Sie endlich gefunden haben, wonach Sie und der Rest der Schlauköpfe aus Heilbronn vermutlich schon wochenlang suchen ...

... Am Silvesterabend 2002 musste Joachim ins Krankenhaus eingeliefert werden – aufgrund einer akuten Leberkolik. Um keine unnötigen Risiken einzugehen, wurde er damals sofort auf die Intensivstation gelegt.

Dort hatte man tagelang an ihm und seiner Leber herumgedoktert, alles versucht, um seinen Zustand halbwegs in den Griff zu bekommen. Anfänglich sah es hierbei derart miserabel aus, dass ja sogar nicht einmal der Chefarzt recht wusste, ob sich Patient Wiepke je wieder vollständig erholen würde.«

»Wohl zu viel des guten Weines?«, hake ich ahnungsvoll nach.

Schenkfuß lässt ihren Oberkörper wieder zurücksinken, angewidert spuckt sie aus: »Dieses verteufelte Gesöff! Ob weiß oder rot, französisch oder italienisch: alle waren seine Freunde – jederzeit willkommen. Dazu besaß er nur selten die nötige Disziplin, was eine ausgewogene Ernährung anging. Stattdessen musste beinah täglich deftig Fleisch und Wurst auf den Teller. Chronische Fettsucht – wenn mich heute mal einer frägt; und hinzukommend, wie gesagt, dieser üppige Konsum von Alkohol. Wie kann so was auf Dauer denn gut gehen?! Trotz bedenklicher Blutwerte – unser Techniker blieb seinem heiligen Bacchus zugeneigt. Jahrelang wollte sein Dickkopf nicht einsehen, dass selbst im Rebensaft irgendwann nicht mehr die Wahrheit, sondern bloß noch der Tod lauert.

2001 zogen seine Ärzte gewissermaßen zum ersten Mal die Notbremse und schickten ihn mit eiserner Hand an den Bodensee, genauer gesagt nach Singen; dort liegt nämlich eine renommierte Suchtklinik für beinah jede Art von Laster. Elsa und ich wollten Joachim damals gleich zu Beginn seiner Therapie besuchen kommen – nur für ein Wochenende. Es war wirklich ein gut gemeintes Vorhaben; bis heute kann ich nicht glauben, dass sich dieses letzten Endes in die reinste Blamage verwandelte.«

»Erzählen Sie weiter.«

»Den ganzen Samstag über lief unser Aufenthalt wie erhofft. Wir spielten gemeinsam Minigolf und besuchten abends sogar eine gute Vorstellung im Kino; verbrachten also durchaus angenehme Stunden. Dann aber stand am Sonntagmorgen dieser Blödmann von Zivi vor der Tür, der sich doch ausgerechnet an Joachims Geburtstag seinen dümmsten Scherz erlaubte.

Wir wollten Wiepke gerade zum Frühstücken abholen, als der Bengel ohne zu klopfen ins Zimmer rauschte. Mit einem dünkelhaften Grinsen präsentierte er neben dem Schiebewagen frischer Handtücher sein neustes T-Shirt; ein bedruckter Fetzen Stoff, auf dem groß zu lesen war: ‹memento: in vino mori, non: in vino veritas!› Das ging für Wiepke zu weit – deutlich zu weit. Ohne jeglichen Skrupel klatschte er den Zivi an die Wand. Und als dieser sich wieder hochraffen wollte, wurde ihm sein naseweises Sprüchlein regelrecht vom Leib gerissen. Diese unverhoffte Brutalität verschlug uns Frauen zunächst die Sprache; das war schlicht der Gipfel, wie Joachim da eine Fehler nach dem anderen machte.

Jedenfalls stand der arme Frechdachs nun mit bloßem Oberkörper zwischen uns, schon halb am Weinen. Doch Joachim war nicht mehr zu beruhigen; wutschäumend kramte er die Streichhölzer aus dem Blumen-Schränkchen seines Zimmergenossen hervor. Wie Zunder ging der dunkle Stoff in Flammen auf, sofort wurde Feueralam ausgelöst.

»Auch das noch«, schüttle ich ungläubig den Kopf.

»Es brauchte offenbar ein paar Minuten, bis das Überwachungssystem den Brandherd erst einmal treffend lokalisiert hatte; und nochmal dauerte alles viel zu lange, bis dann zwei Doktoren endlich in Joachims Zimmer stürmten – im Schlepp die Beruhigungsspritzen und drei Bären vom Sicherheitsdienst. In der Zwischenzeit räumte das Putz- und Pflegepersonal bereits die halbe Etage. Da herrschte plötzlich überall laute Panik; sogar der Chefkoch und sein Küchenteam stolperten bleichgesichtig die großen Korridore entlang – immer Richtung Feuertreppe. Aufgrund der aktivierten Sprinkleranlage wurde der Boden so glitschig, dass eine der älteren Schwestern böse stürzte und sich dabei das Schulterblatt brach. Was für ein schicksalsträchtiger Geburtstag! Mit viel Glück konnte man wenigstens das Ausrücken der Feuerwehr verhindern; ein Eimer Putzwasser tat es ja schließlich auch.

Das Ende vom Lied: Dieser Armleuchter von Zivi wurde in hohem Bogen rausgeworfen und Joachim noch am selben Tag entlassen – für einen psychotischen Hochrisikopatienten sei man hier nicht ausreichend eingerichtet. Das sagte ihm der Cheftherapeut persönlich und reichte Wiepkes Daten prompt an ein Kurheim für Schwachsinnige weiter; an irgendeine psychiatrische Klinik in Stuttgart-Stammheim, welche unser Technikgenie freilich ignorierte – gewiss zu Recht. Gott bewahre! So verloren war er doch nicht ... «

Leicht konsterniert lasse ich für einen Augenblick den Kopf hängen. »Kein Wort stand darüber in der Akte ... nicht das Geringste.«

Margot zuckt die Schultern.

»Das ist Ihre Sache, Herr Magnus. Aber ich versichere Ihnen, dass es keinesfalls übertrieben ist, wenn ich Ihnen heute sage, dass die Ehe der Wiepkes immer wieder unter SEINER Trink- und Schlemmsucht zu leiden hatte. Wie es überhaupt so weit kommen konnte?! Eine Vermutung habe ich dazu ... «

»Es gibt immer Gründe«, springt es mir forsch von

der Zunge. Margot S. schaut daraufhin bedauernd durch mich hindurch.

»Es wurde einfach viel zu viel unter den Teppich gekehrt, zu wenig offenherzig und ehrlich besprochen. Jahrelang macht jeder seinen Stiefel, das Leben wird monoton, einseitig; Routine und Selbstverständlichkeit gehen scheinbar zuverlässig Hand in Hand – doch in Wirklichkeit taumeln sie am Abgrund der ewigen Einsamkeit. Es wird zwar im Duett gelacht, gegessen und gesungen – aber tief im Herzen schreit eine Stimme nach Erlösung, nach der wahren Lebenserfüllung. Und beileibe nicht alle Menschen haben das Auge, um diese immer wieder – greifbar – in einer Person zu entdecken, die sie bereits ein Vierteljahrhundert oder noch länger kennen. Und leider sind viele so sehr von einer Angst umklammert, dass sie aus Furcht, das Falsche zu finden, ihre Suche erst gar nicht beginnen.

Es ist gewiss ein heikles Thema, Inspektor. Dabei ist es bloß eine simple Regel, die es zu beachten gilt: Die Träume und Wünsche Schulter an Schulter erfüllen – nur das kann, zumindest für mein Verständnis, der einzig wichtige und richtige Schlüssel sein, den eine Partnerschaft niemals verlieren sollte. Die Wiepkes . . . « – Margot Schenkfuß wischt eine Träne von der Wange – »Ich möchte hier nicht zu Ende sprechen.«

»Also hatte nicht nur der Alkohol für Probleme in der Ehe gesorgt«, versuche ich sachlich zu bleiben.

Mach jetzt bloß keinen Fehler – ich habe Glück, Margot scheint die Fassung langsam, aber sicher zurückzugewinnen.

»Erschreckend oft weinte sich Elsa heimlich bei mir aus. Wir konnten uns ja gegenseitig alles anvertrauen; und wir fanden ja auch immer und für alles eine Lösung. Aber dieser abscheuliche Feierabend-Alkoholismus ihres Joachim – jahrelang war das für sie die reinste Berg-und-Tal-Fahrt mit diesem Suffkopf. Und eben diese hausgemachten Beschwerden hasste meine Freundin; sie hasste diese Würdelosigkeit ihres Mannes, sie hasste das alles so sehr, dass ich vielleicht einen Roman darüber schreiben sollte – ernsthaft, Inspektor.

Es war ja ewig und drei Tage dasselbe Theater: kritische Leberwerte, viel zu kritisch; obendrein ein auffällig erhöhter Cholesterinspiegel. Einfach weniger Fleisch und einfach weniger Alkohol. Ja, genau das war es gewesen, was ihm seine Ärzte – laut Elsa – immer wieder ausdrücklich ans Herz legten. Selbst Doc Doornick, dieser perfide Schweineheiler, warnte ihn gelegentlich vor. Oje, ich werd's nie begreifen ... «

»Anfang des Jahres 2003 – keine allgemeine Besserung in Sicht?«

»Besserung, Inspektor? Sie meinen direkt nach seinem Aufenthalt im Krankenhaus?«

»Ja.«

»Wenn ich mich richtig entsinne, dann vergingen ungefähr drei Monate, in denen er kein einziges Tröpfchen Alkohol mehr genießen durfte. Außerdem wurde allzu fettreiches Essen rigoros vom Speiseplan gestrichen. Eisern hielt er sich plötzlich an das strikte Genesungs-Regime – wohl oder übel. Joachim musste auch regelmäßig zum Blutabnehmen im Krankenhaus vorbeischauen, und noch allerlei andere Untersuchungen mitmachen. Trotzdem schien ihm seine neue Lebensqualität allmählich zu gefallen. Elsa war entsprechend glücklich wie nie zuvor im Leben. Ja, sie setzte damals so unbeschreiblich viel Hoffnung in diese Entwicklung. Joachim lebte ja fortan – zu unser aller Überraschung – schon beinah wie ein Mönch; trank lieber Sojamilch statt Elefantenbier, genoss Bio-Käse und verschenkte seine Wurstrationen dutzendweise an die Freunde – und Elsa sämtliche seiner Weinkisten. Alles lief erstaunlich gut für die beiden.

Bis zum Frühling.

Bis die Tage wieder länger wurden. ›Margot‹, sagte er dann oftmals zu mir, ›die langen Tage verlocken zum Genuss – ich muss!‹ Zum Teufel! Viel zu oft hörte ich ihn solche Sprüche klopfen. Ich werd's wohl nie begreifen können . . . !«

Ich überlasse Margot eine halbe Minute ihrem Kräutertee. Als die Tasse dann wieder dicht neben der Kanne steht, steige ich ein letztes Mal in die Startlöcher.

»Elsa Wiepkes Ehemann wurde also rückfällig.«

»Dieser Teufel!«, platzt es zornig aus Schenkfuß heraus, wobei ihre Linke krachend auf den Couchtisch einschlägt, »dieses Riesenarschloch verspielte seine letzte Chance – seine allerletzte! Und genau mit dieser gallenbitteren Enttäuschung im Gepäck flog meine Freundin auf die sardinische Insel, im Sommer 2003. ›Hat denn mein verdammter Ehemann all die Jahre durch überhaupt nichts gelernt?! Hat ihm dieses erbärmliche Dahinvegetieren auf der Intensivstation kein bisschen die Augen geöffnet?‹ Solche Fragen quälten meine Elsa bis auf die Knochen ... Denn kurz vor Sardinien standen bei Joachim alle Ampeln auf Rot. Die Leberwerte blieben eine ganze Woche so schlecht, dass er gleich mehrmals am Tag Blut spuckte. Was glauben Sie, Kommissar, wie sich meine Freundin hierbei gefühlt hatte?«

Einfühlsam blicke ich zur Seite und schüttle den Kopf. Schenkfuß kämpft mit den Tränen.

»An einem Abend war die Verzweiflung so groß, dass Elsa knapp anderthalb Gramm Haschisch alleine runterrauchte und danach – völlig berauscht – beim alten Möbele in Brackenheim anklingelte. Ich konnte sie dabei nicht stoppen. Um halb zwölf nachts musste auf Biegen und Brechen der Bestatter aus Brackenheim angerufen werden.«

»Wozu denn?« Beiläufig angle ich eine Packung Taschentücher aus dem Mantel.

»Die Preislisten für die billigsten Särge – wollte sie übers Telefon anfordern. Das kann ich heute noch nicht glauben!«

»Ist aber nicht Ihr Ernst?«, runzle ich die Stirn. Das Päckchen gegen die Tränen gleitet neben die Teekanne.

Unheilvoll senkt meine Informantin den Blick.

»Elsa hatte ihren Ehemann mit unserem Abkommen auf Sardinien ein für alle Mal abgeschrieben. Ihr Herz und ihr Verstand sahen schlicht keine Hoffnung mehr. Jahrelang war sie mit dem Suchen des erwähnten Schlüssels beschäftigt – diese zermürbende Sucherei machte sie wohl müde ... ich könnte auch sagen: lebensmüde.«

»Frau Wiepke hätte noch im selben Jahr ein neues Leben beginnen können – ganz ohne diesen unverbesserlichen Dickkopf. Warum dann Suizid begehen? Weshalb kein Neuanfang mit irgendeinem anderen Mann wagen?«

Hemmungslos schnäuzt die Dame des Pfarrhauses in eines der Tücher.

Wieder sprüht Zorn aus ihren verweinten Augen.

»Dieser ewig elende Knallkopf begab sich doch allen Ernstes ein zweites Mal in eine Entzugsklinik – diesmal jedoch völlig freiwillig. Ja! Drei Monate hielt er plötzlich tadellos durch. Ohne vermeintlichen Brandanschlag oder anderweitige Peinlichkeiten. Und jetzt halten Sie sich ein letztes Mal fest, Inspektor!«

Blind gehorchend lege ich tatsächlich eine Hand auf die Armlehne.

»Joachim Wiepke durfte exakt am Geburtstag seiner *geliebten* Frau die Klinik verlassen. Er durfte – und er tat es auch. Es sollte vermutlich eine Geste der Versöhnung darstellen, er dachte wohl, damit alles Verhunzte wieder gutmachen zu können.«

Hasserfülltes Schweigen.

Mir fehlt noch immer das letzte Puzzleteil!

Mit verächtlicher Stimme spricht die Samtrot-Spezialistin weiter: »Durch die überraschende Genesung ihres Mannes geriet der ganze Plan um das Abkommen aus den Fugen. Wie hätte sich Elsa denn unter diesen neuen Umständen an unseren Medienmann Zahringer heranmachen sollen? Dieses Dilemma stürzte Wiepke in eine ausweglose Situation, versetzte ihr gewissermaßen einen Stich ins Herz, der sie über viele Monate hinweg langsam verbluten ließ. Das werde ich diesem elenden Versager von einem Ehemann niemals verzeihen! Nie!«

»Aber . . . aber – « Gleich mehrmals bleiben mir die Worte in der Kehle stecken. Die neue Lebensgefährtin des Pfarrers nickt daraufhin überlegen. Dann verziehen sich ihre Lippen zu einem schmerzerfüllten Lächeln.

»Begreifen Sie jetzt allmählich? Wenn Sie möchten, können Sie und Ihre Leute bis ans Ende ihres Lebens nach einem Mörder suchen – im Fall ›Wiepke‹. Doch eure Fahndungen werden nie ein Ziel erreichen, vergebens bleiben . . . immer vergebens bleiben . . . bis in alle Ewigkeit.«

»Amen – und danke für Ihre kostbare Zeit!«

X

Ohne Eile klettern meine schlaffen Beine aus dem Wagen. Zum zweiten Mal innerhalb einer Woche suche ich die Pfaffenhofener Kinski-Allee auf.

... *Wie soll ich das Wiepke nur beibringen!*

An die offene Karossentür gelehnt, blicke ich nach oben und blinzle einem wonnigen Frühlingshimmel entgegen.

Soeben kriecht ein Airbus zwischen den blassblauen, kaum sichtbaren Wolkentüchern in Richtung Süden. Nachdenklich verfolge ich das Aufziehen und Verblassen seiner umstrittenen Fährte, des Kondensstreifens.

Die gestern noch beschafften Informationen und Protokolle aus dem Hospital sind deutlich genug: De facto wurde ihm vergangenes Jahr eine 8-wöchige Therapie am Bodensee verordnet. Ebenfalls entspricht es der ungeschminkten Wahrheit, dass ein Ärzte-Team im Lauf der Silvesternacht 2002 – damals auf der Brackenheimer Intensivstation – ein Krankenbett mit seinem Namen belegen musste.

Wie dem auch immer sei. Das Rätsel um Elsa Wiep-

ke ist seit Tagesanbruch gelöst – noch dazu im anvisierten Zeitplan. Alles andere hätte mich auch verwundert.

Vor der zaunartigen Hecke des Luxusquartiers Numero 9 angelangt, schiebe ich beide Hände in die Manteltaschen. Allmählich wird es höchste Zeit, still und klug zu akzeptieren, was mein Köpfchen rund 48 Stunden zuvor noch als irrsinniges Märchen abgetan hätte.

Verzweiflung und Reue. Allen realistischen Ermittlungs-Aspekten zufolge, bitterste Reue sowie abgrundtiefe Verzweiflung ... Ja, exakt so lauten letztendlich die beiden Decknamen eines verblüffend leise gestellten »Mörder-Gespannes«.

Leichter Ostwind weht mir um die Nase, als mich der feudale Weg zum Vorgarten der Kleinvilla begrüßt.

Wie es scheint, haben die Vogelseelchen heute kein Glück: abgedeckt und einsam steht der erbsenbraune Regenkübel an seinem gewohnten Plätzchen. Dennoch zeigt sich der beschauliche Vorgarten nicht vollkommen unbelebt. Zwei Katzen balancieren im Augenblick auf den knappen Flanken des ausgehöhlten Baumstammes. Als mich die kühnen Gleichgewichtskünstler bemerken, hechten die beiden sogleich hinter das Schutz versprechende Mauerwerk einer Nachbargarage.

Kaum hat das flinke Gespann die Flucht ergriffen, fliegt mir ein dumpfes Klopfen und Hämmern in die Ohren. Ich zügle daraufhin kurz die Schritte und blicke mich forschend um. Dabei lässt sich allerdings weit und breit keinerlei Lärmquelle ausfindig machen; demzufolge mutmaße ich den harmlosen Radau irgendwo im Hinterhof einer weiteren Villa ...

Unmittelbar vor dem Einlass der Wiepkes atme ich dann tief durch, wobei sich ein Anflug von Nervosität nicht ganz vertreiben lässt.

Wie ich es hasse! Dieses unausweichliche Überbringen einer schlechten, einer äußerst schlechten Nachricht ...

Erneut kontrolliere ich die Atmung. Unterdessen macht sich mein rechter Zeigefinger gleich neben einer bemalten Fayence zu schaffen – der Klingel.

Das kunstvolle Töpferwerk zeigt übrigens einen kleinen Weiher am Waldesrand, in welchem zwei blütenweiße Schwäne ihre Eintracht zelebrieren. Die langen Hälse formen in Verschmelzung mit den beiden Rümpfen der Tiere eine Art Herzchen. Inmitten des Symbols der Liebe ist klar zu lesen:

Elsa
&
Joachim

Werden Sie jetzt bloß nicht sentimental, Herr Kommissar!

Ich schüttle die Nachdenklichkeit rigoros ab. Im selben Moment fegt schrilles Gedröhne durch das Wohngebiet. Der an- und abschwellende Krach lässt unweigerlich an eine Bohrmaschine denken.

Warum denn heute nur so abnormal lärmempfindlich?, frage ich mich und versuche gleichzeitig mein Ohrenmerk auf die Klingelmelodie unmittelbar hinter der Eingangstür zu lenken.

Es verstreichen 60 Sekunden – die massige Pforte gleitet noch keinen Millimeter aus ihren Fugen.

Dem älteren Gehör kann ja auch mal das ein oder andere Klingelzeichen entgehen.

Mein Finger regt sich ein zweites Mal in Richtung der Gefiedertiere. Doch dummerweise bleibt auch daraufhin der Einlass zur Wiepke-Behausung fest verriegelt. Einen halben Schritt zurücktretend, werfe ich ungeduldig den Kopf in den Nacken.

Hallo! Die verdammte Tür bitte öffnen!

Als ich gerade ein weiteres Mal ansetzen möchte, ziehe ich den Finger im entscheidenden Augenblick wieder zurück.

Klingeln bis zum Gehtnichtmehr wird wohl kaum die Lösung sein . . .

Unschlüssig wandert meine Aufmerksamkeit über den Vorgarten. Dabei stellt der zu einem riesigen Pflanzenkübel umgemodelte Baumstamm die Hauptattraktion vor. Ich nähere mich dem Koloss, erlaube mir kurzerhand die Freiheit, mich für ein paar Minuten auf eine der kahlen Stammflanken niederzusetzen. Unzählige Wandelröschen strecken mir nun ihre farbenfrohen Köpfchen entgegen. Die Blumen wirken zwar ein wenig durstig, aber keineswegs vernachlässigt.

Erneut schaue ich mich verstohlen um. Es scheint wohl niemanden aus der Nachbarschaft zu stören, dass sich ein Herr in dunkler Kledage auf einem fremden Grundstück herumdrückt. Auch jener Bohrmaschinenlärm von vorher ist mit keinem Ohr mehr zu erlauschen.

Abwechselnd tippe ich mit den Schuhsohlen auf den Rasen, werfe einen ernüchterten Blick auf die Omega. 14.20 Uhr.

Der alte Hausherr scheint offensichtlich ausgeflogen zu sein. Auch sein monströser Geländewagen ist weit und breit nicht zu sehen ...

Eine halbe Stunde später habe ich die Warterei endgültig satt. Mit der Macht des Gesetzes im Rücken springe ich entschlossen auf die Beine.

Einen diskreten Rundgang ums Haus kannst du dir ruhigen Gewissens erlauben.

Vor allem angesichts der Tatsache, dass Joachim Wiepke weder gestern Abend noch heute Morgen telefonisch erreichbar gewesen ist.

Ein schlangenförmiger Gartenweg führt an der rechten Seite des Wiepke-Hauses entlang. Nach knapp 15 Metern treffen die tonnenschweren Platten aus Zwiebelmarmor bis nahe vor eine efeuumwachsene Pergola mit romantischer Sitzgelegenheit. Außerdem rückt ein sperriger Holzzaun, welcher die Laube und alles dahinter liegende Grün vor dem Zutritt des Fremdlings absichert, in mein Blickfeld. Während ich auf die Absperrung zusteuere, hebt sich eine Stelle, im Unterschied zum restlichen Holzgepräge des Zaunes, immer deutlicher hervor – das gesuchte Gartentor. Doch abgesehen von Letzterem, mache ich sogleich eine weitere und allemal bemerkenswertere Entdeckung. So ist am Kopf des brusthohen Gartentores groß und breit zu lesen:

VORSICHT!
Bissiger Hund
Betreten auf eigene
GEFAHR!

Prompt drossle ich die Schritte und beäuge dabei das fahlgelbe Warnschildchen etwas genauer. Dieses zeigt nämlich rechts neben der Mahnsentenz eine nachtschwarze Silhouette – nur faustgroß, aber dennoch Respekt einflößend.

Auch das noch! Zum Teufel! Ausgerechnet ein Dobermann ...

Mit geradezu sprungbereiter Umsicht schleiche ich näher an die Holzbarriere zwischen mir und dem Wachhund heran, wobei sich ein prickliger Schwall Adrenalin in meine Blutbahnen ergießt. Lediglich eine Armlänge von der Warntafel entfernt strecke ich den Hals dann langsam wieder aus, riskiere das entscheidende Auge weit hinter die Pergola und das umliegende Gartenareal.

Nichts. Kein Zwinger oder ein vergleichbarer Unterschlupf für den Dobermann, geschweige dieser selbst. Das Gebelle auf der anderen Seite des Zaunes bleibt aus, weshalb ich auch zögernd ein paar Töne über das Gartentor hinwegpfeife. Die nachziehende Stille birgt etwas Schauderhaftes und Besänftigendes zugleich.

Ich schaue auf die Omega, folge dem Sekundenzeiger bis zur Hälfte seiner Runde. Nebenbei spüre ich, wie mein Puls auf den vertrauten Level herabsinkt. Einigermaßen erleichtert prüfe ich das halbrunde Areal hinter dem Gartenzaun ein weiteres Mal.

Perfekt! Anscheinend leistet der schwarze Wächter seinem Herrchen bei dessen Bummelei ein wenig Gesellschaft. Somit kann ich ganz ungeniert ...

Die Klinke am Gartentor besteht aus einem kunstvoll geschwungenen Messingguss.

Mit lässiger Hand nutze ich diese und stoße das Türchen leicht nach innen, was ich jedoch schon im nächsten Augenblick heftig bereue. Wie von der Tarantel gestochen fahre ich herum – militärisch lautes Gebrüll lässt mir keine andere Wahl.

Noch bevor ich die Wortfetzen richtig zusammensetzen kann, humpelt eine breite Gestalt über den Marmorweg auf mich zu.

»HEEYY! – Sie! – Was machen Sie denn da!«

Die aufgeheizte Stimme rauscht mir wie eine Kugel um die Ohren: »Was soll das werden! Ich hab Sie beobachtet!«

Für einen Moment bin ich völlig perplex, suche vergebens nach einer Antwort.

»Ich – Ich ... « Offenbar ist mein Geist nicht auf Anhieb da, wo er sein sollte. Der Unbekannte fällt in der Zwischenzeit ein messerscharfes Urteil: »Sie – Sie verfluchter Einbrecher!«

Mit grimmiger Fratze und schwer außer Atem setzt

er nun einen Fuß vor den anderen. »Kommen Sie auf der Stelle wieder zurück! Sofort! Ansonsten! – «

Um dem fremden Sittenrichter einen Herzkasper zu ersparen, mache ich umgehend einen Schritt in die geforderte Richtung. »Bitte beruhigen Sie sich. Es ist –«

Rigoros wird meine Beschwichtigung dem Erdboden gleichgemacht: »Ansonsten wird ich ganz schnell die Polente rufen! Verstanden!«

Natürlich passt mir diese unliebsame Überraschung nicht in den Kram, abwehrend schüttle ich den Kopf.

»Moment, bitte. Bloß einen Moment. Es ist –«

Die nächste Unterbrechung schnellt mir wie ein Fangnetz entgegen. »Hast du das kapiert?! Du Scheißkerl von einem Verbrecher!«

Sind wir denn schon per du?, wundere ich mich daraufhin, wobei es mir nicht gelingt, ein unverschämtes Grinsen noch rechtzeitig hinunterzuwürgen. Die Quittung für den Fehlgriff erreicht mich in Form strengster Empörung: »Was gibt's da noch zu feixen? Du Flegel!«

Ohne Zögern werfe ich dem Schreihals eine gepfefferte Ablenkungsfrage vor die Füße: »Und Sie? Wer sind Sie überhaupt? Vielleicht auch ein Einbrecher?!«

Etwas Heldenmütiges funkelt nun aus weit aufgerissenen Berserkeraugen zu mir herüber.

»Was reden Sie da?! Ich bin Wiepkes Nachbar, Oskar Zierlitz; die Leute kennen mich schon!« – die Kämpferaugen verengen sich zu wässrigen Schlitzen – »Und ich hab hier alles genau beobachtet!«

Beschwichtigend halte ich jetzt einen Arm nach oben. »Hören Sie, Herr Zierlitz –«

»SIE werden mir zuerst erklären, was Ihre Frechheit am hellichten Nachmittag auf dem Grundstück meines Nachbarn treibt! Ansonsten ...«

Der alte Knacker krempelt doch tatsächlich seinen linken Hemdsärmel nach oben!

Ich lasse mir mein Erstaunen selbstverständlich kaum anmerken, spinne stattdessen seine Drohung mit einer theatralisch gelangweilten Stimme zu Ende: »Ansonsten werden Sie mich sicherheitshalber knebeln – anschließend die Polizei rufen, richtig?«

Herr Zierlitz scheint meine geschliffene Coolness wohl mit Ängstlichkeit zu verwechseln. Unter kampfbereitem Gesichtsausdruck lässt er auch noch seinen rechten Hemdsärmel nach oben rutschen. Drohend bäumt er sich vor mir auf.

»O ja, Sie Gauner! Mit Vergnügen. Dann sind Sie aber das letzte Mal in fremden Gärten herumgestrolcht. Das können Sie ruhig glauben!«

Allmählich habe ich das Spielchen über und beschließe, dem alten Kauz rücksichtslos die Augen zu öffnen. Ich greife in die Seitentasche meines Mantels.

Gesegnet sei der Schöpfer des polizeilichen Dienstausweises ...

Gleich mehrmals prüft Oskar Zierlitz die imposanten Wasserzeichen auf meiner Dienstmarke. Sein Schmerbauch ragt mir währenddessen wie ein Legionarenschild der alten Römer entgegen. Schließlich gleicht Wiepkes Nachbar mein Äußeres mit dem kleinen Porträt auf der Marke ab.

»Tatsache«, ächzt er sodann verlegen vor sich hin,

»Kri - Kriminalpolizei. Oje, dass ausgerechnet mir so etwas passieren muss ... «

Ich lehne mittlerweile rücklings am Gartenzaun.

»Was sagen Sie nun, Herr Wachmann?«

Eine flüchtige Röte wandert über seine Hängebacken hoch bis zur Stirn.

»Ähm, ich – « Ganz plötzlich fällt ihm das Kontrageben nicht mehr so leicht. Ich schmunzle versöhnlich, wonach mir Herr Zierlitz langsam den Ausweis zurückreicht; zelebrierend langsam, als wäre dieser eine Art Hostie und ich der neue Papst. Daraufhin zieht er voller Respekt seinen breiten Stiernacken ein.

»Jetzt muss ich mich wohl oder übel bei Ihnen –«

»Schon gut, Schwamm drüber! Unter einer Bedingung.«

Ich bin erstaunt, wie unverhohlen sich sein jüngster Heldenmut in Luft aufzulösen beginnt, wobei die Röte auf den Hängebacken in eine hauchdünne Blässe umschlägt.

Er stammelt: »Ei - eine Be - Bedingung??«

»Keine Sorge«, fahre ich grinsend fort und deute beiläufig in Richtung Pergola, »ich möchte nur eines von Ihnen wissen ... «

Nachdem ich Oskar Zierlitz über mein Pech an Wiepkes Haustüre in Kenntnis gesetzt habe, blickt er entgeistert an mir herab.

Merkwürdiges Schweigen.

»Wissen Sie vielleicht, wo Herr Wiepke hingefahren sein kann? Um diese Tageszeit?«

Blitzartig legt Zierlitz den Rückwärtsgang ein und

stürmt mit großen Schritten davon. Prompt fege ich dem Wachmann ein paar Sprünge über die Platten aus Zwiebelmarmor hinterher.

»Was haben Sie vor?! Wo rennen Sie denn hin?!«

Seine dickfleischigen Beine bremsen nicht ab, stattdessen wagt Oskar Zierlitz im Lauftempo eine groteske Kopfbewegung.

»Nur zwei Minuten, Herr Kommissar! Warten Sie einfach! Bin sofort zurück«, ruft er luftschnappend aus, ehe ihn das riesige Glasgebilde einer noblen Veranda verschluckt.

Ich bleibe daraufhin abrupt stehen, dränge meine Beine und letztens meine Verblüffung zurück in den Schatten der lauschigen Pergola . . .

Was um alles in der Welt hat er vor? Weshalb diese Hektik?

Joachim Wiepkes korpulenter Nachbar hastet mit einer bemerkenswerten Geschwindigkeit unter das Pflanzendach der Pergola zurück.

»Ich, ich muss mich kurz hinsetzen.«

Schwer atmend lässt er nun seinen XXL-Podex auf eine der Sitzbänke plumpsen. Ich patrouilliere währenddessen an dem runden Gartentischchen entlang, noch immer in brennheißer Neugierde darüber, was diesen Dorfgorilla und dessen orakelhafte Absichten angeht.

Mittlerweile hat Nachbar Zierlitz ein Schnäuztuch aus seiner Hosentasche genestelt; seufzend bekämpft er damit die Schweißtropfen zwischen den Schläfen.

»Ich habe da was für Sie, Herr Kommissar.«

Ein seltsam freudiges Lächeln umspielt seine Lippen. Stehenden Fußes rücke ich dem Koloss auf die Pelle, werfe nebenbei voller Erwartung die Arme auseinander.

»Und was bitte schön, Herr Zierlitz? Sehen Sie denn nicht, dass ich vor lauter Anspannung fast platze?!«
Die Übertreibung würze ich mit einer bühnenreifen Drehung um die eigene Achse, wonach Zierlitz etwas umständlich in die Brusttasche seines Oberhemdes grapscht.

Meiner Kehle entfährt ein unverschämt lautes Lachen, als Oskar Zierlitz ein Blatt Papier in der üblichen DIN-A4-Größe zu entfalten beginnt.

»Was soll dieses Theater?«

»Hier, Herr Inspektor. Ich bin mächtig gespannt, was Sie dazu sagen werden.«

Höchst ungeduldig lasse ich ein Auge über den Papierbogen huschen, erkenne einzig und allein das vergrößerte Quadrat einer ausgedruckten Farbfotografie; diese zeigt das unbeschwerte Wohlstandsgrinsen diverser Herrschaften in geselliger Runde.

Gehörig missverstanden schüttle ich den Kopf.

»Was soll ich damit anfangen, Herr Zierlitz?« Der Fotoausdruck segelt aus meiner Linken auf den Gartentisch nieder. »Danke! Aber mir ist ganz und gar bekannt wie Ihr Nachbar aussieht.«

Zwei Ausrufezeichen malen sich auf seine Stirn.

»Sie wissen doch ganz genau Bescheid, Herr Kommissar. Das ist doch Ihre Aufgabe – über alles informiert zu sein.«

Wieder stiehlt sich diese mir unerklärliche Heiterkeit hinter seinen Genießerblick, wobei ich gereizten

Tones zu verstehen gebe: »Mich beschleicht allmählich das Gefühl, dass Sie mich hier zum Narren halten, Herr Zierlitz.«

Mein Gegenüber reagiert darauf erstaunlich gelassen: »Dann haben Sie also nicht den geringsten Schimmer?«

»Wie bitte?!«, entgegne ich scharf, worauf der Kopf des Riesen vielsagend Richtung Tisch deutet.

»Ist doch ein schönes Foto. Und Sie erkennen ihn tatsächlich, nicht wahr?«

Entrüstet schleudere ich beide Arme gen Himmel.

»Selbstverständlich, Herr Zierlitz! Ja! Ihr Lieblingsfoto zeigt Ihren Nachbarn und irgendwelche anderen Figuren.« Mein Augenmerk wandert nun über die nahe liegende Gartenterrasse des Wiepke-Hauses. »Hm, immerhin lassen Sie mich ja nicht alleine auf ihn warten. Und übrigens: Sie sind mir immer noch eine Antwort schuldig; schon vergessen?«

Herr Zierlitz lacht herzhaft, während meine Stimmung noch tiefer in den Keller rutscht.

»Das glaube ich kaum, Herr Kommissar!«

Hämisch dreinblickend drehe ich mich wieder zu ihm um. »Hä?! Wie hat man denn diese Aussage zu verstehen? Sie –«

Der Wichtigtuer unterbricht mit bedeutsamer Stimme: »Ganz einfach: Das Bildchen wurde doch erst vor Kurzem in Goa geschossen.«

Blitzartig sperre ich Augen und Ohren auf.

»Was haben Sie da eben gesagt?!«

Der alte Brummbär schmunzelt triumphierend: »Na, in Goa. Ich hab gesagt –«

»Ist schon klar!« Plötzlich bin ich wieder hellwach. »Sie haben gesagt ›in Goa‹ – aber wann?«

Diesmal sind es Fragezeichen auf seiner Stirn.

»Wie *wann*?«

Umgehend greife ich nach dem DIN-A4-Bogen.

»Wann zum Teufel haben Sie dieses Foto erhalten?«

Der Koloss von Zierlitz schnippt erleichtert mit den Fingern. »Ach so! Das war vorgestern; per E-Mail. Er möchte bald noch mehr Fotos schicken. Hat er mir jedenfalls gemailt. Dieses hier wurde übrigens in einem griechischen Strandlokal geknipst; nur ein paar Meter vom Meerwasser entfernt. Ist doch herrlich, nicht?«

Grüblerisch auf und ab gehend, schaue ich mir die Farbfotografie etwas genauer an. Der Nachbar strahlt indessen von einem Ohr zum andern.

»Meine Frau und ich«, beginnt er andeutungsweise zu referieren, »wir freuen uns, offen gesagt, wie ein Schneekönig für ihn. Waren doch in jeder Hinsicht wünschenswert gute Nachbarn – der Joachim und seine Elsa. Und wir Männer haben öfters Mal einen zusammen gehoben. Solche Abende waren immer die reinste Gaudi.«

Zierlitz lässt abrupt die Mundwinkel hängen.

»Was werde ich bloß ohne ihn machen?«

Wie ein Ölgötze stehe ich da und lausche.

»Aber auf der anderen Seite kann man ihn leicht verstehen.«

»Wie bitte? Was reden Sie da?«

»Ist doch irgendwie nachvollziehbar, dass ihn hier im Dörfchen nichts mehr hält.«

Verwundert starrt mich Nachbar Zierlitz von oben bis unten an. »Sie müssten doch gesehen haben, wie er das halbe Haus mit Kisten und Kartons verbarrikadiert hatte.«

Ich spüre, wie mir für eine Sekunde das Herz in die Hose rutscht. Zierlitz erinnert sich aufs Neue: »Knapp über 'ne Woche herrschte da ein furchtbares Chaos. Jeden Tag hab ich's mitbekommen. Und letztes Wochenende sind ja dann zwei Lkw hier gewesen. Ich hab ihm da gern beim Verladen und Kistenschleppen geholfen. «
Etwas ratlos lasse ich den Kopf hängen, schweige.

»Was haben Sie denn, Herr Kommissar? Sie sehen auf einmal so bleich . . . ?«

In der Tat habe ich Mühe, den richtigen Gedanken zu fassen; mit wachsender Beunruhigung im Bauch lege ich den Papierbogen auf das Gartentischchen zurück.

Kisten! Bergeweise Kartonagen! »Die ganzen Sachen von Elsa« – Nein! Das kann unmöglich wahr sein!

Im Gefecht mit der eigenen Verwirrung stemme ich die Arme gegen einen Flankenpfeiler der Pergola.

Erholungsurlaub! Mister Wiepke unternimmt nichts weiter als einen ärztlich verordneten Erholungsurlaub im sonnenreichen India. Und sein dickleibiger Nachbar bringt hier schlicht etwas durcheinander . . .

Gerade möchte ich ausführlich nachhaken, als Oskar Zierlitz mit gemütlicher Geste das Blatt vom Tisch zieht.

»Dort unten, im sonnigen Goa, kann der Arme sich erst einmal von allem erholen. Hoffentlich! Aber bekanntlich machen einem gute Freunde das Leben ja sowieso leichter. Von daher . . .«

Mit beinah schon kindlich-naiven Augen streifen die Blicke des Dickmanns nun über das Papier.

Gute Freunde! Hat Zierlitz gerade das Wort Freunde ausgesprochen?!

Voller Misstrauen trete ich nun an die Seite des hilfsbereiten Nachbarn, der sich nach wie vor seinem Lieblingsbildchen widmet.

»Zeigen Sie bitte noch mal her – die guten Freunde Ihres Nachbarn.«

Der alte Kauz scheint meine Skepsis sehr wohl zu bemerken. »Das ist gar nicht übertrieben, Herr Kommissar. Wiepke kennt doch jeden von denen schon ewig lange.«

Mulmigen Gefühls ziehe ich die Brauen nach oben.

»Interessant. Und was ist mit Ihnen?«

»Mit mir? Ich bin doch gar nicht auf dem Foto!«

Unwillkürlich verdrehe ich die Augen, starte dichtauf einen zweiten Versuch: »Die Namen von Wiepkes Freunden. Wie heißen denn die urlaubslustigen Herrschaften an der indischen Küste?«

Zögernd kratzt sich Nachbar Zierlitz an der Schläfe.

»Puh! Sie haben vielleicht Nerven, Herr Inspektor. Ich kann's ja mal mit den Nachnamen probieren.«

Mit wachsender Spannung klopfe ich dem Alten kumpelhaft auf die Schulter.

»Schießen Sie los! Ich bin ganz Ohr.«

Joachim Wiepkes Hausnachbar versucht, den kleinsten Wurstfinger seiner linken Hand als eine Art lebendigen Zeigestock zu nützen. Es dauert noch einen Moment, ehe ihm seine erste Feststellung über die Lippen stolpert: »Ganz links im Bild haben wir, ja, hier haben wir den schmächtigen Wichtelwede.«

Kurt Wichtelwede. Der Ex-Mann von Lore Bäukle! Unmöglich!!

Mir läuft es plötzlich eiskalt den Rücken herunter.

»Und in der Mitte – rechts neben Wiepke?«

Mein frischgebackener Informant holt tief Luft.

»Da haben wir . . . rechts neben Joachim da, hier –«

»Wen?! Verflucht!«

»Den Kelb. Ja, genau! Der kleine, freche Kelb.«

Armin Kelb. Der Noch-Ehemann von Anneliese Kelb! Was in Gottes Namen hat dieser Süffling denn in einem Urlaubsparadies wie Goa zu suchen? Armin sollte doch an einem ganz anderen Ort von seinem Laster befreit werden!

Beängstigend langsam wandert der speckige Schulmeisterstock einen Partyhocker weiter, wobei mein Zeigefinger impulsiv nachrückt.

»Und hier? Rechts außen im Bild, neben Armin Kelb?«

»Das ist . . . « Herr Zierlitz saugt herausgefordert etwas Luft durch die Zähne ein.

»Langsam, ich denke nach –«

In höchstem Maße ungeduldig malträtiert mein Finger das mysteriöse Gruppenbild aus Goa.

»Wer kann das bloß sein? Und warum hat dieser Affe so ein jugendliches Gesicht? Warum?!«

Unversehens pfeffert Zierlitz den DIN-A4-Bogen auf das Tischchen zurück.

»Ich hab's!«, ruft er sieghaft aus, »Gräßer hatten sie den genannt!«

»Gräßer –sind Sie wirklich sicher?« Ungläubig mache ich ein paar Schritte zur Seite; Oskar Zierlitz nickt jedoch gleich mehrmals.

»Absolut. Ich meine sogar: der ist keine vierzig. Ja, früher saß Herr Gräßer oft, sehr oft hinten mit auf der Terrasse oder hier unter der Pergola.«

Roland Gräßer. Der Ex-Geliebte von Margot Schenkfuß! Hat mir die Madame im Pfaffenhofener Pfarrhaus womöglich etwas Falsches vorgesungen?

Ohne dass ich etwas dagegen unternehmen kann, beginnen sich meine Erwägungen buchstäblich zu überschlagen. Obendrein drängt die Stimme des froh gelaunten Nachbarn wie durch ein Meer aus Watte an mein Ohr: »Die vier Herrschaften hatten dort hinten im Garten recht oft zusammen ihre Festchen gefeiert. Sie nannten das ›B-M‹. Bierselige Männerrunde. Wenn die Ehefrauen mit Freundinnen ausgehen – tja, dann kochen die Herren der Schöpfung eben ihr eigenes Süppchen. BM-Abende. Und dabei ging ordentlich die Post ab, Herr Kommissar.«

Mit leerem Blick beuge ich mich über die Fotografie, welche von meiner Warte aus wie ein flammendes Mahnmal vor sich hin lodert.

Zierlitz hängt indessen belustigt an: »Mir gefällt dieses Sprüchlein: Wenn die Katze aus dem Haus ist, tanzen die Mäuse auf dem Tisch. Richtig gut! Nicht wahr, Herr Kommissar?«

Ich erzwinge ein Lächeln, obgleich mir das Mittagessen bis zum Hals steht. »Ist wohl etwas Wahres dran, Herr Zierlitz.«

Er zwinkert mir eindeutig zu.

»Sie sehen das nicht anders – wusste ich's doch.«

Meine letzte Frage krault durch einen Ozean der Sinnlosigkeit: »Fällt Ihnen sonst noch irgendetwas zu den Festlichkeiten der Wiepkes ein?«

Der alte Kauz lacht von Herzen auf.

»Nur, dass Joachim nie was dagegen hatte, wenn meine Gefräßigkeit mit von der Partie sein mochte. Ein edles Tröpfchen, vermischt mit einem Evergreen aus unsrer gold'nen Jugendzeit . . . einfach unvergesslich, Herr Kommissar.«

Kopfschüttelnd wende ich mich zum Abrücken, aber der alte Wachmann plaudert ohne Punkt und Komma weiter: »Aber wissen Sie, Herr Magnus, was ich bis heute nicht ganz kapiere.«

Wie von Geisterhand berührt bleibe ich am Gartentor stehen. Elsa und Joachim Wiepkes Nachbar schaut jetzt mit einem geheimnisvollen Blick durch mich hindurch.

»Neben allzu viel Bier oder Wein ließen die vier Freunde auch gern mal 'ne Anspielung auf das Frauenvolk los; manchmal ging's hierbei sogar böse unter die Gürtellinie – «

»Leben Sie wohl, Herr Zierlitz!«

»Dabei hatte ich jede Anspielung halbwegs verstanden – *ALLE*, bis auf eine einzige.«

Von Neuem befiehlt mich eine höhere Macht in den Garten zurück – in den Garten eines MÖRDERS . . . ?«

»Ich höre.«

»Ein ›Samtrot-Männer-Abkommen‹. Was um alles in der Welt soll das sein?«